多加鳥城物語（たかとりじょうものがたり）

（完結編）

The Stories of Takatori Castle
(The Second Volume)

依藤　道夫

文化書房博文社

本書を今は亡き父母たち及び故ウィリアム・ブーザー
元『フォークナー・ニューズレター&ヨクナパトーファ・レヴュー』
編集長に捧ぐ

ミシシッピーを真に知るには
ミシシッピーに行く必要がある
——クリアンス・ブルックス

多加鳥城物語 目次

地の巻

風の巻

地の巻

峠（とうげ）

　それは深くて高い峠だった。鬱蒼（うっそう）たる樹林がどこまでも続き、昼なお暗い。樹林の背後には、更に高い山々が、大空に向かってそれぞれ先端鋭く尖（とが）って、聳（そび）え連（つら）なって見える。その山々はいずれも、まことに奇怪な山容だった。

　この国境越えの峠は、美作（みまさか）から伯耆（ほうき）に通じ、両国と東側稲葉の三国の接点に近い。峠を抜ける幅狭い一本道は、くねくねと蛇身の如くにくねって樹林を縫い、向こう側の国へと抜けてゆくのだった。

　山深い高所を蛇行（だこう）するが、それでもこの峠道は、国々を結ぶ大事な街道の一つだった。国境越えの大切な道だった。


　それが、近頃はどうだ。人通りが、ぱったり途絶えてしまったのである。もともと暗く陰鬱な峠のことだ。それでも旅人やその他の通行人たちの姿が見られてこそ、峠に生命（いのち）も通（かよ）おうというもの、人の気配が全くなくなれば、もうそれは死の世界も同然だった。恐ろしい静寂の世界、まるでそこにある何もかも総（すべ）てが、呼吸を止め、動きを止め、化石化してしまったかのような沈滞の世界、大気までがじいっと同じところに停止してしまったかのような、澱んで陰気な世界になった。そう云えば、樹林の緑までも、いつしか黒々と変色してしまったように見える。全体、重苦しい沈黙と停滞の世界に変わってしまっていた。

その理由はただ一つ、つまり、旅人ら通行人たちが殺されてしまったからだった。誰に殺されるのか・・・それは皆目分からなかった。とにかく通行人たちが、峠で死んでしまっているのだった。それが一人や二人ではない。

ある死人を目撃して帰った通行人が語るところによれば、彼の見た死人は、それは外見からして明らかに旅の者だったが、山道から少しそれた茂みの奥に、痩せ細って、蝋のように青白い顔をして、崩れた着衣に包まれたままのものだった。身体が傷つけられ、どす黒い血にまみれている。路傍には、彼のものと思しき持ち物が転がっていたが、中身はそっくりそのまま残っており、全く何も盗まれてはいなかった。目撃した通行人は、それを知って不審に思ったが、殺人の詳細は何も分からなかったというのだ。

これを聞いた峠の下に住む伯耆の人々もまた、この謎めいた殺人の意味が理解出来なかった。誰もが一様に、不思議気に顔を傾げ、首を振るばかりだった。やはり山賊か追剥の仕業だろうか。だが、そうだとすると、何も奪って逃げぬというのは一体どういうことだ。これでは、通る者をせっかく襲ってみても、何の意味もないではないか・・・では、異常に狂った殺人鬼か？しかし、もしそうなら、何故そうした恐ろしいものが、突然山中のあのような淋しい場所に現れ出て来たのだろう？以前は、たとえ侘しく暗くとも、とにかく平穏な峠だったのだ・・・或いは獣のやったことか？いや、それは違う。獣なら、人を骨までも貪り食い尽くす筈だ。相次ぐ峠の殺人事件は、その犯人の正体も、犯行の動機も何もかも不可解そのものだった・・・

　こうしていつしか峠を通る者は、一人もいなくなってしまったのである。人々は不便を承知で、仕方なくずっと遠方の、とても街道とは云えそうにない、もっと足場の悪い、細く険しい山道を遠回りするようになっていた。

　峠の下に住む人々も、旅人たちも、無念に思った。何とかして一日も早く峠を通れるようにせねばならない・・・不便で堪らない。しかしそう思うばかりで、恐くて誰も峠に登ろうとする者はいない。ましてや、犯人を捕らえてやろうとする者など、一人もいるわけがなかった。

　今や峠は、正体不明の殺人者のみによって占められてしまっていた。人々はなすすべもなく、ただ不安に包まれ、無益な思案に明け暮れしていた。峠の上のことは、霧の彼方にあるに等しかった。

日数を経た後、峠下に住む人々の中の一人が、とある集まりの場で、次のように云い出した。

「こうしていても仕方ありませぬ。皆で力を合わせて何とか解決せねば・・・一つ、数人の有志がまず峠に登って、密かに様子を探ってみては如何。ともかく、犯人の正体なりとも確かめぬことには・・・」

「しかし、誰と誰が如何なる方法でやったらいいもんですかい？」

すぐに別の一人が問い返した。

「わしも、無理をして峠に押し登り、これ以上の犠牲者を出すようなことがあってはならぬと思いまするがな」

三番目の男が云った。

「そこですわい。わしはここ数日いろいろ考えてみたんじゃが、犯人はこの頃人通りが絶えたので、殺人が犯せず、人の来るのを待ちわびておるのではないかと思いまする。そこで、何か生きた人間に代わるものを拵（こしら）えて、それを実（じつ）の人間に見せかけ、峠道の見通しのよい所に置いてみたらと・・・犯人は恐らくそこに近付いて参りましょう。そこで、こちらは、遠くに隠れていて、こっそりと相手の正体を見極（みきわ）めるといいと思いまするが・・・」

最初の男がこう返答した。

なるほどそれも一案だ、人々は一様に頷（うなず）いた。確かに、いつまでもこうして手を拱（こまね）いていても仕方がないのである。それは誰にも分かっていることだった。

「そこで、その生きた人間に代わるものじゃが?・・・」

更に別の四番目の男が問う。

「わしは案山子（かかし）から思いつきましたのじゃ。人形（にんぎょう）です。生きた人間そっくりの人形を拵（こしら）えて、それを囮（おとり）に使えばよいと思いまする」

こう答えた最初の男は、自分も進んで有志の一員になる、と付け加えた。

人々は、なお心中に不安や危惧（きぐ）の念がないわけではなかったが、他にいい思案もないので、とにかくこの男の云う通りにやってみることにした。次の日の朝早くから、人々は人形作りに精を出した。まず木で胴や手足の骨組みを作り、それを藁（わら）で包んで、いかにも人間らしい恰好にした。むろんそれだけでは、すぐにばれてしまうので、それにきちんと着物を着せ、帯を締める。頭には編笠を深々とかぶせ、背には荷物を負わせた。作ったものを遠くから眺めてみると、確かにうまく仕上がっていた。本当に生きた人間が一人、旅人姿でじっと立っているように見えた。

この日の昼過ぎ、この方法を提案した男を含む三人の男たちが、それぞれ厳重な身拵えをし、腰に山刀を差すと、人形を担ぎ上げ、いよいよ峠に登っていった。

他の人々は、さも心配そうに三人の後姿を見送った。

樹林に陽を遮られて、相変わらず暗い峠道は、無気味に静まり返っている。どこにも怪しい影はない。峠の上に辿り着いた三人の男たちは、見通しのよさそうな所を探し出し、路傍の木の根に担いで来た旅人姿の人形を据え付けた。そして急いでその場を離れ、かなりの距離逆戻りした地点のとある岩陰に潜んで、じいっと前方の山道を窺った。

時間がどんどん経ったが、山道には何ものも現れなかった。そのうち午後も半ばを過ぎてしまう。男たちは、そろそろ諦めかかっていた。更に時間が経った・・・彼らは、遂に引き返す相談を始めた・・・ちょうどその時、ぶぅーん、ぶぅーんという太く、陰に籠もった低い無気味な音が聞こえて来始めた。岩陰の一同、驚いて、音のする方角に目を凝らした。

今しも薄暗い山道の奥から、何やら大きな物体が一つ、かなりの速度で手前の人形のほうに寄って来る、というより、それは低空で飛んで来るという感じだった。音が一層大きさ、激しさを増すとともに、その物体の姿がより拡大し、あらわになった。それは、巨大な蜂だった。

　岩陰の男たちは、飛んで来た異様な生き物を、息を殺してまじまじと見つめていた。それは見上げるほどの信じ難い大きさだった。その凄まじい巨蜂は、地面に降り立つと、間をおかず折れ曲がった長大な手足を器用に動かして、木の根の人形のところに這い寄った。蜂の怪物は、頭部、胸部、膨腹部の三部分から成り、頭部顔面はまるで黄色の仮面をかぶったようで、その左右に丸い大きな複眼がぎょろつき、額のあたりに三点模様を成す単眼も見える。顎も堅牢で、二本の長い触角が顔面中央部から、鯰の髭のように両側に延びて垂れている。黒っぽい胸部からは丈夫な翅が二枚重ね様に、左右それぞれ斜め後ろ方向に長々と生え、二本の手と更に長大な四本の脚も思い切り伸びて、屈折している。黄色と黒色が交互に斑模様の膨腹部は、はち切れんばかりのふくらみようだ。

　身を固くして前方を見つめていた三人の男たちは、それがとてつもない大蜂だと、改めて認識し直した。異常に巨大だった。これほどの大蜂がこの世に例え一匹なりとも存在するなどとは、とても考えられない。人に話しても、なかなかに信じてはもらえぬだろう。


　大蜂は、人形に這い寄ると、頭を下げてじっと相手を窺がっていた。だが、人形はびくともせぬ。この凄まじい大蜂の出現に対して、何らの反応も示さなかった。

　蜂は、手足を無気味に動かしながら、なおも相手をずるそうに眺めていた。人形が本当の人間だと信じ込んでいるらしかった。

　いきなり大蜂は、人形に取り付き、両の手で引き倒し、そして丈夫な顎を突き出して、それに食らい付いた。長大な翅をばたつかせながら、獲物に咬み付き、その血を吸おうとしているように見える。ところが血液は一滴も出てこない。遂に無駄と悟ったか、大蜂は、頭を振り立て、翅をばさばさ揺すって怒った。人形を咥えては転がし、掴んでは転がしした。だが、到頭諦め、人形を放り出し、翅の音を喧しく響かせながら、峠の奥へと低空で飛び去っていった。

男たちは、さすがにほっとした。同時に、計画の首尾よく運んだことを喜んだ。犯人の正体はこれで掴めた。要するに、大蜂が生血に飢えて旅人を襲い、殺しては血を吸い続けていたのである。死者の顔が蠟のように青白くなっていたのは、そのせいだった。

峠の下の人々は、夕方遅くになって漸く帰って来た三人の無事な姿を見ると、大いに安堵した。戻りが遅いので、やはり殺されてしまったのではないかと、一同案じていたのである。人々は、男たちの話を聞いて酷く驚いた。何と恐ろしいことだ、大蜂が通る人を襲っていたなんて！・・・皆恐怖に身震いした。人々は、いよいよ峠に近付き難く思った。自分が大蜂に食らい付かれることを想像してみるだけで、皆もう気の遠くなる思いだった。

だが、やはりこのままにしておくわけにはゆかぬ。犯人の正体が掴めたら掴めたで、何とか対策を立てねばならなかった。

その日の夜、峠下の人々はまた集まって評議した。しかし、なかなかよい知恵も浮かばぬ。たとえ大蜂を退治するにしても、誰がどのようにしてやったらいいものか・・・相手は恐ろしい怪物なのだ、先の三人の語る仮面のような黄色い顔も無気味だ、飛んで来る翅の響きも物凄い、長い手脚も捕まったら厄介だ。みな頭を抱え込んでしまった。

しばらく沈黙が続いたのち、一人の老人が言った。

「やっぱり人形を使うてみたらどうじゃろうか・・・」

「また人形を使うって?…もう正体は分かったんですよ」

一人のこの反問に対して、老人は続けた。

「だからこそ、また人形を使うてみるんじゃよ」

「なるほど、さすれば大蜂はちっとも血が吸えぬので、仕舞にはすっかり諦めてしまうと云うんですな」

また別の一人が、感心して膝を打った。

「そうじゃ。或いはそれでもう出て来なくなるかも知れぬでな・・・」

「そうなれば万々歳、うん、これはうまくゆくかも知れぬぞ」

更に他の者が相槌を打つ。

人々は、こうして老人の意見を採用してみることにした。

夜が明けると、人々は総出で、沢山の人形を作った。どれも前のと同じように、本物の旅人そっくりの人形である。それをこれから毎朝一体ずつ、峠道に置いておくのだ。

早速次の日から始めて毎回、数人の有志たちが交代で人形を峠の上に担ぎ上げ、道の傍らに日ごとに場所を変えつつ残しては、急いで駆け戻って来る、これを繰り返した。案の定、いつも前日の人形は、次の日行ってみると、藁も木骨も着物も編笠も咬み荒らされて、原形を留めていない。

　このようにして日々は経過する。老人の予想違わず、やがて人形が壊されない日が出始めた。そうした日々が段々増えてゆき、仕舞には、大蜂の峠に出没する気配が全くなくなった。しつこいあの大蜂も、到頭諦めてしまったのだった。

　峠の下に暮す人々の苦心により、峠には再び平和が訪れた。旅人ら通行人たちは、かつてのように安心して峠を越えることが出来るようになった。凶悪な大蜂は、それ以後二度と人間の前に現れることがなかった。人々は、あの大蜂はきっと、向こうの先の尖がった高くて、奇怪な形をした山々の上に上がって行ってしまったんだ、と云い合った。


「さあ、これでわしの話は仕舞じゃよ」

「ふぅーん、それでもう大蜂は出のうなったんじゃな」

「そうじゃな、お前」

「怖い大蜂じゃったなあ」

「恐ろしい大蜂じゃな」

「でも、婆や、そんな大きな蜂、本当にいたんかえ？」

「さあ、どうじゃろうな。今の山名のお屋形様の世から見りゃあ、随分古い昔話のことじゃからなあ。もっとも、今の人々の中にゃあ、その大蜂はやっぱり人間の山賊のことだったんじゃろう、という者もおるがな」

「でも、持ち物はそのまま残してあったと云うじゃない・・・」

「そこはつまり『昔話』というものじゃな。それに、蜂が荷物をもってゆくとすると、ちと変になるしな・・・」

「じゃあ、何故(なにゆえ)大蜂などと云ったんじゃ？」

「それはきっと怖(こわ)い山賊が、蜂のようにしつこう旅人を待ち受け、そして蜂が獲物(えもの)の生血(なまち)を吸い取るように、旅人から金子(きんす)や持ち物を奪い取ったからじゃあないかなあ」

「ふぅーん、じゃあ、人形を作って置いといたのはなぜじゃろう？」

「うーん、そこまではこの婆さまにもようは分からん。もしかすると、人形を囮(おとり)にして山賊をおびき寄せてから、やっつけたんかも知れんなあ」

「でも、その大蜂は、やっぱり本当にいたんかも知れんなあ。いたんじゃあないかなあ。婆やはどっちだと思う？」

「うん、いたかも知れんなあ・・・やっぱりいたんじゃあないかなあ、お前」

やがて人形峠(にんぎょうとうげ)と呼ばれるようになるこの峠は、ずっと後世、この日本国の数少ないウラン鉱石産出地の一つとなる筈である。

無欲

これは、稲葉の国長谷の守護所から西に凡そ三十里、出雲の国の守護所富田の話である。

経久は、出雲等数か国の太守である。日頃彼は、物惜しみをしないことで有名だった。彼は、身の回りにあるものを、何でも、気前よく人に与えた。人が彼のご機嫌伺いに富田のお城にやって来て、周囲の目につくものを誉めそやすと、経久は上機嫌になり、早速それを誉めた人間に与えてしまうのである。

「これは結構な焼物でござりまするな。いずれにてお求めになりましたかな？色合いといい、模様の凝りようといい、また釉薬のかけ方、艶の出しようといい、まことにもって非の打ち所のござらぬ代物、定めて苦心の入手品でござりましょう」

経久は、さも満足げに笑みを浮かべ、その来訪者が帰宅する際、誉められた焼物を引出物として与えた。貰ったほうは、恐縮し、かつ感激して、その品を大事そうに小脇に抱え込み、城を辞してゆくのだった。

「これはまた見事な太刀でござりまするな。黄金造りに紫の柄糸を巻き、鞘には竜一匹を這わせてござる。

その勢いも生生と、開いた口は今にも真っ赤な炎を噴き出さんばかりに見えまする。定めし都近辺の名ある刀工の手になる高価な一品と拝察仕りまする。まこと殿様に相応しい豪華な太刀。刃の鋭さも抜かずして窺い知れるというもの」

経久は、その黄金造りの太刀を手ずから客に与えた。客はたまげつつも、それを押し頂いて、嬉しげに下城してゆく。

「ほほーっ、明国より渡来の絹織物とお見受け致しまする。博多の津辺りに入ったものでございましょうか。異国情緒もたっぷりの縞模様が織り込まれ、すべすべとした手触りのよい表、それに艶やかで明るい光沢は、眼も覚めるようにございまする。明国というは、古の唐、元にも負けぬ大きな国で、秀でたる絹織物を産して名高き国と、かねがね聞いておりまするが、かく己の手に取って見入るは最初、噂に違わぬ美しさにございまする」

客人は、溜息をつき、経久は、早速に織物を彼にとらせる。客は目を見張って驚き、幾度も頭を下げながら品を貰い受けて、引き下がってゆく。


いつもこうした調子である。既に老境の経久、人間、年は取っても欲は失せぬと云うが、経久の場合、それは当てはまらないようだった。

度量が大きいというのか、生来無欲癖が身についているのか、ともかくそこには、何らの躊躇もなかった。誉められれば、ごく自然にそれを相手に与えてしまうのである。

それが今に始まったことではなく、ずっと以前からの話だから驚きである。いささかも顔色を変えることなく、わざとらしさも更になく、「ならば御手前にとらそう」と云われてみると、云われたほうも、そのまま素直に受けていいような気分になるのである。加えて感心なことには、経久は、その与えたものへの返しや報(むく)いを後(あと)になって相手に要求するようなことは、一切なかった。与えたことによって、相手に殊更代品(ことさらだいひん)を求めたり、恩義を感じさせたりすることが絶対にないのである。それも貰(もら)ったほうには、不思議な技(わざ)と思えた。妙な殿様だと思う者もいた。しかし、経久は、まるで無頓着に、相も変わらず与え続けるのである。それが品物の大小によらずである。

そのうちに、彼の身の回りの物は、悉(ことごと)くなってしまうのではないかとまで、傍目(はため)には案じられた。幾ら何か国もの太守とは云え、その持ち物には限度もあろう。が、経久は、そんな心配は全くしていないようだった。

人々は、なかなかに出来た主君だと思い、心中完全に心服(しんぷく)しながらも、経久の所為(しょい)に、次第に戸惑(とまど)いを覚(おぼ)えるようになった。何だか悪いような気がしてきたのである。その辺のところを、主君がどう考えているものかは、見当がつかなかった。彼は、依然として与え続けるのである。

次第次第に、人々は、主君の周(まわ)りのものを誉めることをしなくなった。差し控えるようになったのである。逆にけなしたわけでは決してなかった。君前に出ても、なるべくその場の品には言及することを避け、季節やその日の天気模様とか、城下の出来事とか、当たり障(さわ)りのないことを漠然と話すのだった。それでも話題はすぐに尽きてしまい、沈黙が続きがちになる。誰しも困り果ててしまうのだった・・・

ある時、一人の来客が、そうした沈黙に耐えられなくなって、つと視線を庭に転じたところ、見事な枝振(えだぶ)

りの松が一本、池に寄り添うようにして生(は)えているのが見えた。大変美しい立ち姿だった。一瞬、客は救われる思いがした。

「殿には、大層立派な松をお持ちでござりまするな。枝振りも申し分なく、立ち位置も適(かの)うてござる。あの松により、庭の眺(なが)めも一段と引き立っておるように思われまする」

客は、松のお蔭で対面の一時(ひととき)を無事に過ごせ、安堵して君前を辞していった。

客が帰ってしまうと、経久は、手を打って侍臣(じしん)を呼び入れた。そして、彼に向かって、人夫共(にんぷども)に庭の松を掘り起こさせ、車に積んで先刻の客の宅まで送り届けるようにと命じた。侍臣は、何だか話がよく呑(の)み込めぬままに、主君の云いつけ通り、急(いそ)いで人夫数人を呼び集め、仕事に取り掛かった。

程なく侍臣は、経久の前に出て来て、申し訳なさそうにこう告げた。

「殿、仰(おお)せの通りに庭の松を掘り出しましたるところ、思いの外丈(ほかたけ)も高く、幹も太く、また根の張りようも余りに広いので、とても荷車には積み込めませぬ」

今にも泣き出しそうな顔をして、訴えるように云う侍臣に対し、経久は、静かに答えた。

「ならば松を細かく切れ、さすれば車に積めるじゃろう」

侍臣は引き下がって、主君の返答通りにした。松はようやく客の宅まで、運び届けられた。

この尼子伊予守(あまごいよのかみ)経久、その昔、一介(いっかい)の流浪(るろう)の身に陥(おちい)りながら、乱世に乗じて、己(おの)が実力一本で強引(ごういん)に出(いず)雲(も)を切り取った、恐るべき男だった・・・

鰐鮫

ここは、山陰道稲葉の国、守護所のある長谷の城下から西方へ数里の海辺だった。古より大国主命と白兎の伝説の地に当たるとされるところだった。

海岸の白砂の浜に泡立つ波がざざーっと打ち寄せ、打ち上げていた。その波が退く度に、砂浜は濡れた波形が気持ちよく残った。引き続いて海上から次のうねりが寄せて来ては、またざざーっと波の先端が白泡を吹き上げ、吹き散らしつつ、砂上に乗り上げ、這い上がる。それが退いてゆくそのすぐ向こうには、また新たなうねりの線が迫って来る。そしてまた更に新たなうねりの線が、重なるようにして迫る。その繰り返しが、いつまでも続いていた。その碧い波なみのはるか彼方には、水平線が左右にまことに綺麗に、極めて緩やかな弧を描くようにして東西にどこまでも、視界の果てまでどこまでも、ずっと伸びていた。

のどかなこの小さな浜辺の背後まで、丘陵状に低い山々が押し迫っていた。山腹から麓にかけて松林が覆い、幹や枝えだの茶褐色とそれを包む松葉の鮮やかな緑色が、美しい対照を見せていた。

浜辺からそう遠くない海面に、ぬうっと突き出た黒っぽい小島が一つあった。或いは、島と云うより一巨岩と呼んだ方が相応しいかも知れぬ。白兎伝説の小島である。その恰好は、いかにも頑固そうにでんと居座っていて、整いの悪い長櫃のように角張っている。が、見方によっては、陸に向かって海面を伝う兎の姿にも似ていた。ほんの小島ながらも、その平たい頂きには、松の小木が数本、いびつに立っていた。陸側に傾いだその枝先は、沖から吹き寄せる潮風にわずかに揺れていた。

小島の裾は、打ち寄せる海波に絶えず洗われ続けていた。そして浜辺からその小島にかけて、更に小島の後方にかけての波間には、横なりに長細く黒色の小岩が、点々と真っ直ぐに飛び石状に連なって、続いているのだった。

少年は、浜辺に腰を下ろして、碧い海を眺めていた。絣の着物に藁草履を履いていた。彼はこの海岸から少し離れた山間の村に住んでいた。今日は晴天である。少年は、以前からほんの時折ではあるが、晴れた日にこの浜辺まで遠出をして来ては、海を眺めて楽しんでいた。彼は左右にどこまでも伸びる美しい水平線や、やわらかな砂浜に打ち寄せ、打ち上げる波、伝説の小島などを眺めるのが好きだった。幸い、このところしばらく、近辺に山名と尼子の小競り合いのことを聞かない。

少年は、海上から爽やかに吹きつけて来る潮風に当たりながら、心地好げに砂上に座っていた。いつものように、その両眼は、日差しを反射してきらきらと照り映える海面、飛沫を飛ばして打ち寄せる白波、そして前方海上にぬうっと突き出た小島などを見渡していた。海岸近辺には、少年以外の人影は一つもなかった。ひどく穏やかなこの海辺、聞えるのは、ただ規則正しい波音だけだった。

少年は、そうした清らかに平和な海景を眺めながら、ふと遠い昔に思いを馳せていた。父母から聞かされた白兎と大国主命の物語だった。

ある時、今もこうして向こうに見える、あの海中の小島に棲んでいた一匹の白兎が、こちらの広々とした陸地に渡りたいと思い、一匹の鰐鮫に向かって、兎と鰐鮫とどちらの一族の数が多いか、比べてみないか、と問いかけた。君が一族を全部連れて来て、この小島から向こうの陸地まで並んでくれれば、我がその背を踏んで、数を調べて進ぜよう、と云う。そのようにして白兎は、鰐鮫どもを騙して並ばせ、その背を数えつつ跳んで渡った。しかし、あと一息で浜に着くという段になって、思わず鰐鮫どもの愚かさを嗤った。そのため、怒った彼らの内の最後の一匹により、体中の皮を剥されてしまう。

白兎が、余りの痛さに耐え兼ね、浜辺で泣いていると、大国主命兄弟が通りかかる。兄たち八十神は、大国主命を従者として、大きな袋を負わせ、東方に住まう美しい女性八上姫に求婚しに行く途中だった。最初に通りかかった八十神は、白兎に、塩水を浴び、風に当たって寝れば治る、と教える。白兎がその通りにすると、痛みは増々ひどくなってしまう。兄たちの重い袋を背負わされて、遅れてやって来た正直で心優しい大国主命は、苦しむ白兎を哀れに思う。そこで、痛む体を真水で洗い清め、蒲の穂を敷いてその上を転がればよい、と教える。白兎が命に云われた通りにしたところ、痛みが去り、やがて体も元通りに戻ったという。白兎は命に感謝して、八上姫を得られるのは八十神ではなくそなた様でしょう、と云い、結果はその予言通りになった。

少年は、この話が、殊の外、気に入っていた。白兎が皮を剥かれたのは、鰐鮫どもを騙したのだから仕方ないとしても、痛さに苦しみ、ひーひー泣く兎は、やっぱり可哀そうだ。その白兎に偽りの治療法を教えた意地悪な八十神はひど過ぎる。それに対して、命は本当に心根（こころね）の優（やさ）しい、立派なお人だ・・・少年は、童（わらべ）心にながらも、自らも大きくなったら、命のような豊（ゆた）かに広い心の持ち主になりたいものだ、と思った。

　それにしても、白兎の居たというあの向こうの小島は、一体どういう島なのだろう？広い海の上に、たったの一つぽつんと置き忘れられたようなあの島は、何か特別な島なのだろうか？そう云えば、陸に向かう兎の姿にも似たあの島は、何故（なにゆえ）あのような所に一つだけ、淋しそうに居座っているのだろう？あそこには何かがあるのかなあ？・・・

　いつの頃からか、少年は、童（わらべ）心に妙だと思っていた。離れたあのような所に独りだけで淋しそうだなあ、あの小島は・・・彼は小島を可哀そうに思った。誰にも相手にされず、海の真っ只中に独（ひと）りだけ取り残されているなんて、可哀そうだ・・・あの小島は、昔、何か悪いことでもして、神様の罰を受け、それであんな所に独りだけ、遠ざけられてしまっているのだろうか？・・・いや、ひょっとすると、あの小島には、何か珍しいものでもあるのかも知れないぞ。誰にも知られぬ秘密か何かがあるのかも知れない。余りそれを他人に見せたくない為に、わざとあのような離れた場所に、人の行き難（にく）い所に、居座っているのかも知れないぞ・・・一度あの小島にいってみたいものだ・・・彼は、周りをぐるりと見回してみた。誰もいない。誰も見てはいないから、今こっそりとあそこへ行ってみようかな・・・少年は、内心に、小島へ行くことは、何か悪いことでもすることであるかのような咎（とが）めを感じていた。後（あと）で何かひどい目に遭（あ）うのではないかという、童（わらべ）らしい怯（おび）えである。でも、そのような咎（とが）めを感じれば感じるほど、一方で増々小島へ行ってみたいという衝動を、抑（おさ）え切れなくなって来た。もともとあの小島は、何とはなし、少年の関心を呼び、彼の心を惹（ひ）

き付けていたものだ。少年の心には、小島に対する一種の仲間意識のようなものまでが、芽生えていたのだ。それは一面では、白兎伝説のなせるわざだったのかも知れない。ともかく今日の少年は、無性に小島に行ってみたいと思った。遠い昔白兎の居たというあの島に、渡ってみたいものだ、せめて今日一度だけでもいい、何としても行ってみたいものだ・・・

少年は、窺うようにして、辺りをもう一度ぐるりと見回してみた。誰もいない。彼は、勇気を奮って砂から腰を上げた。それでもまだ辺りをきょろきょろ見回しながら、そろそろと歩き出した。

少年は、浜辺をよぎって、小島に最も近い波打ち際まで歩み寄っていった。そこから小島まで続いている黒っぽい小岩はどれも、ちょうど鰐鮫のように、横なりに細長い恰好だった。少年は、藁草履を履いたまま、最初の小岩にひょいと跳び移った。今一度浜辺を見渡してみるが、人影はない。彼は安堵した。彼は、小島に向かって点々と連なる小岩を、次から次へと跳び伝っていった。足を滑らして海中に落っこちないように用心しいしい、結構身軽に跳び伝い続けてゆく。少年はもう有頂天になっていた。恰も鰐鮫の背を踏む白兎そのもののような気分になっていた。彼はいつしか小岩の数を数えつつ、ぴょんぴょんと跳んでいた・・・なな、やあ、この、とお・・・跳ぶ彼の足下には、濃紺色の海面が、無気味な程にゆったりと山なりにうねり、揺らいでいた。少年ははや、深さも知れぬ海上に出ている。しかし彼は、そのようなことには全く無頓着に、白兎の気分で、軽快に陽気に小岩を跳び伝い続けた。頭上には、日輪が大空一杯に眩しく照り渡り、海上にも小島にも、そして少年にも、暖かい日差しを惜し気もなく、ふんだんに降り注ぎ、浴びせかけていた。

少年は，到頭小島に着いた。生まれて初めて来る小島である。以前から、一種の憧(あこが)れのようなものを抱(いだ)いていた小島に、遂に来たのである。

岩肌を攀(よ)じ登り、松の小木の生えている頂(いただき)に立った少年は、勇気を出してやってきて本当によかったと思った。小島の天辺(てっぺん)からの眺めは、素晴らしかった。沖の方が一層広やかに見渡せた。逆方向の砂浜も、眼下の向こうに横たわっていた。その背後の松林や低い山並みも、陽(ひ)に映(は)えて、緑鮮やかだった。島の裾(すそ)から浜辺にかけて、今その上を跳んで来たばかりの小岩が点々と、真っ直ぐに連なっているのも目に映(うつ)る。下方には、濃紺色(のうこんしょく)の海面が、ゆったりとたゆとうている。随分深そうだな、少年は初めてそのことに気がついた。思ったより浜辺から離れていた。小島は、彼が予想したよりも深い所にあった。

少年は、大空を振り仰いでみた。青く抜けるような天空のそこここには、大小の白雲が様々(さまざま)な形をして、心地(ここち)好げに浮いている。その大空は、彼方でぐうっと下がり、水平線と横なりに、ゆるやかな弧を成して接していた。少年は、遮(さえぎ)るものの何一つとしてない広大な世界の真(ま)っ只中(ただなか)に、たった独りで立っていた。一瞬、彼は、翼(つばさ)を生(は)やして、その果てしなく広やかな大世界に飛び立ってみたいという願望にさえ駆られた。

両の眼(まなこ)を思い切り開いて四方を打ち眺め、その大景観の素晴らしさに我(われ)を忘れていた少年は、やがて思い出したように、小島の上を調べ出した。しかしこの余りに狭過(せます)ぎる小島に、いびつな松の小木を除いては他に格別変わって不思議なものも、妙なものも、ある筈がなかった。少年は岩上に腰を下ろした。次いで再び方々を見はるかす。

降り注ぐ陽光の暖かさに包まれ、清々(すがすが)しい潮風に心地好く頬(ほお)を撫(な)でさせていた少年は、そのうち次第に眠くなって来た。まだ真っ昼間である。が、少年は、しばらくその場で眠ることにした。彼は小松の根に、仰(あお)

のけに横たわる。視界の果てまで広がっている澄んだ青空に、身も心も吸い込まれてゆくように感じた。光が眩しい。彼は両眼を閉じた。堪らない眠気が意識を覆う。やがて彼のあどけなく可愛らしい鼻孔や口元から、安らかな寝息が漏れ始めた。小さな胸が絣の着物もろとも、かすかに波打っている。

陽光は相変わらずふんだんに降り注ぎ続け、岩壁の下方には、寄せる波音が規則正しく響いていた。のどかこの上ない小島の上だった。少年は既に寝入っていた。きっと白兎の跳ぶ夢でも見ていることだろう。幸福そうな寝息が、いつまでも続いていた。

少年はふと目覚めた。その瞬間、どきりとして上半身を起こす。太陽が西空に傾いていたからだった。もう夕暮れ時だった。相当長く眠ったらしかった。吹く風も冷たくなっていた。そろそろ夜風に変わる頃だった。少年は目をこすりこすり、ぐるりと辺りを見回した。そして小島の上にいたことを思い出す。波の音も、幾らか騒々しくなっているようだ。暗くならぬうちに陸に帰らねば・・・少年は直感的にそう思う。思わずこの小島の頂で寝過ごしてしまったのだ。不安の思いに捉われる。はや水平線はぼんやりと淡く霞んでいる。ただ西空だけは、夕陽に真っ赤に焼けていた。

少年は急いで立ち上がった。背のあちこちが痛む。荒い岩肌の上に直に寝転んでいたからだ。彼は思わず片手を後ろに回して、届く限りの背をさすった。

彼は、下に降りようとして、岩の突端に出た。そして仰天した。小岩がない。来る時跳んで来た小岩が一つも見えないのだ。確かに向こうの浜辺まで、ずうっと真っ直ぐ連なっていた。自分は、それを伝ってここまで来れたのだ。それが今は影も形もなくなってしまっている。伝って帰るべき小岩が、ここで寝ている間に、残らず消えて仕舞っている。見下ろす海面には、小島の裾から浜辺に掛けて、ただ黒ずんで濃紺色の波が、無気味にうねり揺らいでいるだけだった。確かに寝込んでしまう前にはあった筈なのに、あの小岩の群れは、一体どこへ行ってしまったのだろう？もう海岸まで戻れない・・・家にも戻れなくなってしまった・・・少年は怖くなった。こういうことなら、初めからこのような小島に来るのではなかった。顔は歪んで、今にも泣き出しそうになった。

少年は思い当たった。来る時跳び伝ったあの小岩の恰好は、そう云えば、どれもこれも、妙に横なりに細長く、何だか波間に揺れ動いているような感じだった。小岩の連なりだとばかり思っていたが、ひょっとするとあれは、本物の鰐鮫だったのかも知れぬ。そうでなければ、こうしてどこかに消えて仕舞うわけがない。きっとあれは、生きた本当の鰐鮫だったのだ。自分は、鰐鮫の背を踏んで、ここまで来たのに違いない。鰐鮫どもが沢山集まり、並んで、自分をこの小島まで渡らせたのだ。そうに違いない。あの小岩の群れは、実は本物の鰐鮫だったのだ。鰐鮫どもは、小島に行ってみたいと切望していた自分の気持ちを汲み取り、その願いを叶えてやろうと、これまで折に触れて並んで来たのだ。そして丁度話の中で白兎を小島から陸へと渡したように、今日はその逆に陸からこの小島へと自分を渡してくれたのだ。けれども、自分が余りにも長い間小島で寝込んでしまったので、鰐鮫どもは待ち切れなくなって、海の底に帰ってしまったのだろう、きっとそうに違いない・・・

少年は泣き出してしまった。大粒の涙が、次から次と両の頬を伝って、足下の岩にぼとぼと落ちる。陽はいよいよ傾いていた。辺りは暗くなり出した。冷たい風が強まっている。少年は家のことや両親のことなどを思った。おっ父も、おっ母も、今頃は自分を心配して、探していることだろう。早う家に戻りたい・・・

おっ父！おっ母！おっ父！おっ母！・・・彼は、浜の方に向かって、声を張り上げ、何度も何度も繰り返し交互に父母を呼んだ。しかし答えるものは、下方に騒ぐ波音ばかりだった。少年は、岩の上に座り込み、声を上げて泣き続けた。周囲は、増々暗くなっていった。夜風(よかぜ)も、その冷たさ、強さを一層増した。

交響(こうきょう)する波音は、海上一杯に無気味に轟(とどろ)いた。少年の心は、張り裂けんばかりだった。そこには怖さ、悲しさ、絶望、後悔、孤独感などが、複雑に交じり合っていた。そのうち、陽(ひ)も没し去り、次いで西空の夕焼けも、闇(やみ)に取って代わられてしまった。小島は暗黒に包み込まれ、少年の姿も、その中にすっぽり呑み込まれてしまった。

暗夜(あんや)の真っ只中、松の小木の根元に座り込んだ少年は、恐怖と不安に怯(おび)え、夜の海上の厳しい寒さに震(ふる)えながら、いつまでも泣いていた。長い長い夜の闇は、少年にとり耐(た)え難(がた)いものだった。無気味な海鳴りも、恐ろしい限りだった。彼は、自分が、陽光に満ち満ちた広大な世界とは打って変わって、それとは真反対に、まるで悪鬼(あっき)どもの棲(す)まう暗黒の世界に、たったの独りで取り残されてしまったような気分を味わった。一晩中恐ろしい思いをして、泣いて過ごした少年は、心身ともに疲れ果ててしまい、朝方近くになって、遂に堪らず、寝入ってしまった。

少年が次に目を覚ました時、日輪(にちりん)は既に頭上に輝いていた。暖かい日差しが燦々(さんさん)と降り注いでいる。今は水平線も、くっきりと際立(きわだ)って見える。青い大空には、白雲が心地好げに浮いている。浜辺もその向こうの低い山並みも、元通り、何もかも昨日(きのう)と全く同じだった。彼は、ほっとした。今日ものどかな晴天である。

安堵した少年は更に見た。小さな黒っぽいものが、一直線に連なって小島の裾(すそ)から向こうの浜辺まで続いているではないか・・・あった、あった、岩があった！思わず笑みがこぼれる。あれを伝って帰れる。もう家に帰れるんだ！少年は、早速小島の急な岩肌を下りようとした。が、岩盤の先端まで行った時、彼はぎくりとして足を止めてしまった。思い出したのだ、あれは鰐鮫の群れだった！そうだった、あれは岩じゃあない！鰐鮫の背(せな)だったのだ！少年は身を後ろに退(ひ)いた。あれは生きた鰐鮫どもだ！怖(こわ)い鰐鮫どもの背をどうして跳んで渡れようぞ！白兎も、陸に渡る時、最後の一匹にがぶりと食らい付かれ、全身の皮を鋭利な真白の歯で剥(む)かれて、丸裸にされてしまったではなかったか・・・それを思うと猶更(なおさら)のこと、少年には鰐鮫の背を踏んで帰る勇気など、湧(わ)いては来なかった。少年がじいっと見下ろす無気味に黒っぽい鰐鮫どもは、波間にゆらゆらと揺れていた。彼は手前の一匹が、鋭い眼を向いて、じろりと自分を睨(にら)みつけたような気さえした。彼はなおも身を硬(かた)くして退(ひ)いた。

　少年は、浜辺の方に視線を投げやった。しかし、人の姿は皆無(かいむ)だった。もう腹も随分と空(す)いており、喉(のど)もからからに乾(かわ)いている筈だったが、今はそれどころではなかった。鰐鮫どもは、依然として海岸まで真っ直ぐに並んでいたが、少年は、小島の上から降りようとはしなかった。彼の脳裏(のうり)には、いつか絵で見た通りのあの細長く尖(とが)った鼻先を持ち、ぬめぬめした皮肌に、真っ赤な口を大きく開き、白く鋭い牙(きば)を剥(む)き出し、ぎざぎざの歯並びを覗(のぞ)かせた気持ち悪い鰐鮫の姿が、鮮やかに描き出されているのだった。

　午後も遅くなって、海上には風も出て来た。天空も濁(にご)って来た。あれ程に明るく眩(まばゆ)かった陽光も、翳(かげ)りを増し、波のうねりも繁(しげ)くなって来たが、鰐鮫どもは、まだ微(かす)かに波間に浮いて、揺れていた。

　少年は、不安の余り青ざめた顔面を引きつらせ、胸の鼓動(こどう)も早めながら、一生懸命浜辺に人影を探した。

誰かが見えたら、大声を上げて手を振り、助けを求める積もりだった。長時間、彼は、血走った両眼を精一杯大きく見開いて、人影を探し求めたが、結局は無駄だった。淋しい浜辺には、いつまでたっても、人っ子一人現れてはくれなかった。浜辺は、何事もなげに、ひっそりと静まり返っていた。

少年は、絶望感に覆われた。一体どうしたらよいのだろう?早う浜に帰りたい。早う家に戻りたい。おっ父も、おっ母も、一晩中帰らなかった自分を心配し、大慌てにあちこち探し回っているに相違ない。いや、村中の人々が、大騒ぎをしているかも知れない。しかし、自分がここにいることを彼らに大声で知らせるには、村は余りに遠過ぎた。

少年は、声を振り絞って、両親を呼んだ。おっ父!おっ母!おっ父!おっ母!・・・

風波は次第に強まり、大空の暗さも、いや増しに増した。風波の鳴り響く中に、少年の悲痛な叫び声が、いつまでもいつまでも続いていた。鰐鮫どもは、いつしか再び姿を消していた。小島と陸地の間には、ただ荒波が騒いでいるだけだった。水平線など、もう全く見えなくなっていた。小島の麓には、白波が激しく絶え間なく咬み付き、辺り一杯に飛沫を散らしていた。

そのうちに、いよいよ強まる風に交って、冷たい雨粒も、ぽつりぽつりと落ち始めた。海上は荒れて波立ち、天空はこの上なく暗かった。強風は唸り、海波は轟いた。おっ父!おっ母!おっ父!おっ母!・・・

その夜、この海岸地方に暴風が襲来した。一晩中、荒海は怒涛と逆巻き、暗黒の中空には、大風が狂気の如くに咆え、かつ舞い駆けり、激しい雨が猛り立つ海面を幾千万本の鋭い矢の如くに、容赦なく刺し貫いた。

朝になると、夜中の大嵐は嘘のように止み、空は爽やかに晴れ渡った。昨夜とは打って変わって、穏やかなこの海岸一帯だった。海上に突き出た小島も、まるで何事もなかったかのように、ひっそりと立っていた。頂の松の小木も、へし折られて飛び散った先端の小枝を除けば、大体元のままだった。だが、そこに少年の姿はなかった。ただ松の根元の岩角に、小さなずぶ濡れの藁草履が一つだけ、引っ掛かっていた。小島は、終夜、頭から大波を被り続けたようで、新鮮な海藻が島のあちこちに張り付いて、濡れてきらきらと光っていた。海面には、横なりに細長い黒っぽい小岩が、浜辺にかけて、真っ直ぐに転々と連なって、並んでいた。

奇襲

「御注進！防長軍、厳島に上陸！」

勝てる！元就は心中に激しく叫んだ。彼は、直ちに出陣の用意を命じた。毛利が羽ばたくか、陶が伸びるか、総てはこの一戦に掛かっている。まさしく雌雄を決する戦、竜虎の戦いではあった。

元就は危機を脱した安堵感と眼前に迫った合戦の緊迫感とを合わせ味わいながら、未来に飛躍する毛利の輝かしい栄光を想った。元就の脳裏に、己の過去の人生が、己の過去の歴史が閃いた。それは、屈辱の人生、弱者の歴史でもあった。でも、そうした過去の人生、歴史が、今日の元就を作り上げてもいたのだった。

元就は、わずかの留守居を残し置き、二千の将兵を率いて、勇躍、南方目指し吉田郡山城を発った。時に弘治元年（西暦一五五五年）は九月も末のことだった。

厳島は、美しい瀬戸の海に浮かぶ緑の小島である。東西一里足らず、南北二里半、周囲凡そ七里半、弥山(せん)、絵馬が岳(えまがたけ)を中心に、北東から南西に細長く、西に大野(おおの)の瀬戸を隔(へだ)てて安芸本土、東に厳島海峡を越えて能美(のみ)島を眺め、更にその向こうには、音戸(おんど)の瀬戸もある筈、ずっと南方には、伊予国の連山を望む。弥山の麓、島の北西波打ち際(ぎわ)に、全山の緑を背景に、朱塗(しゅぬ)りも鮮(あざ)やかな大鳥居が立ち、その湾奥(わんおく)には、やはり朱色の社殿も見える。壮麗華美なる安芸国一宮(あきのくにいちのみや)、厳島神社(いつくしまじんじゃ)である。祭神は、市杵島姫命(いちきしまひめのみこと)である。

遠く平安朝も末期、長らく続いた藤原政権に代わって中央を制した安芸守(あきのかみ)平清盛は、この厳島神社を平家一門の氏神(うじがみ)とも崇(あが)め、その信奉には、極めて厚いものがあった。彼が一門の人々と共にこれに写(うつ)し納(おさ)めた世に云う『平家納経(へいけのうきょう)』、またの名『厳島経巻(いつくしまきょうかん)』三十三巻は、その美々(びび)しさ、豪華さも相俟(あいま)って、古来、世に有名である。

この神社、今戦国の世においても、上(かみ)は大名、武将から、下(しも)は一般庶民に至るまで、海上を滑(すべ)りゆく人、陸上に生を営(いとな)み集(つど)う人なべての崇高(すうこう)なる憧(あこが)れ、尊(たっと)い心の拠所(よりどころ)でもあった。

この神社の東方には、塔の岡(とうのおか)があり、その背後には、博奕尾(ばくちお)の嶮(けん)もそそり立っている。ほんの小島ではあるが、内海の穏やかなる紺碧(こんぺき)の海面に映えて、その美しきことは、まさに一幅の絵を見るにも等(ひと)しいものがあった。そしてその絵は、この上なく神聖でもあったのだ。

元就は、この聖なる島を穢(けが)すことにしていた。むろん好んでそうするのではない。元就とて安芸の子、己(おのれ)の生国(しょうごく)一の神殿を侵(おか)すことを恐れぬ筈はない。彼は、止(や)むを得(え)ず、と、考えていた。他の誰の為にでもない、己の為、自家(じか)の為であった。

まことに勝手極(かってきわ)まる話ではある。元就自身、他のいずれの安芸人(びと)にも劣らず、この神社を、この聖なる島を敬っている積もりだった。それが、こういう仕儀になってしまった。なってしまったというよりは、己が企てたのだった。それでも、彼は、止む無きことと考えるように努めていた。心底に、蟠りの気持ちを多分に抱きながらも・・・

元就は、この聖なる舞台を借りて、己が宿敵を打ち破る計画を立てた。もちろん、伊達や酔狂からではない。今は、そのような洒落たことを考えている暇などは更にない弱肉強食の、恐るべき戦国動乱の世なのである。元就も、その乱世に打ち勝たねばならぬ一人だった。何としても打ち勝たねばならぬ乱世、そこでは、目的の為には、一々手段を選んではおれなかった。いや、それが当たり前のこととなっていた。勝てばよい―それが総てだった。他には何ものもなかった。まことに嘆かわしい、淋しい世ではある。

元就は、決してそれだけの淋しい人間ではなかった。彼にも人並みの思いやりや人間味もあった。物事の道理も、分かり過ぎる位に分かっていた。そうしたことを、己自身でも、よく自覚していた。にもかかわらず、元就は、こと合戦となると、いつでも、勝つことを万事に優先させた。手段の上に目的を置いたのである。彼はそういう風に定めていた。彼は戦に負けることが何を意味するかをよく知っていた。負けるわけにはゆかなかった。これは、彼の生い立ちにも原因する。辛酸を嘗めた過去が、元就をしてそうさせるのだった。彼は、かつて大敵の間を右往左往した己の、そして一族の哀れな姿を、今もっていささかも忘れてはいない。強くなることだ、実力を持たねばならぬ―要するに勝つことだ、戦に勝たねばならぬ、元就は常にそう思って来た。たとえ国の一の宮であろうとも・・・ましてや、方法はこれ一つしかないのだった。

元就は、去る四月に着工して、厳島の北西岸、有の浦宮尾に、急ぎ新しい城を築いていた。この築城工事に際しては、最初、重臣らの多くが、強く反対した。せっかく苦労して拵え上げてみても、たちまち敵に奪われてしまうようでは何にもならぬ、というのが、その反対理由だった。敵の拠点をわざわざ作ってやるようなものだ、というのである。確かにそうかも知れなかった。が、元就は、重臣らの意見に頷きつつも、なお工事を強行させた。翌五月、城は遂に出来上がった。宮の城と呼んだ。大層な堅城だった。後ろが山で、前三方は海である。攻めても、なかなか落とせそうになかった。六月十一日、元就は、敵陣営から毛利についた己斐豊後守と新里宮内少輔の二人に五百余の兵をつけて、この宮の城に立て籠もらせた。更に、吉川、小早川、宍戸らの兵も入れた。彼らは、主元就の固い密命を帯びていた。主君が胸中に何を思っているのかを知る者は、味方の内でもほんのわずかだった。また、敵側からの投降者たちを起用したのは、意図的なものだった。

ある夜、元就は、自らの居城に琵琶法師まで呼んで、盛大な酒宴を催した。宴席で、酔った元就は、突然奇妙なことを云い出した。

「宮尾築城は、今にして思えば、まことにわしの不明の致すところ、直ぐにも敵勢が厳島に攻め寄せれば、あの小城一つ、一たまりもないじゃろう。だが、これを云えば、敵方に嘲笑されるは必定、さて困ったものじゃ、如何にしょうか・・・」

この噂は、間もなく、方々に広まってしまった。その内に、あの夜招かれた琵琶法師は、実は敵方の放った間者だったと判明した。

これとほとんど時を同じゅうして、元就の武将である桂元澄は、密かに敵に通じていた。元澄が敵に送った書状には、「貴軍が厳島に渡海し、宮の城を攻撃されれば、元就めは必ず瀬戸内に出て参りましょう。その留守を狙って、この元澄がきゃつめの郡山城を奪取致しましょう」と書かれてあった。

毛利元就は、明応六年（西暦一四九七年）に、弘元の子として、安芸国吉田に生まれた。次男だったので、吉田から一里ばかり離れた多治比は猿掛城に赴いた。小さな城だった。が、父弘元も、彼が十才の折に亡くなり、続いて、まだ弱年の兄興元も、応仁、文明以来の騒乱の為に、しばらく京都に出ていた。その間に、猿掛も、臣下の井上河内守に奪われる。やがて帰国した兄も、若くして他界してしまい、頼るべき支柱を悉く失った元就の幼少時代は、惨憺たるものだった。大永三年（西暦一五二三年）は夏、元就は、兄の子が死んだので、家臣一同に迎えられて、毛利の本拠吉田郡山城に入った。彼は、この時既に、二十七歳になっていた。

当時、中国地方には、近江源氏佐々木氏の流れを汲む山陰道出雲の尼子氏と西方の「小京都」山口を根拠地とする大内氏の二大勢力が存在していた。両者は、己が勢力圏の拡大を目指して、絶えず激しい角逐を繰り広げていた。哀れなのは、両勢力の中間に位置する弱小豪族たちである。

毛利氏は、鎌倉幕府創設時の大功臣で、源頼朝の随一の寵臣だった稲葉守大江広元の子季光を祖としており、後、相模毛利の地から地頭職を与えられた安芸吉田に移ったものである。しかしやはり、尼子、大内の両大大名に挟まれて泣く山間の一小勢力に過ぎなかった。最初、尼子氏に属したが、元就が家督を継いで後、大永五年（西暦一五二五年）には、尼子を離れた。そして、天文六年（西暦一五三七年）に、長子隆元を、質として、周防の大内義隆に差出し、大内氏に従属する。一方を去れば、早晩、他方につかねばならぬ、戦国の世の厳しい掟、弱者の悲しい処世だった。郡山城主の座に就いた筈の元就の心も、幼少時の逆境に異ならず、依然として暗いものだった。

毛利の離反を大いに憤った月山富田城の尼子晴久は、天文九年（西暦一五四〇年）大軍を催して、怒涛の如く、吉田郡山城へと押し寄せた。元就は、急遽、義隆に援軍を請う一方、襲い来る強大な尼子勢に対抗した。晴久は、郡山城を包囲した。だが、年末になり、義隆の武将陶隆房、後の晴賢が、一万の援軍を率いて到着し、翌年一月、激戦の末、尼子を撃退した。晴久は、散々に打ちのめされて、辛くも出雲富田城へと帰り着いた。

この有様を見て、出雲、石見の諸豪族の中には、西方の大内氏に心を寄せるものも現れ出した。遂に義隆は、出雲征服に乗り出した。出雲では、晴久の祖父で知勇兼備の偉大な武将だった尼子経久も、年老いて死んでしまう。天文十年十一月のことだった。その昔、一度失った出雲を奇襲攻撃により奪還し、遂に山陰道から山陽道にかけて覇を唱えた経久波乱万丈、八十四年の生涯だった。

天文十一年（西暦一五四二年）初頭、山口の大内義隆は、陶隆房以下の大軍を統率して国許を発ち、途中安芸路に毛利勢を加え、出雲に迫った。安芸の仇を出雲で、つまりは、郡山の仇討合戦でもあった。合戦が始まった頃は、もう初夏になっていた。一進一退を繰り返す内に、年暮れ、年明けて、天文十二年は四月も末になり、しびれを切らし、また不安も募った為に、大内陣営に大量の裏切りが出た。その結果、義隆は完敗し、山口へ遁走する。元就も、這う這うの体で、郡山に逃げ帰ったのだった。

その後義隆は、敗戦による心の痛手極めて深く、文弱一方に流れていった。更に、相良武任らの文治派を重用した。ここに、武断派の筆頭陶隆房は、同じく大内氏の重鎮杉重矩、内藤興盛らを語らって、主家簒奪の陰謀を廻らした。

天文二十年（西暦一五五一年）八月二十九日、陶の反乱軍は、山口を落とした。脱出した義隆は、長門国大寧寺に自刃する。享年四十五歳だった。早速隆房は、豊後大友宗麟義鎮の弟晴英を山口に迎え、大内氏を継がせる。彼は、大内義長と名乗り、また、隆房は、彼から「晴」の一字を貰い受けて、晴賢というようになった。むろん、大内家中の実権は、彼晴賢が掌握した。

かくして、事実上、周防、長門の支配者となった陶晴賢と安芸吉田の毛利元就との宿命的な争いが開始されることとなった。両者それぞれが、好むと好まざるとにかかわらず・・・両雄並び立たずではあった。

元就は晴賢の無道を憎んだ。晴賢は、何とか外見を取り繕ってはいるものの、明らかに主殺しである。如何に戦国動乱の、下剋上の蔓延し切った世の中であるとは云え、長年にわたり大恩ある主君を滅ぼすとは、如何にも邪道に過ぎる。憎んでもなお余りある罪だった。だが、残念ながら、実力が大きく違っていた。元就は、既に老いの年令に達してはいるものの、しばらくは、晴賢に忍従する。その間、安芸、備後での勢力強化に力を入れた。要するに、実力を養い、地盤固めに努めたのである。

時に、石見国三本松城の吉見正頼が、故義隆の恩義を思い、反晴賢の旗を揚げた。晴賢は、急遽、石見に攻め入り、三本松城に迫った。

直ちに、元就のところへも、吉見の協力を求める使者が来た。元就は困惑した。が、同時に、来るべき時が遂に来たとも思った。協議と熟慮の末、到頭、反晴賢と決した。元就は、これで従来蟠りの多かった気持ちに、すっきりとけりをつけれたと思った。ぐずぐずといつまでも郡山で手を拱いておれば、いずれ必ず、陶は、安芸全域を、吉田を侵して来る。備後方面も安全とは云えぬ。芸備を確保する為には、むしろ進んで相手を討つ方がよい。冒険でもあるが、その方がより賢明だ。さすれば、それ以上の見通しも、開けて来るだろう。仮に陶を倒せたとしてみた場合、山陽道の国々のかなりは毛利の手中（しゅちゅう）に帰す。いや、山陰道の一部だってそうだ。そして更に、それ以上のことも・・・考えようによっては、陶の脅威が、毛利開運の基（もと）ともなる筈だ。元就は、改めて決意を固め直した。

毛利の兵は、たちまちにして、安芸全土を席巻（せっけん）した。国内にある大内方諸城の多くを降（くだ）した。廿日市（はつかいち）の桜尾城（さくらおじょう）も落ち、毛利与三（よぞう）、己斐（こい）豊後守、新里宮内少輔（あらざとくないしょうゆう）も降服した。草津城も仁保島城（にほじまじょう）等も降（くだ）った。

石見出陣中の陶晴賢は、大きに驚いて、すぐさま配下の宮川房長（みやがわふさなが）に三千の兵をつけ、安芸へと向かわせた。毛利、宮川両軍は、桜尾城近くの折敷畑（おしきばた）で衝突し、大激戦の末、宮川軍は崩壊した。毛利の士気は大いに上がった。元就は、これで踏み込むところまで踏み込んでしまった、と思った。最早、前進あるのみ、陶本軍との決戦あるのみ・・・

晴賢は、ようやくにして、三本松城との講和成り、急ぎ本国に帰った。云うまでもなく、打倒毛利を目指していた。

元就は、陶陣営を謀略により切り崩さんものと、腐心（ふしん）していた。敵は、依然として、強大過ぎたのだ。まだまだ正面からまともには戦えぬ。卑怯のようだが、盛んに事前工作を行った。

元就は、敵側の良将江良房栄（えらふさひで）を最も警戒していた。やつを取り除かねば、こちらの勝利は覚束（おぼつか）ぬ。彼はそう考えて、すぐさま手を打った。

既に房栄は、主君晴賢に、毛利を敵に回すことの不利を説いていたが、一向に入れられなかった。そこに、元就の懐柔の手が伸びる。房栄は遂には内応した。

しかし房栄は、宛がわれた三百貫の禄を更に加増せよと要求したので、怒った元就らは、彼房栄内応の事実を、敵間者を巧みに逆利用して、山口に知らせてしまった。晴賢は激怒して、弘中隆包に命じ、岩国琥珀院に房栄を殺させた。ここに、毛利攻めの最も有力な先鋒を、晴賢自らの手で葬ってしまったのである。

毛利の謀とも気づかずに・・・

或いは、生前の房栄が他の誰よりもよく、主君の将来を見通していたのかも知れない。

元就の謀略は、更に続いた。まことに慎重そのものだった。来るべき合戦に、一門の興廃が掛けられているからだった。冷静な上辺の裏に、必死の心が働いていたのである。

元就は、彼我の実力差を充分に弁えていた。尋常に勝負をしたのでは、到底に勝ち目はなかった。何しろ、長らく室町幕府にあって重きをなした大守護の大内軍を基盤とする相手の動員兵力は、物凄い。毛利の比ではなかった。平野部で決戦を挑むことなど、考えられぬ。謀将元就は、寡兵よく大軍を制する為に、彼の全知能を絞り続けた。

熟慮の末、晴賢の大軍を狭小な場所に誘い込み、その自由を奪っておいて、そこで一挙に殲滅するにしくはなし、と決意した。また、それ以外に手立てはなかった。その場所としては、厳島があらゆる意味で最適だった。不自然なところを設定すれば、まず相手が疑う。晴賢は、かつて郡山城が尼子晴久の軍勢に攻められた折、義隆の命を受けて来援したが、その際、最初に厳島で陣容を整え、しかる後に、吉田に来っている。

晴賢にとり、厳島は決して不自然な場所ではない。人間、過去にやったことは、幾度でも繰り返す可能性がある。それに、晴賢側にしてみても、厳島は、安芸本土攻略の為には、絶好の根拠地ともなる筈だった。こちらが利用しなければ、或いは向こうが目をつけるかも知れぬ。元就は、更に考えを廻らせた。一旦適所を決定したからには、絶対に敵軍がそこに来てくれなければ意味がない。もしも来ない場合には・・・と考えることは許されなかった。来なければ、何としても来させなければならぬ、元就は強くそう思った。それにしても自軍の兵数が少ないことは、武将として、大将として、辛いことだ、その為にかくまで骨身を削る厳しい思いをせねばならぬのだ。元就は、ふと、相手の晴賢を、羨ましくさえ感じた。その晴賢に陸路を進撃されては、万事休す！・・・そうはさせぬように、出来得る限りのことをしておこう・・・陶は必ず厳島に来る、いや、必ず来させてみせる。かくして、元就は、宮の城を築き、兵を入れた。そして、存分に宣伝戦を開始したのだった。

　石見から帰還した晴賢は、対毛利戦の準備に着手した。元就の宣伝は、大分彼に効いていた。既に晴賢は、麾下の武将に命じて、宮の城を試し攻めさせていた。結果は敗戦だった。堅城だ！晴賢は思った。彼は次第に分からなくなって来た。家臣の中には、元就の謀略を強調する者がおる。しかし、噂は、果たして偽りのものなのか・・・

　晴賢にも、晴賢なりの考えはあった。前々より彼は、防長の水軍に絶大なる信頼を置いていた。軍船の数においても、水戦の練度においても、芸備のそれらにははるかに優れている。これは明白な事実だった。たとえ安芸の平原を決戦場に選んでも、我の兵力は、敵に数倍する。後れを取ることはまずあるまい。が、毛利は、寡兵ながらも、陸戦にはめっぽう強い。味方の損害も、相当に覚悟せねばなるまい。水軍の方は、両者の差が、もっと決定的である。果たしていずれを採るが得策か・・・だが、そうした毛利が何故海に・・・でも、元澄めの内応が・・・せっかくの内通者を蹴ることはない。晴賢は、惑った。圧倒的実力を持つ防長水軍の存在は、彼の頭脳を大きく占め続けている。しかし、毛利がなぜ海に・・・不思議だった。

実に、元就は、水軍のことに一番頭を痛めていた。息子小早川隆景麾下の水軍に、児玉、村上吉充らのものを合わせても、陶の軍船数には遠く及ばない。そこで、元就は、来島、能島の伊予水軍に目を付けた。隆景の家臣乃美宗勝が、早速、使者に立っていた。主な狙いは、能島村上水軍を統べる村上武吉にあった。

弘治元年（西暦一五五五年）九月初、本営を山口より岩国に移し、更に安芸攻略策を練る晴賢に、智将弘中隆包は、断固陸路を進撃すべし、と進言した。

彼は、

「厳島のことは、例によって、元就一流の謀略宣伝に相違ありませぬ」

と主張した。

「我らの大軍を、わざと小島に誘き出し、一挙に全滅させんとする魂胆にござりまする」

だが、三浦房清は、これに反論した。即ち、厳島渡海を強く推したのである。三浦も、既に、仁保島を攻めて、敗れていた。

「あれが、あの宮の城が謀略による囮の城などとは、到底に考えられぬ」

激論の末、強力なる味方水軍の優勢をあくまで信じる晴賢は、厳島渡海と断じた。隆包は、なおもこの決定を覆さんと努めたが、所詮は無駄なことだった。仕舞には、「卑怯者！」との怒声すら浴びせられる始末だった。彼は、暗澹たる気分の内に沈黙してしまった。かくなる上は是非もなし・・・

弘治元年九月二十一日、晴賢は、二万の大兵力を五百艘の軍船に載せて、岩国を発ち、波静かな瀬戸の内海をよぎって、厳島へと向かった。堂々たる大船団だった。観る者皆、その威容に圧倒されんばかり、まこと陶の大水軍は、内海の王者とも思えた。

やがて続々と厳島に上陸した防長軍は、厳島神社の東方、塔の岡に本陣を構えた。ここからは、海に向かって右側下方に毛利の新城、宮の城を、左手下に朱塗りの社殿を望むことが出来た。多数の軍船は、海岸沿いに、目白押しに並べられている。舳先を海の方に向けて・・・毛利水軍の来航に備えているのだった。

布陣を終えた晴賢は、すぐさま三浦房清以下の将兵らをして、宮の城攻撃を開始せしめた。その勢いは凄まじく、南蛮渡来の新兵器鉄砲までも激しく撃ち掛けた。これに対する己斐、新里麾下城兵の抵抗も苛烈を極め、小城ながらも、なかなかに落ちる気配も見えない。そこで、攻撃軍は、城の水の手、糧道を絶って、なおも力攻めを続けた。その内に、さすが勇猛果敢な城兵も、弓矢、鉄砲玉の雨ならともかくも、これには閉口して、次第にその防衛力を弱めていった。遂には、落城寸前に陥ってしまったのである。

「御注進！防長軍、厳島に上陸！」

勝てる！一瞬、元就は、心中に叫んだ。彼は、二千の軍勢を率いて、勇んで吉田を出で、佐東銀山城へと赴いた。更に長子隆元、次子吉川元春らを従えて、草津に移った。彼の統率する軍は、締めて四千。敵兵力の五分の一に過ぎなかった。

次いで、九月二十八日、元就は、地御前近く火立岩に全軍を置いて、用意を整え、出航の時を今や遅しと待ち構えた。祈る思いで、伊予水軍の来援を待ちつつ・・・

そうする内に、宮の城陥落直前の急報が、一度ならず入って来た。意外に早い！元就は慌てた。焦った。だが、瀬戸の沖合に、船影はまだ見えぬ。

「おのれ、宗勝め、しくじりおったか。この大事な折に！」

元就は、胸中に、宗勝の不覚を憤った。村上の援けがなければ、強大な陶水軍を打ち破ることはかなわない。このままに宮の城を失えば、総てが終りを告げてしまう。意気揚がる陶軍は、一気に海峡を押し渡って、吉田に突入して来るだろう。今日までのあらゆる苦心、企ても、水泡に帰するのか・・・一度は勝てると叫んだ元就の胸も、今は激しく痛んだ。まだ障壁が残っていた。

この一見無謀とも思える計を企んだのは、他ならぬ己自身である。己は慎重の極みを尽くした積もりでも、万事がうまくはゆかぬものらしい。最初より反対意見の者も多かった筈、皆に済まぬ、相済まぬ。やはり難は船にあったか、船の用意が足りなんだか・・・元就は、今一息のところで、瀬戸内の龍神に、否、厳島の海神に裏切られ、見放されたような気がした。やはり神は、聖域を穢すことを好まれなんだか・・・元就はふと、息子らの方を見やった。

毛利宗家の長男隆元、吉川家の養子に入れた次子元春、同じく小早川家に入れた三男隆景。常々、この三人を前にして、厳しく毛利と両川三者三家の団結を説いて来た父元就に、彼らは命を捧げ切っていた。

此の度(たび)の合戦とて同じこと、ましてやこの戦いには、三家の興廃(こうはい)が掛かっていた。宗家嫡男(ちゃくなん)の座を守る隆元に、勇の元春、智の隆景、三人とも大層出来はよかった。元就は、密(ひそ)かに息子らを誇っていた。その彼らも、今は必死だった。側近の中には、せめて隆元だけは、この合戦に加わらせぬように、と強く主張する者もいた。毛利家を絶やさぬことを慮(おもんぱか)っての言である。隆元は、即座に蹴った。

「父上も元春、隆景もなき毛利は、あってなきも同然、わしはゆくぞ！」

そっと父の見やる息子らは、若く、そして逞(たくま)しかった。あれらをむざむざ殺してはならぬ。やはり何としても負けられぬ！

「見えたぞ！」

叫び声が聞え、ざわめきが起こった。その声、そのざわめきで、沖合はるかに投げ掛けられた元就の視線が、船団の影を捉(とら)えた。来た。遂に来た。だが、敵に付くか、味方に付くか・・・船団は、見る見る内に大きく迫り、見守る厳島の陶軍船を尻目(しりめ)に、悠々(ゆうゆう)とこの地御前に向かって近づいて来る。

「宗勝め、してやったり！」

九月の晦日(みそか)、夜、宮の城落城はまだ聞かぬ。この夜、内海は暴風に吹き荒れ、掻(か)き乱された。将兵らは、色を失った。元就は、遅くとも今夜渡海(とかい)と決めていた。重臣らは、こぞって反対した。が、元就は、敢えてひるまなかった。

「この嵐こそ、もっけの幸い、天が我らに加護を加えたもうたのじゃ！嵐に紛(まぎ)れて渡海すれば、敵の耳目(じもく)を偽(いつわ)れる。直ちに出船(しゅっせん)じゃ！」

既に毛利軍は、合戦の準備万端を整えている。夜中の戦なので、合言葉を定め、同士討ちを避けることにした。将兵は、全員、鉢巻、襷掛け、一人一人が、焼き飯、糒の袋と水筒を腰に括り付けている。だが、わずかに一夜分に過ぎぬ。

元就の命令一下、毛利の船隊は、将兵を満載して、嵐の中、静かに地御前を離れた。周囲は漆黒の闇、暴風は、常には穏やかなる内海の波を逆立て、飛沫を飛ばせて荒れ狂った。水夫は死に物狂いで櫓を動かし、舳先は吹き付ける逆風に逆らいつつ、寄せ来る大波を断ち割り、断ち割り前進した。逆風の激しさは、櫓音を敵に掻き消して、なお余りあるものだった。兵らは、打ち掛かる大雨粒に、伏せった身をそのままに委ねた。揺れ動く海面に、灯火はただ一つ、それは元就の将船だった。他は総て、命により、無火だった。一灯を頼りに、全軍船、ただひたすらに島を目指す。元就、隆元、元春の本軍は、島の東北端鼓ヶ浦に上陸し、隆景麾下の別船隊は、神社正面に兵を揚げる手筈が整えられていた。晴賢の陣する塔の岡を腹背から挟撃する形になる。

本軍が、無事、鼓ヶ浦に上がると、不思議や暴風も去った。元就は、奇妙に思うと同時に、これをもって味方の軍勢を督励し、勇将元春を先導に、博奕尾の天嶮をわずかな松明の明かりを頼りに闇中に越え、塔の岡の背後に迫った。将兵を地御前より運び来った船は、一艘残らず、直ちに対岸へと引き揚げていった。元就の命によるものだった。将兵らは驚いた。これでもう、合戦に勝利せねば、生きて帰れぬわけだった。元就、背水の陣である。

一方、小早川隆景の手勢は、これまた暗黒の中を、

「九州より助勢に参った水軍なり」

と敵軍兵を欺きつつ、巧みに大鳥居附近に上陸する。

弘治元年十月一日の朝がほのぼのと明け染める寅の刻（午前四時）、元就の指揮する毛利本軍は、全将兵打って一丸となり、鬨の声を上げ、山腹を駆け下って、塔の岡の敵陣営に突入した。隆景の別軍も、これに相呼応して、塔の岡前面より打ちかかる。まさに風前の灯火だった宮の城城兵も、味方の襲来に勇気百倍、籠城戦に疲れ切った身体を鞭打って、城より打って出た。二万の大軍に充満する塔の岡は、不意を突かれ、たちまちにして大混乱となった。なまじ小回りの利かぬ大軍兵数なるが故に、その混乱は極みに達する。必死に防戦する者、逃げる者、陶軍の狼狽振りは、目も当てられなかった。右往左往しつつも、ようやく海岸に逃れ出てみれば、はや味方の軍船は悉く毛利方村上武吉の指揮する小早川、村上連合水軍の手によって、打ち沈められていた。塔の岡、そして浜辺で討死する者数知れず、ここに、陶軍二万は壊滅した。敗走する敵兵が、山麓の民家に火をかけたので、これの神社に燃え移ることを恐れた元春は、乱戦の中ながら、兵を励まし、急ぎ消化に努めもした。

崩れ立つ陶軍の中で、独り弘中三河守隆包父子の奮戦は、目覚ましかった。隆包は、岩国での軍議の席上、厳島渡海作戦に反対して、強く主君を諫め、為に面罵さえもされた。しかるに、彼は、

「大恩ある主君を見捨て奉るに忍びず！」

と、息子隆助と共に兵を引き連れ、本軍にやや遅れて、来島したのだった。むろん、敗戦を、そして死をすら覚悟していたので、妻子にも別れを告げて来ていた。隆包父子は、陶軍の敗走する中を踏み止まって、滝小路に元春軍と激戦を交えた後、後方絵馬ケ岳へと退いた。

非運の晴賢は、三浦房清、大和興武、伊香賀房明らに守られながら、ようやく包囲を脱して、西方大江

の浦方面に逃れ来る。中途、大和は捕らえられてしまった。だが、大江の浦にも、乗るべき船は一艘も見当たらなかった。そこで、三浦房清は、東側の青海苔浦に船を探し求めてみたが、やはり、一つとして船影はなかった。結局、彼は、この浦で、毛利方の二宮俊実に討ち取られてしまう。房清の死を知った晴賢は、今はこれまでと、高安原に自刃した。伊香賀房明が介錯した。晴賢、享年三十五歳、まだまだ若かった。老雄元就の謀に、見事に敗れ去ったと云える。謀略とは云っても、戦の常道、それに引っ掛かった晴賢の、否、人間の感覚の頼りなさ、平凡さは、浅ましくも哀しい限りである。陸上兵力及び水軍両者の優越が晴賢に災いし、最初より寡兵だったことが、元就に幸いした。老いたる元就は、背水の陣を布き、必殺の謀剣を振るって、寡兵よく、若き晴賢の油断せる重陣を打ち破ったのだった。最後まで主君に付き従った伊香賀房明、山崎勘解由らも、主君の首級を涙ながらに小袖に包み、土中に埋め隠した後、腹掻き切って果てた。追撃軍は、晴賢の首を、八方手を尽くして探索したが、到頭発見出来なかった。ところが、五日になって、晴賢生前の草履取りと称する童が一人立ち現れて、助命を嘆願し、代わりに己が主の首の在処を教えたので、ようやく首級が毛利方の手に入った。

弘中隆包父子は、勇敢にも絵馬ヶ岳に立て籠もり、力戦抵抗したが、三日になり、遂に万策尽きて自殺した。父子は、滅び去った陶軍の華だった。

陶の傀儡だった大内義長も、長門の功山寺に逃げ込み自殺、同寺に葬られた。

元就は、大敵に勝った。毛利、両川の前途は、一時の合戦を境にして、洋々と開けることになる。かつての大内義隆の旧領をほぼ厳島社前の奇襲に収めた元就は、やがて山陰の尼子を討ち滅ぼし、中国地方の大半を制覇(せいは)する。そして、元就の「敢(あ)えて中原を窺(うかが)わず」を固い家訓とする毛利一門も、元就亡(な)き後(のち)、時の勢いには抗(あらが)い得ずして、東方の織田信長と天下をかけて争うようになる。が、それはずっと後(のち)のこと・・・

因みに、この元就の厳島合戦の奇襲は、かつて若かりし頃、中国、瀬戸内方面を徘徊(はいかい)していたと云われる山本勘助(かんすけ)の啄木鳥(きつつき)の戦法や尾張の織田信長の桶狭間(おけはざま)の合戦への影響をなしとしない。

合戦に勝利した元就は、どっぷりと人血(じんけつ)に覆(おお)われた厳島神社の社殿を潮水(しおみず)で洗い浄(きよ)め、神に戦勝を報告した。彼は、敵味方総ての戦死者を、海峡を越えて対岸大野に移し運び、その地に手厚く埋葬(まいそう)した。死者は、陶方だけでも、四千七百八十五人に及んだ。元就は、宿敵晴賢の首級(しゅきゅう)を、これまた厳島の対岸廿日市(はつかいち)の洞雲寺に葬(ほうむ)ることも忘れなかった。

この年、元就は、五十九歳だった・・・遅咲きの、しかしながら、眩(まぶ)しいばかりに赤と輝く戦国花(せんごくばな)一輪だった。

彼は、嫡男(ちゃくなん)隆元死去の後、三男小早川隆景をして山陽道と瀬戸内水軍を統(す)べさせる。そして、次男の吉(きっ)川元春(かわもとはる)に、石見(いわみ)から出雲を経(へ)て、はるか東方は稲葉多加島方面に至る山陰道の攻略を託すのだった。

叛乱

稲葉国加濃郡道竹城主三上兵庫頭豊憲の娘得子は、同国守護長谷城主山名豊一に嫁いでいた。
その豊憲の心を恐ろしい考えが占めていた。今や、彼の鼻の先に、守護職がぶら下がっていた。

幾月か前のこと、かねてより昵懇の間柄の山名の直臣武田孝信が、小者一人だけを連れて、ひょっこりとこの道竹城内に姿を見せた。長谷で談笑することはよくあったが、彼本人がこの山間の城まで出向いて来ることは、これまでなかった。何事ならんと応対する豊憲に、孝信はこう切り出した。

「兵庫頭殿、今日は、ちと大事な用向きがござった故、かく自身でまかり越したる次第。御手前と余人を交えずじっくりと談じ合いたく、しばらく人払いを願いとうござる・・・」

豊憲は頷いて、茶を持たせた近侍の者等をすぐさまその場より退かせた。二人きりになると、孝信は、親しく言葉を続けた。

「兵庫頭殿、貴殿は、近頃、長谷の守護殿のことについては、何も耳に挟まれまいか・・・?」

「いや、格別何も・・・?!」

「さようでござるか・・・いや、実はちと容易ならざる話を漏れ聞きましたのでな・・・他でもない、貴殿のことなのじゃが・・・」

孝信は、気遣うように豊憲を見た。

「何、このわしに関わることじゃと・・・!?」

「さよう、貴殿に関わる大事でござる」

「はて、一体、何じゃろう、この兵庫、とんと分かり申さぬが・・・」

「この孝信も、滅多なことを他人には言えぬ立場、うっかり口を滑らしとうはないのじゃが・・・他ならぬ貴殿のこと、兵庫頭殿に関わる大事とあらば、そのままに捨て置くこともならず、思案の末に、今日かく重たい腰を上げた次第でござる」

豊憲はいささか焦れて来た。相手は、なかなか肝心の用件を口にせぬ。旧知の間柄の孝信、それ程に言いにくいことなのであろうか・・・

「孝信殿、何事かは存ぜぬが、ずばと申されい。幾ら何でも、この豊憲、貴殿に不都合なことを他言致すわけもないであろうが」

「うむ・・・しからば申し上げよう。実は、殿がのう、貴殿もよう知っての通りのあの御気性じゃが、あの殿が何を案じてか、近頃貴殿の心を疑うておらるるというのじゃ・・・」

「何!?長谷の殿が、守護殿が、このわしを疑うておらるると?・・・それはまた、どういうわけじゃ!」

豊憲は仰天した。とんと身に覚えもないことである。思い当たる節も更にない。いやしくも義父に当たる

このわしを疑うなどとは、一体、何故なのじゃろう・・・

「この孝信にも、ようは分かりかねるが、どうも貴殿の守護殿への忠節心を疑うておらるるということらしい・・・」

「め、めったなことを申さるるな！このわしに離反の下心ありじゃと、そのようなことを何処の誰が申したのじゃ！次第によっては容赦はせぬ！」

「まま、お気を鎮めて・・・単なる噂じゃ、口喧しい人の噂じゃよ。それだけのことじゃ・・・貴殿が御息女を守護殿に娶わせたのも、魂胆あってのこと、下心あっての所為じゃ、などと云うてのう・・・世の中には詮索好きのうるさい輩もおるものじゃて・・・ま、お気を鎮められよ・・・」

豊憲は、逆上の寸前にいた。顔面には朱を注ぎ、癇筋をぴくぴくと動かしていた。口をへの字に歪め、上下の歯をばりばりと噛み合わせている。両眼は、ぐいと宙を睨み据えていた。


武田孝信は、山名家譜代の重臣だった。家中に大きな勢力を保持している。稲葉高草郡内に自らの居館を構え、同じ郡内にある長谷の守護所本城での羽振りも、殊の外よかった。山名家当主豊一は、まだ三十前の青年だった。やや癇性の主君でもあった。

三上豊憲が長臣同士として武田孝信とより一層近づきになったのは、七年程前、娘得子が豊一に嫁いで後、しばらく経った頃だった。格別の理由があった訳ではない。爾来、二人は互いに親しんだ。長谷城下で酒酌み交わし、長時間にわたって談笑することも度々あった。孝信は、さすが山名の直臣だけあって、政治向きのことにも人一倍通じており、その話すところも、なかなかに面白かった。豊憲は、孝信と昵懇になれたことを喜んでいた。

豊憲にも欲はあった。が、大それた野望があった訳ではない。稲葉東部の一郡加濃郡を領する現在の地位に、一応は満足していた。今日は弱肉強食の恐るべき戦乱の世の中だ。山間の小城主豊憲とて、繰り返し但馬や美作、伯耆等諸方の戦に、守護山名家に従って、その下知の下、出征していた。彼自身さえ、危ない目にも一再ならず遭っていた。しかし彼自身の故郷は、他所に比べれば、まだしもましだった。それなりに平穏無事な方だった。彼は、己が山間の小城にいる時は、何とも言えぬ安らぎを覚えるのだった。

その山間の小城主豊憲も、狭い稲葉一国内にあっては、かなり有力なほうだった。元を辿れば、但馬山名氏の血筋だった。

七年前、彼が得子を守護に嫁がせたのは、勧める者があったからであり、また先方から強く所望されたからでもあった。彼も、己が娘を守護の正室にするのは悪くはない、名誉なことでもあると考えた。別して深い他意があった訳ではない。それに、得子は、美貌でかつ利発者、しっかり者でもあった。親の眼から見ても、大層出来がよく、周りの評判も良かった。守護の正妻になっても、決して恥ずかしくはなかったのである。豊憲は、むしろ喜んで娘を長谷へとやった。娘にも異存はなかった。その得子も、今は一女の母となっていた。主君との間は、うまくいっている風だった。

稲葉守護山名氏は、過ぐる応仁の乱で、西軍の総帥として、細川勝元率いる東軍相手に活躍し、天下に驍名を謳われた彼の剛将宗全山名持豊の子孫だった。今でこそ、稲葉一国と但馬の一部を辛うじて保持するまでに零落れてはいるものの、もともと清和源氏、新田義重の子義範を祖としており、鎌倉時代、幕府の御家人でもあった。いわゆる南北両朝期には、日本全国六十六か国の内十一か国を領有して、「六分の一殿」と世間にもてはやされさえした天下の名族だった。豊憲は、その山名と姻戚関係を持ったのである。彼は、守護豊一の義父になり、山名の外戚の立場にも立つだろう。

そうこうする内に、豊憲は、孝信の伝えたよからぬ噂が長谷城内に実際に流布しているらしいという話を、別の方面からも耳にした。一体なぜこうした噂が流れたのか・・・

何よりもまず、娘を呼んで糺してみよう、さすれば真相が判明するやも知れぬ。豊憲は、こう決意すると、密かに使者に文を持たせ、長谷城の娘のもとへと走らせた。だが、娘はやって来なかった。

一層不安の増した豊憲は、今度は守護に直接会ってみようと考えて、守護宛に一書を認め、使者に持たせた。しかしいつまで待っても、守護からは何も云って来なかった。

途方に暮れた豊憲のもとへ、一日、武田孝信からの文書が一通届いた。それには、事態が思わぬ方向に進展し来たり、長谷城内もいささか騒々しゅうなり、孝信自身も苦慮している、といった内容のことが走り書きされていた。「城内騒々しゅう・・・」とは、明らかに軍勢を集めていることを意味する。豊憲自身も、配下の者たちを幾度か長谷城一帯の様子を探りに派遣したが、孝信の知らせは紛れもない事実だと分かった。

最早絶体絶命！豊憲は、事態の余りにも急速度の展開に驚き、戸惑いつつ、そう心中に直感した。思いもかけず、状況は切迫している。破局が近づきつつある。相手は、零落れたりとは云えども、いやしくも一国の守護！己（おのれ）は、その支配下にある山間の一小城主！たとえ争ってみても、勝敗の帰趨（きすう）は、はなから明らかだ。

思い余った豊憲は、改めて自ら長谷本城まで出掛けてゆき、豊一に会ってみようかとも思案した。けれども、妙な噂が流布している騒々しい長谷へのこのこと出向いていって、果たしてどんな目に遭（あ）うか、知れたものではなかった。主だった家来たちも、それを恐れ、反対した。やはり思い止（とど）まらざるを得なかった。が、そうしていても、一向に埒（らち）が明かぬ。問題は解決しなかった。このままに手を拱（こまね）いておるわけにもゆかぬ。座して死を待つことは出来ぬ・・・

何故（なにゆえ）かかる仕儀に・・・豊憲は、改めて訝（いぶか）った。物事が呑み込めぬままに、悲しくもあり、無念でもあった。ともあれ、孝信殿に頼んで・・・だが、癇性（かんしょう）、一徹（いってつ）のあの若い守護が如何（いか）に直臣とは云え、孝信一人（いちにん）の弁明で速（すみ）やかに疑いを解（と）くとは、考えにくい。それに、危険を承知で、いろいろとこちらに通報してくれる孝信にとりなしを頼むことは、奇妙でもあり、また孝信にまでもあらぬ嫌疑（けんぎ）を掛ける恐れがある・・・

豊憲は、自らの与（あずか）り知らぬところで、事態がぐんぐん悪化していると感じた。もう長谷に弁ずる余地もない。が、やはり、このまま指をくわえておるわけにもゆかぬ。如何（いか）にしよう・・・何かよき方策はないものか・・・

引き続き、次々と忍びを長谷に発してみても、彼らの持ち帰る情報はみな同じだった。それらは、豊憲にとって暗いものばかり、彼の不安や恐れを裏付けるものばかりだった。三上、山名両家の間の溝（みぞ）は、増々深まりつつあった。いや、両家の対立は、既に決定的となっていた。

「守護は、どういう積もりでおるのじゃろう。すぐにも攻め寄せる気なのじゃろうか・・・得子はどうなっておる・・・？」

己に明確な結論の出ぬままに、豊憲は悩み続けた。長谷本城内の真相は、彼にとり、霞の中にあった。だが、武力討伐の意図だけは、垣間見える。

「悪化する事態を回避する手立ては、もうなきものか・・・何故かかる仕儀に・・・」

守護も守護じゃ。やはりたかの知れた人物じゃった。あの若造に一国は治まらぬ。それでなくとも酷い動乱の世、如何に名家の跡じゃとて無理じゃ、到底に無理なこと・・・このままではならぬ、このままでは・・・それに家中はわしのみではないわい。多くの者が路頭に迷う。わしの責任でもあろう・・・降りかかる火の粉は、己の手で振り払わねばならぬ・・・最早防戦あるのみか・・・やはり時代が時代なのじゃ・・・

豊憲も、小なりと云えども一城の主、一郡の領主、そして何よりも戦国の一武将である。所詮、今は、食うか食われるかの乱世、守護家も落ち目なことは確か、いずれは誰かが、山名に取って代わって、稲葉一国を支配するに相違ない。それが戦国の習いというもの、戦の勝敗はやってみねば分からぬ、いっそ、あらゆる手段を尽くし、全力を振り絞って守護家と争えば、当面の危機を打開出来るばかりか、己の、一門の将来も案外に開けて来るやも知れぬ。この期に及んで、そうする他に手立てはあるまい。豊憲は、次第にそう思案するようになっていった。

一時は、狼狽の極みに達した彼の心も、幾らか落ち着きを取り戻して来た。ただ、娘得子の身だけが気になっていた・・・

豊憲は、家中の腹心の者たちの納得を得て、遂に、内密に合戦の準備を始めた。領内から目立たぬように兵を集め、武器を整え始めた。そこへ、武田孝信から密書が送られて来た。それには、こう記されていた。

守護殿には、月内にも軍勢を統率し、加濃郡に発向さるる予定、この孝信もまた、従軍を命ぜられおり候。総勢凡そ六千と見積もりおり候。孝信、先般より数度にわたり、かく貴殿に諸事を伝え申し候その故は、我が主豊一に対し、理由ありて含むところあるが為なり。豊一、今度、事の実否を糺さず、加濃を討つの企て、真にもって奇怪、無法。由りて、孝信、一門を挙げて貴殿に与力致したく、願わくはこの儀何卒容認賜りたく、御頼み申し候。恐惶謹言。

永禄七年秋十月十七日　孝信

三上兵庫頭殿

豊憲は喜んだ。願ってもない加勢である。武田孝信と云えば、山名家の重臣の一、これの協力のあるなしは、最後の勝敗をも左右しかねない。先方の我に見せた好意も、守護に含むところあるが為だったのか・・・
豊憲は、早速に諾の返書を密使に持たせ、孝信のもとにやった。闇に包まれていた豊憲の胸中に、希望が湧いてきた。未来に明るい光が差して来た。武田が我に与力すれば、守護家何するものぞ！一挙に相手を討ち取り、その地位をも奪い取り、領国をも頂かんか！・・・今時流行の下剋上仕らんか！・・・今や彼の鼻の先に、守護職がぶら下がっていた。成行きというものは、恐ろしいものだった。先刻までの不幸は、まさしく大いなる幸いに転ぜんとしていた。

いささか積極的になった豊憲のもとに、ある早朝、突然に、得子がこっそりと忍んでやって来た。不穏な状勢を察した彼女は、侍女に我が子を抱（いだ）かせ、他に忠実な下僕（げぼく）も一人連れていた。子だけは、母として片時も自身の傍（かたわ）らから離したくなかったのだろう。侍女や下僕も、豊憲が娘の嫁入り時にこちらからつけてやった者たちだった。

得子は、豊憲謀反（むほん）の噂が立って以来、彼の娘ということで、城内での行動をそれとなく監視されていたのだった。いわば、軟禁状態に置かれていたのである。送った文（ふみ）が彼女の手元に届かなかったのも、当然だった。間で差し止められていたのである。

彼女らは、夜を待って密（ひそ）かに長谷を抜け出していた。遠い道程（みちのり）、途中の稲葉川を小舟で渡り、夜道を経て、一晩がかりで父のもとまで辿り着いたのだった。それも、父や実家を思うが故（ゆえ）だった。父や実家を救わんとの思いからだった。父や三上の家の滅亡を、そのままに見過ごせなかったのだ。得子は、激しい疲れをものともせず、父に事件の真相を質（しつ）した。父を諫（いさ）め、その無謀を説いた。

「父上の身に何ら憶（おぼ）えのないこととしますなら、思い直して下され。相手は仮にも守護家、何とぞ御翻意（ごほんい）下され。決してお早まりなされまするな。三上家の興廃（こうはい）に関わる大事、わらわが豊一殿に今一度ようお話しして、父上に他意なきことを納得してもらいましょう程に。挙兵のことはどうぞ思い止まって下さいまし。家の為にも、父上の為にも・・・また、わらわ親子を不憫（ふびん）と思召（おぼしめ）すなら、どうか思い止まって下さいまし」

しかし、豊憲が、今更、娘の言（げん）を聞ける筈もなかった。既に事態は進み過ぎており、彼自身も、深入りし過ぎている。守護は、本気で自分を、この加濃郡を討つ気になっておる。今になって、何と弁明しようとも、無益なこと、彼はそう思い詰めていた。ここまでくれば、あとはもう前進するより他に途（みち）はない。それに、

武田の内応もある・・・

得子は、なおも泣いて父に取り縋(すが)り、頼み、訴えた。夫と父の死闘は、考えるだに堪(たま)らない。到底耐え切れるものではない。得子にとり、これ以上に哀しいことはなかった。だが、父の心は固過ぎた。父は、どうしても長谷に戻って、夫に真実を糺(ただ)し、戦(いくさ)を止(や)めるようにもう一度頼んでみると云い張る娘を、己(おの)が居城に押し留(とど)めた。むしろ、彼は、案じていた娘を手元に取り戻せたことに、安堵していた。これで思い切り戦える！

長谷の豊一は、妻子の出奔(しゅっぽん)を激しく憤(いきどお)り、いよいよ合戦の決意を強くしたと聞こえて来た。

武田の急使が、道竹城に馳(は)せ着(つ)けて来た。守護出陣、明後日朝方と決す。駟馳山(しちやま)山麓を経て、加濃郡へ向かう予定、前もって貴殿の兵を山に伏せ、急襲されなば、勝利は十中八九疑いあるべからず。我が軍も、急襲と同時に、貴軍に呼応、山名軍を内部より切り崩したく・・・急使はこう伝えた。

「むむーっ！、明後日かっ！・・・」

豊憲は唸(うな)った。予想外に早い。そう思いながらも、彼は、直ちに孝信宛て同意の旨を認(したた)めた文(ふみ)を、同じ急使に持ち帰らせた。乗り掛かった舟、最早、躊躇(ちゅうちょ)すべきでない。

合戦の当日となった。駟馳山(しちやま)は、加濃郡の西にあり、日本海の荒海にその北麓を洗われながら屹立(きつりつ)する、釣鐘状(つりがねじょう)に美しい一山(いちざん)である。その昔、関東鎌倉の征夷大将軍源頼朝が佐々木四郎高綱(たかつな)に与えた愛馬「生月(いけづき)」の誕生地、という伝承を有する山である。標高三百米余。要害だった。道竹城とは比較的近距離にある。長谷はそのずっと西方、稲葉川を越えたはるか彼方の平野の中央部、大湖の畔に位置していた。

守護軍が、長谷を明け方に発てば、駟馳山山麓に差し掛かるのは、真昼近くになる筈だった。豊憲は、それに先駆けて、山を占拠し、兵を隠せばよかった。彼は麾下一千の全軍を率いて、山間の道竹城を発し、駟馳山へと向かった。城内はがら空き同然だった。豊憲は、駟馳山の合戦に総てを賭けたわけである。これに敗れれば、一門は、間違いなく滅亡する！豊憲は、それを覚悟の上だった。彼にしてみれば、背水の陣を布いた積もりだった。彼の全人生を、全家中の運命を今日の合戦に賭けたのだった。一族の開運か、それとも一門の滅亡か、そのどちらかだった。しかも、そのいずれかのみだった。他の、第三の選択は、許されなかったのである。豊憲は、文字通りに必死の思いだった。敵は我に優に六倍する。しかし、彼の胸中には、武田勢を頼む心が強く働いていた。だからこそ強気にもなれたのだった。

豊憲軍一千は、山間を縫って進み、やがて、青々とした日本海を望む大砂丘上に出た。前方に駟馳山が、美しい山容を保って立っていた。まるで加濃と長谷の間に巨壁よろしく、ぐいと割り込み、両者を無理にも押し隔てるかのように・・・

豊憲軍の頭上に、駟馳山の巨塊が覆いかぶさるように迫って来る。山は紅葉の唐錦に包まれ、処々に岩肌が、黒っぽく或いは赤茶けた色を覗かせていた。全山、静寂そのものだった。

勇壮な軍列は、次第に山麓に接近していった。旗本を周りに従えた豊憲は、馬上に、午後の戦の作戦、戦法を練っていた。周囲に、兜や鎧、武器類の金属が、ちかちかと陽に映えて光っていた。豊憲は、それを眩しく感じた。山は眼前だった。軍勢は更にぐいぐい押し進む・・・

瞬間、全山がどよめいた。鬨の声が一斉に上がり、旗指物がざっと差し上げられた。七枚笹の山名の家紋が、無数に豊憲の目に映る。全山、山名の旗指物に包まれ切っていた。豊憲には、すぐには事態が呑み込めなかった。ただ、直感的に不吉を感じた。驚き戸惑う三上軍に向かって、山上、山腹から雨あられと矢が飛んで来た。倒れる者の数も知れなかった。矢は無数に、尽きることを知らずに襲い掛かって来た。豊憲の馬も、数か所に鮮血を噴いて、どどーっと棒立ちになった。豊憲は、振り落とされまいと、馬の背、鞍壺に懸命にしがみついていた。傷ついた馬は、盲滅法に、ぐるぐるとあたりを駆け回った。既に四周は、目も当てられぬ惨状を呈していた。大惨事が惹き起こされていたのだ。豊憲は、暴れ馬の鞍壺にしがみつきながら、己の不覚を悔やんだ、憤った、憎んだ。頭上にまたまた鬨の声が盛り上がった。大軍勢が、今や半死半生の三上軍目掛けて、最後の息の根を止めるべく、雪崩を打って馳せ下り、殺到して来るのが、霞んだ彼の両の眼に映じた。大軍勢は、瞬く内に瀕死の三上軍を押し包む。豊憲は、自軍に対して一度の下知も命令も下せぬままに、大渦の只中を翻弄されながら、遂には抜身の大太刀をあたり構わず滅茶苦茶に振り回した。手応えも何もあったものではなかった。もう破れかぶれだった。そのうちに、右脇腹にずずーっと激しい衝撃を感じ、引き続き鋭い痛みを覚えて、気も遠くなりながら、揺れ動く馬上よりどおと地上に転げ落ちた。更に俯せになりながら、背にも腰にも、両の太腿にも耐え難い激痛を感じた。まるで太い太い大針を思い切り刺し通されるようなそれだった。両の鼓膜には、怒声や馬蹄の響き、打ち物のぶつかり合う金属音等が、一大交響をなしていて、やたらと騒々しく、喧しかった。近侍の者の「殿！殿！殿！」という悲痛な叫び声を受け入れる間もなく、豊憲の意識は急速に失われていった・・・

豊憲軍一千は、馳山山麓に真紅の血河を流して、潰滅した。一瞬の出来事だった。武田勢は、その場に一兵も居合わせなかった。わざと別の道を選んだのである。豊憲は、謀られたのだった。心中密かに守護職を狙う孝信の、疑心暗鬼の生み出した悲惨な結末だった・・・

馳山惨事のあと、三上家は潰れ、所領の加濃郡は総て没収された。得子は、幼い女児に家人をつけて隣国但馬へと、険しい氷ノ山越えの山道を逃がした。そして自らは、直ちに自害して果てた。父と夫の、三上山名両家の板挟みになって苦しんだ彼女を待ち受けていたものは、哀れな死だった。まことに女の宿命を、戦国女性の悲しさをそのままに具現したかのような彼女であり、彼女の人生だった。辞世は、此世だにおきところなき露の身のきゑていつこにまよひ行らん、だった。

わずかに生き残った他の三上の一族や家臣たちも、或るものは自死し、また或るものは逃亡した。

それから四年後、密かな準備もなって、守護を圧倒するに十分な実力を蓄え、自信満々の出城多加鳥城定番武田美作守孝信は、稲葉高草郡釣山に山名豊一と戦って、これを打ち破った。今日流行の下剋上の所為である。敗走する豊一は、他寺見の峠に涙を呑んで自殺した。まだ若かった。因みに、豊一の兄豊成は、伯耆まで進出して来た毛利勢に備え、西方の志加奴城に入っていた。が、そこで孝信の美女を用いた姦策にかかり、毒殺された。ここに、遂に、稲葉山名氏は、一旦は滅亡するのである。

こうして武田孝信は、一挙に稲葉守護職に就くかと思われた。ところが、但馬の一郡を領していた山名豊数が、孝信を討たんとする。不運にして豊数が病死した後、彼の弟誠豊が、出雲尼子の遺臣山中鹿之助幸盛の支援を受けて孝信を滅ぼし、稲葉新守護となった。そして長谷の守護所を出城たる多加鳥城に移し、そこを稲葉国の本城とした。ともかく、鎌倉幕府の御世以来の長大な歴史を誇る山名の家は、まだ容易には倒れなかったのである。

三上を滅ぼし、主君に下剋上した武田孝信も、遂には運が尽きたが、乱世の梟雄と呼ぶにふさわしい、不可思議な人物ではあった。生前の彼は、地元高草郡内では有能な領主であり、彼に付き従う地侍も少なからず、長谷の守護所でも最有力の重臣の一人だった。

怪物

守護所のある長谷の東南方三里ばかりの地点、他寺見峠にもさほど遠からぬ稲葉川のほとりに、一つの小村があった。ほんの三十数戸から成る村である。村人たちは、専ら農耕によって生計を立てていた。

ある梅雨の時節、例年にない大雨が稲葉地方を襲い、稲葉川は氾濫し、その流域一帯も、広範囲にわたって水浸しになった。川の畔の小村にも、他の多くの村々同様に、数日間にわたって水がつき、家々は床をも越さんばかりの浸水を蒙った。床板や敷物が濡れ、数多の家具や日常生活上の諸道具、それに貴重品の類までもが水につかり、或いは流れ去った。汚物が水に漂い、村中が汚れ切って、それは散々な日に遭った。せっかく植えつけていた稲苗も、ほとんど駄目になり、また改めて植え直さねばならぬ。畑の作物も壊滅状態だった。

家々、田畑と、村人たちの受けた損害、被害の総量は、それは大変なもの、誰もかも、しばらくは、何事にも手がつかず、茫然自失の体だった。

幾日もたってようやく雨が止み、水も次第に退いて来始めたが、村人たちは、これから復興の業を如何に為したらよいものかと、困り果てているのだった。実際、何十年来この方聞いたこともないような、恐るべき天災だった。

惣次郎は、初夏のとある日、山中の畑仕事に手間取り、己が住まう川べりの小村へと帰りかけた頃には、辺りは既に薄暗くなっていた。まだ比較的若い彼も、鎌を腰に差し、鍬を担いで、雑草に覆われた細い山道を、一日の労働で草臥れ切った重い両足を引き摺るように歩いた。惣次郎は、羊腸と曲がりくねった細道を、山蔭に見え隠れしながら進む。夕べの露が草叢に降りていて、彼の草履や野良着の裾をぐっしょりと濡らした。初夏の夕べの空気は、日中蒸し暑いだけに、それだけに余計に涼しく、気持ちよかった。その日一日、好天だったので、夕空には、あちこちに大小の星々が、ちかちかと美しく瞬き出していた。彼は、山道を辿りながら頭上を仰ぎ、暗天を背景に金色に輝く星々がまるで無数のきらびやかな宝玉をちりばめたように見事だと思った。涼風がやわらかに顔面を撫で行くたびに、疲れ切った彼惣次郎は、ほっと生き返るような爽快さを味わうのだった。

惣次郎は、とある山裾を廻っていた。右側には、山道と直角方向にごく幅の狭い谷が折れ込んでいた。彼はふと歩みを止めて、その暗い谷間の方に顔を向けた。そして両の耳を澄ます。何か妙な音が聞えたと思ったのだった。

一体何じゃろう?・・・惣次郎は幾分気味悪く思いながらも、その谷の中に少しばかり踏み入ってみた。

しばしば通うこの山道、もちろん彼は、ここに狭い谷があることを知っている。その奥、突き当りに、恰も山麓を刳り貫くようにして出来た自然の大きい洞窟が一つあることも承知していた。だが、むろん、何の変哲もない、何ものもおる筈のない淋しい谷間、そして洞窟である。
ばしゃばしゃばしゃっ！・・・
おお、やっぱり聞こえるぞ。惣次郎は、雑草を踏み敷いて、なおも谷の奥へと入り込んでいった。やがて、大振りの洞窟が黒々と口を開いて、彼の眼前に立ちはだかった。
惣次郎は、この洞窟に入ったことが何度もある。他の村人たちも、同様である。惣次郎も村人たちも、奥に深い淵があることもよく知っていた。しかし、そこには、魚も大していない筈・・・
ばしゃばしゃばしゃっ！
明らかに水を打ち、水を撥ねる重々しい音がまた響いた。まさしく洞窟内からだ。
窟に近づくと、その音は意想外に激しく聞こえる。惣次郎はぞっとした。ほんにあれは何じゃろう？奥の淵に何やらおる。しかも尋常のものではないようじゃ。
彼は到頭洞窟に足を踏み入れた。半ば恐いもの見たさも手伝って・・・
ばしゃばしゃばしゃっ！ばしゃばしゃばしゃっ！・・・
やや緩慢ながらも、連続して物凄い響きだった。まるで両の耳が潰れてしまうのではないかと案じられるほどの激しさだった。惣次郎は、思わず両手で耳を押さえる。洞窟の奥の水中で、何ものかが水を打ち、跳ね回っているような音だ。それが、暗く大きい窟内一杯に反響して、轟き渡っているのだ。
これはただの生き物ではあるまい、大鯰や大鯉でも、これ程に大げさな音を立てるわけがない。きっと正体も知れぬ魔物か怪物に相違ない。惣次郎に、それ以上窟内を進むことは出来なかった。余りな恐怖に、両の足が竦んでしまったのだ。顔面も真っ青だった。

彼は鍬の柄をぐっと握り締めながら、急ぎ外に出て、元の山道の方へと奔った。背筋が凍りつき、日中の疲れなど吹っ飛んでいた。彼は背後から相変わらず、

ばしゃばしゃばしゃっ！・・・

と追い掛けて来る恐ろしい水音に怯えながら、山道に駆け戻ると、一目散に村のほうへと奔った。山間を抜けて、広い田畑を突っ切れば、村に着ける。あたりはもうすっかり暗くなっていた。無数の星々だけが、依然大空一杯に広がって、遠く美しく、金色に輝き続けていた。

惣次郎の話を聞いた村の男たちは、明くる日、彼を先頭に立てて、山中の大洞窟に行ってみた。万一の場合に備えて、皆手に手に山刀、鉈、大鎌、棍棒、等々、思い思いの武器を携えていた。中には、兵士だった先祖の残し伝えたという古びた槍を小脇に手挟んだ勇者もいた。

村人たちは、その不揃いに珍妙な武装姿も勇ましく、小走りに山中に入り、あの狭い谷間に踏み込んだ。が、惣次郎は、思わず首を傾げた。洞窟の中からは何の物音もせぬ。谷は完全に静まり返っていた。それでも、一行は、恐る恐る窟内に入って行った。かなり奥行のある洞窟だった。幅も広さも相当あった。中の空気は、冷え冷えと漂っていた。足元の岩盤は、湿っている。頭上からも、時折ぽたぽたと雫が垂れていた。山水が岩の裂け目を伝って、落ちて来るのだ。

男たちは、薄暗い洞窟の奥に着いた。深い淵の前である。既に誰かが、用意の松明数本に赤々と火をつけていた。高く翳された炎が、淵を照らし出す。気味悪い程の水深があった。水面は穏やかそのものだった。頭上の岩天井から落ちる水滴が、水面のあちこちに小さな円形の波紋を幾重にも描いていた。

ぽたん！ぽたん！ぽたん！・・・

その水滴の滴り落ちる響きを除けば、他には何も聞こえなかった。そこに怪しげな何ものの いる気配もなかった。

一人の男が、長い棒を淵に突っ込んで、ざわざわと水中を掻き回してみた。しかし、何の手応えも、反応もない。怪物どころか、小魚一匹飛び跳ねなかった。

「妙だな？・・・」

惣次郎は呟いた。さも不審そうに首を傾げる。

「夕べは凄い水音を確かに聞いたんじゃがな・・・」

「お主の気のせいじゃあなかったのかい？」

また別の男が、やや疑わしそうな表情を見せて、尋ねた。

「そんな筈はない。本当に聞いたんじゃ。この耳で確かに聞いたんじゃ」

惣次郎は、気色ばんで反論した。

「だが、何もいやしないじゃあないか」

更に他の男が云った。

「嘘じゃあないったら。わしは本当に聞いたんじゃ！それは物凄い音だったんじゃ。それで、恐ろしゅうなって、飛んで帰ったんじゃ」

惣次郎は、またむっとして、云い返した。

結局、何ものも発見出来ぬままに、一行は洞窟を離れ、村へと帰って行った。ほっと安堵した顔色の者もいれば、いささか拍子抜けした体の者もおり、また、不満そうな表情を浮かべた者もいた。

村では、老人や女、子供たちが、彼らの息子や夫、父らが一体どんな怪物話を持ち帰るものかと、不安と好奇心の入り混じった気分で、待ち構えている筈だった。

村の周囲に広がる水田は、あの大出水の後、改めて整備され、今は既に、新しい緑の苗が植えつけられていた。そこには、のびやかにみずみずしい景観があった。むろん、浸水を蒙った村の家々の仮の修復は、それに先駆けて一応済まされていた。


同じ日の晩、惣次郎は、己が飼い犬を連れ、独り密かに村を発った。彼はもう一度、あの洞窟に行ってみる積もりだった。実際、彼はしゃくだった。村人たちの多くは、彼の云ったことは単なる彼の気のせいに過ぎなかったのだ、と思っているようだった。そんな筈はない。わしは絶対に聞いたんじゃ、あの、ばしゃばしゃばしゃっ！・・・と響き渡る、無気味に恐ろしい水音を、本当に聞いたんじゃ！

今夜もやっぱり晴れて星の煌く、涼しい夜だった。犬は、主人の足元をまろぶように進んだ。

惣次郎は、腰紐に山刀と松明を差し、手には、太い棍棒一本を握り締めていた。まさかの折に身を守るためのものだった。怪物は確かにいる、だからそれ位の準備は、彼にとり当然のことだった。

彼は、どうしても洞窟の怪物の正体を自分自身で見極め、村人たちの鼻を明かしてやりたかった。彼は、たった独りで怖くはあったが、そうした意地に強固に支えられていた。同時に、やはり抑え切れぬ好奇の心も、なくはなかった。

惣次郎は、愛犬と共に、山間に入っていった。山中は、いつもながらに、静寂に包まれている。彼は、勇気を出して進み続けた。

洞窟のある谷間も間近になった頃、彼はぎくりとして、手の棍棒を握り直した。犬も足下に低く唸(うな)った。

聞こえる。やっぱり聞こえる。怪物はいた。あの無気味な水音が、谷の奥からかすかに響いて来る。惣次郎は、身を固くしながら、山道を急いだ。犬も既に、彼の前方をどんどん走っている。

たちまち惣次郎は谷の中に入った。

ばしゃばしゃばしゃっ!・・・

紛(まぎ)れもないあの音が、今は余りにもはっきりと、彼の両の耳に響いて来る。愛犬は、うわん、うわんと激しく吠え立てながら、主人より先に洞窟内に駆け込んでいった。騒々しい水音に交(まじ)って、その吠え声が伝わってくる。

惣次郎は、窟(くつ)の入り口で星明かりを頼りに、火打石を打って、松明に火をつけた。勢いよく燃える真っ赤な炎は、闇の中に眩(まぶ)しく輝いた。炎の舌が妖(あや)しく、美々(びび)しく棚引(たなび)いている。彼は、松明を弓手(ゆんで)で頭上に翳(かざ)しながら、右手(めて)の棍棒を構え直して、洞窟の奥へとこわごわ進んでいった。赤火は、獣除(けものよ)け、魔物除(よ)けにもなる筈だった。

ばしゃばしゃばしゃっ!・・・

いつしか彼の膝頭(ひざがしら)は、がくがく震え出していた。それでも彼は、勇気を奮(ふる)い起こして前進した。

その瞬間、

ばしゃばしゃっ!どどどーっ!ばしゃばしゃっ!・・・

という連続音と共に、愛犬の悲痛な哭(な)き声が、彼の両耳をつんざいた。

きゃんきゃんきゃーん！・・・

惣次郎は驚愕(きょうがく)した。五郎が危ない。彼は松明を振り立てて、闇の奥へと突進した。

どどどーっ！ばしゃばしゃっ！きゃんきゃんきゃんきゃーん！・・・

遂に惣次郎は、洞窟の奥に、転(ころ)がるように走り着いた。そして、一瞬、目を見張った。

今しも激しく波打ち荒れる水面をなおも揺(ゆ)るがせて、小山のような黒色の巨塊(きょかい)が、周囲に水飛沫(みずしぶき)を飛ばしつつ、淵中(えんちゅう)に躍動していた。その巨塊は、惣次郎の松明の輝きを受けて、ぬめぬめと気持ち悪く、鈍(にぶ)い黒色光(こくしょっこう)を放っていた。

惣次郎は、淵(ふち)の縁(へり)に両足を踏ん張って立ち、食い入るようにその黒い大怪物を睨(にら)みつけるばかりだった。

愛犬の五郎は、怪物の叺(かます)のような大きい扁平(へんぺい)の口中にしっかと咥(くわ)え込まれ、左右に激しく振り回されていた。真っ赤な血飛沫(ちしぶき)が宙に飛散する。恐怖の虜(とりこ)となった惣次郎は、ただ棍棒を握り締めて、淵辺(ふちべ)に立ち尽くすばかりだった。愛犬の哭(な)き声は、はや聞こえなくなっていた。息絶えたらしい。黒い怪物は、それでも犬を咥えたまま、淵中に躍(おど)っていた。真紅(しんく)の炎を恐れる風もなかった。

惣次郎は、気を取り直すと、身の危険を感じて、元来(もとき)た方角へ、洞窟の入り口の方へと駆け出した。重い棍棒は投げ出してしまい、辛(かろ)うじて松明だけを握り締めていた。彼は、息を切らして洞窟を走り出た。後(あと)には、依然としてあの無気味な水音が、喧(やかま)しく響いていた。

ばしゃばしゃばしゃっ！・・・

それは昨晩の何倍もの大きさ、凄まじさだった。幸い、怪物が彼の後(あと)を追って来(く)る気配はなかった。

惣次郎は、己(おのれ)が今まるで途轍(とてつ)もない悪夢を見ているような気がした。あれは悪魔の饗宴(きょうえん)だ。己(おの)が愛犬は、その饗宴の哀れな供物になったのだ。物心ついてこの方一度だって、こんな恐ろしい目に遭ったことはない。まるで平穏な筈のこの片田舎の身近な山中に、こんな度外れて凄まじい出来事が起こり得るなんて！・・・村の者たちは、この事実を知ったら、仰天するじゃろう。何しろ大変な怪物が、これ程の身近に突然出現したんだからな！・・・これはえらいことになったぞ！きっと村中が大騒ぎになるに違いない！あの怪物は一体何ものなんじゃろう？今まで見たこともないしろものじゃ！まるでこの世のものとも思われぬ！地獄の悪魔みたいじゃ！もし地獄からやって来たのじゃあないのなら、一体どこから来たと云うんじゃ？しかもいつ？・・・

惣次郎は、一目散に夜道を駆けながら、熱い血のかっかと燃えてたぎる頭で、辛うじてこうしたことを考えていた。松明もいつの間にかなくなってしまっていた。あの谷間のどこかに思わず投げ出して来たらしいが、そんなことは今の彼にはどうでもいいことだった。彼の脳裏は、あの黒い巨塊が松明の光を浴びて淵中に荒れ狂う恐ろしい様だけに占められていた。己が今どの辺を走っているのかも、しかとは分かっていない。ただ、無意識の内にも、村の方へ向かっているということだけは、間違いないようだった。

再び惣次郎の驚くべき話を聞かされた村人たちは、作日のこともあるので、最初の内は半信半疑だった。しかしよくよく考えてみれば、彼は大ぼらを吹くような人間でもない。同じことを二度まで聞かされる。しかも彼が、今度は怪物を目の当たりにしたという。それに彼の愛犬五郎が見当たらぬのだ。男たちは、朝を待って村長の家に集まり、協議することにした。或いは怪物は、たまたま昼間はどこかに潜んでいて、夜中ばかり出て来るのかも知れない。だが、もしそうだとすると、どこに潜んでいるんだろう？

皆は惣次郎に、その怪物について更に詳しく尋ねんと試みた。でも、気も動顛している惣次郎の答えるところは、必ずしも明瞭でない。それもむしろ当然のこと、彼には、あの恐怖の最中に、怪物をじっくりと観察することなど、到底出来はしなかったのだ。それに、たった一本の松明しかなかったのである。ただ、途轍もない大怪物で、色は黒く、横なりに長く裂けた、大きな口を有していたということ位は分かった。

「そう云えば、水面に躍る時、二本の肢をちらと見たような気もするが・・・」

と惣次郎は仕舞に付け足した。でも、その点は、本人にも定かではなかった。或いは鯰の化け物かも知れなかった。

水の中におるというなら、魚の類だ。蛇なども水面を上手に泳ぐが、やたら水中に潜ることはしない筈。やはり魚だとすると、大鯰か大鯉位しか考えられぬ。しかし、惣次郎の話すところでは、あれ程に巨大な鯉や鯰などとても考えられぬという。相手は生きた犬を食らう程の肉食の魔物だし、第一、肢があるかも知れぬという。どうも普通の魚ではなさそうだった。そうかと云って、蛇の類でもない・・・

ともかく今度は、夜になってから、男たち一同打ち揃って、また洞窟に行くことになった。そうした怪物が本当にいるのなら、このまま放っておくわけにはゆかなかった。数をもって押し込んでゆけば、相手がいかな巨大怪物だとて、後れを取ることなどよもあるまい、討ち果たせぬわけもあるまい。

それでも、武器だけは昨日より更に多く携行することになった。相手の正体が明らかでない今、如何なる手段で倒すか、具体的なことは、誰にも何も分からなかった。男たちは、やはり棍棒、山刀、鉈、鎌などを取り揃えた。また、例の先祖伝来の古槍に加えて、沢山の太い生竹の切っ先鋭い槍を作った。これは、有力な武器になる筈だった。猟師業の者は、弓矢を持って行く予定、その他、何本もの長くて丈夫な太綱も集められた。大小無数の石も、背負い籠に詰められた。投石用だった。太綱を用意したのは、怪物がどうやら水生らしいから、陸に引き揚げるか、誘い出せば、わりと楽に仕留められるかも知れぬという判断からだった。そうすれば、怪物を縛り上げて仕舞えるだろう・・・

夜、厳重な身拵（みごしら）え、準備をなした村の男たちの一団は、山間（やまあい）に入り、洞窟のある谷に近付いていった。一行にはむろん、惣次郎も加わっている。今夜も、引き続いて満天、美しい星空が見上げられた。この季節には珍しいことだった。

谷の近くで、人々は、惣次郎の話が偽（いつわ）りではないということを、初めて確認することが出来た。あの無気味な水音が聞えて来るのだった。

谷間を突っ切った一行は、松明（たいまつ）の数を増（ふ）やし、それぞれの手にする武器を今一度しっかと握り直すと、次々に暗黒の洞窟内へと踏み込んでいった。沢山の松明の火に照らし出されて、広い窟内はまるで真昼のように明るかった。窟内の濡れた岩壁に、激しい水音が喧（やかま）しく反響していた。

男たちは、遂に奥まで辿り着いた。そして、昨夜の惣次郎に劣らぬ位（ぐらい）に驚き、怯（おび）えた。淵の中には、ぬめぬめと黒光りした得体（えたい）の知れない巨大な怪物が、水飛沫（みずしぶき）を飛ばして躍（おど）り撥（は）ねていた。怪異な巨体、その激しく妖しく躍動する姿！怪物は時折、叺（かます）のように大きな口を、くわっと開（あ）けるのだった。その都度（つど）、男たちは一様に、おめき声を上げた。

水中の乱舞遊泳（らんぶゆうえい）を楽しんでいた風の怪物も、突然の余りな明るさの中、人間たちに気付いた。そしてその異様に扁平（へんぺい）な丸っこい頭部を男たちに向けた。大鯰（おおなまず）の頭によく似ていた。次いで、ばしゃばしゃっ！と激しく水を撥ね飛ばしながら、淵辺まで迫って来た。まるで彼らの眼前に、黒い小山が一つ、いきなり出現したかのようだった。

男たちは驚愕して、何歩も後退りした。それでも仲間の数を頼りに、各々手にする武器を構え、また石をきつく、固く握りしめた。妙なことに、松明に照らし出された怪物の扁平に丸い頭部には、眼がなかった。いや、ある、あるにはあるが、その大きな図体にしては、余りにも小さ過ぎる両眼だった。まるで豆粒のようにさえ見える。巨大な体躯に比して、余りにも可愛らし過ぎる両眼だったのだ。それらは不自然な程両脇に寄った位置にあった。左右の眼は、お互い随分離れているわけである。その頭部は、何とも不恰好だった。上部には、無数の瘤のような疣が点在して見える。ぬるぬるに濡れて光る黒い巨体は、相当に長い。優に三丈には届く。巨体の後部四分の一位は、尾部だった。両の体側には、大型の気持ち悪い縦襞が幾重にも連続して走っていた。全体、大鯰の体形だが、鯰ではなかった。口髭もないし、惣次郎の云ったように、やはり四肢があるのだ。扁平の四肢だった。蜥蜴の類と違うことは、一目瞭然だった。肢の生えた大鯰と云う形容がぴったりだった。しかもその巨大さは、想像を絶するものだった。

異様に馬鹿でかい怪物に圧倒されながらも、人間たちは、勇を奮ってしかも憑かれたように、投石を行った。矢も次々に飛ぶ。怪物も、大小の石をがんがんくらい、矢を射当てられて怒り、音立てて身震いした。だが、矢は固い頭部にだけはなかなか突き通らなかった。怪物は真一文字に閉じていた口をくわっと開き、奇妙な叫声を発した。次の瞬間、長大な岩のような巨体を大仰に左右に揺すり、かつくねらせながら、尾で激しく水を打ちつつ、淵辺に乗り上げて来た。決して素早いとは云えぬ動作だが、それでも両足を踏張って、たちまちその前半身を腹まであらわにさらした。大きく膨らんだ腹部がゆったりと波打っている。

人間たちは更に後退して、体勢を整え直す。足元に水飛沫を散らしながら、怪物の左右に展開する者たちも数人いた。惣次郎も、新しく削り上げたばかりの竹槍を両手に握り締めて、怪物の丸くて扁平の頭部を睨み据えていた。

投石が、一段と激しく続けられた。矢も次々と放たれていた。矢は、頭部には刺さりにくいが、胴体には容易に突き入った。相手が大きいから、石でも矢でも、狙いを誤る心配はない。面白いほどによく当たった。怪物はまた叺の大口を開けて、変な叫声を発した。誰かが竹槍を構えて突進し、頭部に力任せに突き通さんとした。けれども、そこは岩塊の如くに、堅かった。竹槍の最初の一撃は、がーんと撥ね返されてしまう。槍の先端はぐしゃぐしゃに潰れていたが、相手を傷つけることだけは出来た。頭の一部から鮮血がだらだらと滴り落ちていた。怪物は、またまた大口を開いて、痛苦と怒りの叫声を放った。

男たちは、水辺に近づいて、竹槍、古槍や棍棒、山刀や鉈などを振るい出した。だが、余りに接近し過ぎると危険だった。体中あちこち傷ついた怪物は、水面を波打たせながら、暴れ回った。水辺に倒れた者を巨大な重量で押し潰さんとし、近付く者を叺口で咥え取ろうとする。恐ろしい力と勢いの尾でぶちのめされ、岩壁にたたきつけられる者もいた。

それでも男たちは、勇敢にかつ憑かれたように、戦いを挑み続けた。怪物は、全身に竹槍を散々に突き通され、矢を射込まれ、ぬるぬるの皮膚を山刀で到るところ切り裂かれ、頭部を鉈や棍棒で打ち割られた。その小山のような巨体は、はや至るところ鮮血にまみれている。つぶらで小さな目も一つ、潰された。怒り狂った怪物は、全身を振動させて、大暴れし続けた。

一人の男の合図で、全員後退した。そしてある程度の距離をおいて、投石と矢の射出のみを続行する。余りの苦しさ、痛さに逆上（ぎゃくじょう）した怪物は、ばしゃばしゃっと水飛沫（みずしぶき）を飛ばして、陸上に這い上がって来た。巨体が、人間たちの方にぐうっと間近に迫って来た。これ程に痛めつけられながら、依然として頑強だった。感心なことに、始終、水中に潜（もぐ）って逃げようとはせぬ。男たちも勇敢だったが、怪物もそれ以上だった。男たちは、巨体を包囲する形になった。実はこれは誘い出しだった。勢い余った相手は、うかうかとこの人間の深知恵に絡（から）め取られた。

人間たちは、再び接近戦を挑（いど）んだ。各人、竹槍を、山刀を、鉈を力の限り、狂わんばかりに振（ふる）う。怪物も、硬い岩盤上をどどどーっ！どどどーっ！と暴れ回る。太い尾で岩を、人をがんがん打ち据（す）えた。大口開けて、人を咥（くわ）えんとする。しばらくの間、人間と怪物の大乱闘が続いた。広い洞窟内には、人のおめき声、怪物の叫声、武器を打ちつける音、尾をたたきつける響き、人の入り乱れた足音等が喧しく複雑に交錯（こうさく）した。黒い巨体の周りに松明が幾つも群（むら）がり寄っては、離れてゆき、また群がり寄る。

だが、時間が経（た）つにつれて、さしもの大怪物も、次第に勢いを失って来出した。動作もいよいよ鈍（にぶ）って来る。人間たちの計算した通りだった。やはり陸上は、彼の世界ではなかった。淵に戻るには、既に遅過ぎた。それに、人間たちが必死で、それを阻止するだろう。

怪物は到頭、冷たい岩盤上にべったりと腹這（はらば）ってしまった。腹部が、さも苦しげに波打っている。巨体全体、大小深浅の傷を蒙（こうむ）り、痛ましく血にまみれていた。

男たちは、最後のとどめを刺すべく、動かぬ巨体に向かって、一斉に憑（つ）かれたように襲い掛かった。竹槍を刺し通し、山刀や鉈を力一杯に深々と打ち込む。怪物は、遂に完全にくたばってしまった。最早微動だにせぬ。その小さな目は、二つながら打ち潰(つぶ)されていた。男たちは、用意の太綱を取り出して来て、その四肢を固く縛り、それぞれの端を岩角にしっかと括(くく)り付けた。綱は、胴体にも掛け、尾にもぐるぐる巻き付けて、その端もまた、岩角に縛り付けた。窟内は一面血飛沫(ちしぶき)に覆(おお)われていた。

人間たちは、改めて怪物の周りを取り巻き、周囲を巡(めぐ)ってみながら、その気味悪い巨塊(きょかい)をつくづくと眺めた。体色は、厳密に云えば暗褐色(あんかっしょく)、背面には点々と黒い斑紋(はんもん)が見える。下の腹部の方は、少々色が淡(あわ)くなっていた。両側の襞(ひだ)も尾部の下縁部(かえんぶ)もそうだった。ともかく余りにも大き過ぎる、無気味な生き物だった。

「大きさこそ尋常(じんじょう)ではなけれど、よう見るに、こやつはやはり、太古の昔から南の山地の川底に棲(す)む半裂(はんざ)きのようじゃな・・・」

誰かが、ぽつりと云った。

ともかく一同、後(あと)で、村の古老たちに尋ねてみることにした。

人々は、負傷者たちを連れて、一旦村へ帰ることにした。これ程の不可思議な大乱闘の後(のち)、誰も彼も、消耗(しょうもう)し切っていた。今夜のところは村に引き揚げ、翌日改めてここに戻り、怪物の始末を考える積もりだった。もう決着はついたのだった。

そこでとりあえず、この事件に初めから深く関(かか)わっていた惣次郎と彼と普段から親しいもう一人の男を番人として、窟内に焚火(たきび)をさせながら残し置くことになった。そして、他の者たちは、山間(やまあい)を出て行った。夜明けも、そう遠くはなさそうだった。

あくる日の午前、村人たちは、今度は老人や女、子供たちまで含めて、大挙して洞窟へ出掛けて行った。

怪物の始末に、その見物も兼ねていた。

だが、彼らは、窟内に入ってみて、驚いた。何たることか、そこは空っぽだった。ただ引き千切られた太綱が、辺り一面、ばらばらに散らばっているのみだった。番人として残しておいた二人の姿もなかった。淵も穏やかに静まり返り、水中には何も見えなかった。どうやら怪物は、あれほど激しく責めつけられながらも、まだまだ死んではいなかったようだ。恐るべき生命力、時と共に気力を回復した怪物は、盲目ながらも、必死の怪力をもって太綱を振り千切った後、惣次郎ら二人を淵中に咥え込んで、消えて仕舞った模様だった。人々が穏やかな水中を幾ら棒で掻き回してみても、何も出て来はしなかった。

村人たちは、気味悪くなって、急ぎ洞窟を出た。

その後、彼らは、二度と怪物の出現を見ることはなかった。山中の洞窟は、かつてのようにいつも静穏で、何ものにも乱されることはなかった。盲目の怪物は、何処か他所に行ってしまったらしかった。きっと淵の底のいずれかに大きな抜け穴があったのだろう。来る時も、そこから入って来たのに相違なかった。昼間いなかったのも、どうやらその穴のせいだったようだ。

怪物の噂は、間もなくこの地方一帯に広まった。その正体は、やはり南の山地に棲まう半裂きの一種が異常に肥大化し、たまたま珍しいまでに凶暴な気質を持ち合わせたものだったのだろう、というところに落ち着いた。では、何故あの洞窟に突如として姿を現したのだろうか?・・・それは、出現の時期からして、どうもあの大洪水と関係がありそうだった・・・

巨大な体躯故に却って押し流され、行き場を失った生き物と異形のものの闖入に遭い、面喰い、怯え、慌(あわ)てふためいた人間たちの顛末(てんまつ)、それが古老たちの解釈だった。

　川べりの小村の人々は、惣次郎ら二人の怪物騒動の犠牲者たちを、村はずれに小塚(こづか)を築き、心を込めて供(く)養(よう)した。ともあれ、怪物の姿を最初に見たのも惣次郎なら、それを最後に目にした一人も彼だった。

鬼面

阿井場吉之進は、稲葉の国の武士だった。家代々続いて来た国内外の渉外担当の役職柄、日々多忙だった。ある時彼は、やはり公用で、若い下僕嘉平と共に遠く筑紫の国へと旅に出た。多加鳥城下武家屋敷地区の東はずれにある彼の屋敷には、後妻の紫と娘たちお百合と乙代の三人が残された。お百合は先妻の娘、乙代は紫の連れ子だった。他に、庭周りの仕事を担う老僕と台所仕事や屋内掃除を受け持つ中年の下女の二人がいた。

阿井場家の屋敷は、守護所が長谷から多加鳥山に移された多加鳥築城最初期の建築だった。従って、その屋敷は、城下をきちんと区割りする以前に建てられたものだった。武家屋敷地区から東にはずれた位置にあるのはそのためだった。

阿井場の屋敷は、母屋と奥の屋の二棟からなっており、建物自体は、母屋は大き目で、奥の屋のほうは小振りだが二部屋あった。母屋は南北に、奥の屋は母屋のすぐ北側に東西に、但し幾らか庭奥に遠慮するようにして立っている。両屋は屋根のついた小廊下で繋がれ、その下は身を屈めれば庭から庭へと潜り抜けられる高さに作ってあった。

西側の前庭は、いろいろの庭木や庭石、小池などで園をなし、目につく柘榴の木陰には、立派な石燈籠もにょきりと立っている。全体、常時の手入れも加えられていて、見る目に整い美しい。広がりもあった。東側、屋敷の裏側の庭は、手が回りかねるのか、逆に放擲気味になっている。そこには、わずかながらも雑木が繁り、秋ともなれば、下の地面は落ち葉にかさむのだった。奥の屋の前は、母屋とを繋ぐ小廊下及び小庭を隔てて、この酷く狭い雑木林、つまりこれが奥の屋の南側、その西側は、母屋の北端を経て、より広い前庭へと続いていた。そしてこれら二棟の建物や前庭、裏庭や雑木林等総てを大きくぐるりと方形に囲んだ、人の背丈を優に越す高い土塀の連なりが、この屋敷内と外部とを遮断していた。表西側の長塀中央部に表門がある。裏側東面には、雑木林を抜けたところに、やはりこれも東塀の中央部に当たるのだが、小さな裏門がついていた。でも、こちらは、普段は余り使わぬ門だった。従って、ぴたりと閉じられた門扉は、埃をかむって、白っぽく汚れていた。

静まり返った裏庭及びそこの雑木の林に接続するかのように、この東塀外、裏門の外側には、うら寂しい竹林が見捨てられたように広範囲に広がっているのだった。竹林の中には、太い孟宗も、互いにせめぎ合うように林立し、前方の見通しもよくはきかない。そこは、昼間でさえ薄暗かった。陽光は頭上で遮られてしまっていた。地面は、笹の落葉にびっしりふわふわと蔽われており、絶えずじめじめして、陰湿な状態だった。

屋敷の前方、つまり西方は、畑地や空き地がしばらく続いた後、家々がぽつりぽつりと点在し始め、やがて武家町へと移ってゆく。それでも、屋敷は、城下の中心部からは離れた場所にあり、静寂で侘しくさえある地域に、孤独に居座っていた。城山はその西北方に険(けわ)しく聳(そび)え立っている。

阿井場家は、南北両朝期以来のこの稲葉地方の旧家の一つであり、代々長谷(はせ)の守護所へ、次いで今の多加鳥の城に出仕していた。そういうわけで、屋敷もそれなりの規模を構えていたわけである。

お百合(ゆり)は、大層気立てのよい、色白の美しい娘だった。今年十七歳、後妻紫の娘乙代(おとよ)より一つ年上だった。生みの母満(まん)は、何年か前に病(やまい)を得て、夫と娘を残して死去し、お百合は、それ以後、多分に内向きの淋しがり屋になっていた。やがて後添(のちぞ)いの紫が来て、お百合の母代りとなったが、お百合の心は必ずしも楽しまなかった。死んだ母のことが、どうしても忘れ切れなかったのである。お百合にとっては、本当にやさしい母親だった。お百合は、顔立ちも気立ても、母に酷似(こくじ)していた。母と一緒に過ごしたあの幸福な日々の事々(ことごと)が、お百合の記憶の底に塗(ぬ)り込められている。奥の屋(おくや)の一室で、二人して楽しく語り合ったものだった。その母からは、面白い、或いは悲しい昔話をいろいろ聞いた。お針仕事も教わった。広い前庭の池の畔(ほとり)を、手を携(たずさ)えて、散策したり、庭石に並んで腰を下ろし、しばらくくつろぎもした。近くの野辺(のべ)に連れ立って立ち出(いで)ては、白や緑に赤、青と、とりどりに綺麗な愛らしい花々を摘(つ)んだりもした。一緒に城下の町なかまで出向いては、賑(にぎ)やかな通りを歩き、幾つもの店頭を次から次に覗(のぞ)き込んでは、色美しく、珍しい御手玉や、時には愛くるしい、そして時には上品な人形、高価な簪(かんざし)や気に入った御針(おはり)道具などを、その他の珍しい品々と共に買ってもらいもした。その思い出は尽きない。とても優(やさ)しく、優雅(ゆうが)な母だった。

夜は、家族そろって奥の屋に休むのが常だった。そこはお百合が生まれた場所でもあった。母屋は、来客の接待を含む日中の表向(おもてむ)きの事柄や父吉之進の書き仕事、家族の食事等に用いていた。母屋の掃除や戸締(とじま)

りは、下僕嘉平（かへい）と下女に任せていた。

　母満が亡くなっても、お百合は、奥の屋に休むのを習慣とした。幼い頃より馴染（なじ）んだ場所だったからだ。母との思い出多い所だったからだ。奥の屋のお百合が生まれ、そして彼女が成長してからもいつも二人で楽しく過ごした部屋には、母の遺品も沢山残っていたのである。それら一つ一つには、懐（なつ）かしい母の匂（にお）いが沁（し）み込んでいるのだった。誰もが母屋に寝るようになった今日でも、お百合だけはかたくなに、奥の屋のその同じ部屋を用いていた。


　父の吉之進は、母亡き後のお百合のことを酷（ひど）く心配し、気配（きくば）りを欠かさなかった。娘が悲しみの余り、身体（からだ）を壊（こわ）しはせぬかと案じたのだった。彼は、紫にも、絶えずお百合のことで種々言い含め、彼女の心身を元気づけ、楽しますようにさせていた。お百合にも、そうした父の優しい心遣（こころづか）いがよく分かっていた。

　しかし後妻の紫は、意地の悪い女だった。縁あって吉之進は、彼女と再婚したが、性悪（しょうわる）の紫は、律儀（りちぎ）で優しい心根の夫に相応（ふさわ）しい女ではなかった。彼女は夫の言いつけに必ずしも従わず、お百合に対し冷淡なことが多かった。彼女は、病弱のお百合に、真面目に意を払うことをしなかった。己（おの）が娘の乙代のこととなると無暗（むやみ）に一生懸命になる癖（くせ）に・・・それは、お百合を増々孤独にし、いよいよ奥（おく）の屋（や）に閉じ籠もった切りで、過去の追想にふけらせるようになった。今のお百合の想（おも）いは、死んだ母のみに占められていた。そして頼みと云えば、ただ父吉之進のみだった。

　その父も、遠い西国筑紫（さいごくつくし）に、お城の大事な用向きで下僕嘉平（かへい）を伴なって出掛けていってから、もう一か月以上にもなる。父は出発の時、お百合にあちらの珍奇な土産物（みやげもの）を沢山皆に持ち帰るから、しっかり母上や妹と留守をしているように、と云った。父は門前で見送るお百合たちに、名残惜しげに幾度も振り返っては手を振りつつ、嘉平共々西方へと旅立っていった。あれから既に一月を越してしまった。父上は、もう筑紫に着いて、今頃は大事なお仕事を、いろいろとなさっていることでしょう。一日も早く仕事を終えて、帰って来てほしい・・・お百合は、異国にある父のことを想いつつ、日々を淋しく過ごしていた。

・・・お上品ぶったあの顔、あの姿、あのお百合さえいなければ、わらわの娘、わらわのいとしい乙代にこの家を・・・いつまでめそめそと何になること、ほんに馬鹿らしい。一旦死んだものが、どうなるというのじゃ。生き返って来たりするものかえ。終日沈んだ面ばかり、はたで見るほうもほんにやり切れない。奥の屋の部屋にすっかり籠もり癖がついてしまって。幾ら懐かしい居所とは云え、どれ程に思い出多い場所とは云え、度を越し過ぎる。殿様も殿様じゃ。何かと云うと、やれわしの娘を、やれお百合はなどと、せわしないこと、喧しいこと。今頃異国の地にあって、相も変わらずお百合やお百合はと、思い煩われてのことじゃろうな。大層な慈しみよう、せめてあの半分、いえ、そのまた半分なりともわらわの娘に、乙代によくしてもらいたいものじゃ。それにしても、これだけの旧家、これだけの屋敷、そして土地、これがみなお百合のもの、全くあの病弱者にはもったいなさ過ぎる。余りに荷が重過ぎましょうぞ。それに引き替え、乙代は元気者、あれならお百合以上に相応しいというものじゃ。筑紫は遠いところ、旅路の果てじゃと、殿様は、出掛ける前に仰せられた。戻って来るには、如何に急いだところで、半年を下るまいとも、いやそれ以上じゃろうとも仰せられた。わらわは他人の話にその名を聞くばかりの遠つ国、ただ随分と古い古い国なのだそうな。その更に向こう、青い大海原を渡れば唐の国と云う。そしてそのまた向こうには天竺が・・・お帰りになるのはまだまだ先のこと、あちらでたんとお仕事がおありなのだそうじゃから。お百合が毎日ひどう淋しがっておるのも、ま、無理はない。恋(こい)しい父様(ととさま)が、地の果てまでも行って御仕舞になっておるのじゃからなあ。まだまだ先のこと、まだまだ・・・そうじゃ、まだまだ先のこと、まだまだ・・・嘉平もおらぬ、庭仕事の爺(じい)も台所の下女もしばしの間、田舎に戻す積もりじゃしな・・・

とある夜半過ぎ、あたりは真っ暗だ。裏手の竹林が、ざわざわと冷たい夜風(よかぜ)に騒いでいる。突然、屋敷内、奥の離れの一室で、恐ろしい悲鳴、絶叫が上がった。それはたちまち止(や)んで、屋敷は再び元通りに静寂そのものだった。ざわざわざわざわ、裏の竹林だけは、依然騒ぎ続けている。漆黒(しっこく)の深夜だった。

あたしは昨夜(ゆうべ)どうかしたのかしら?・・・そう、かたかたと妙な音がして、あそこに、あの障子に恐ろしい影が一つ、ぼおーっと浮いた、その影は障子に手を掛けた、そしてそのあとは、何もかも分からなくなって・・・

そんなことはありませぬ、ある筈がありませぬ。そなたは夢でも見たのじゃ。きっとそうに違いありませぬ。そんな馬鹿馬鹿しいことがこの世の中にあるものですか、鬼だなんて、角(つの)を生やした鬼だなんて。何も童(わらべ)に聞かす御伽噺(おとぎばなし)じゃあるまいし・・・わらわや乙代は、昨晩も一昨晩もそのまた前の晩も、何も見やしませんでしたぞ。何も聞きは致しませぬ。気のせいなのじゃ。そなたの気のせいなのじゃよ。何も案ずることはありませぬ。恐れることもありませぬ。今宵は、乙代を一緒に、奥の屋のそなたの部屋に寝かせましょう。それでよろしいか。
　その夜、奥の屋に悲鳴は上がらなかった。
　が、そのまた次の晩から、夜な夜な、絶叫が繰り返された。

　お百合は、幾らもたたぬ内に、すっかり衰弱し切ってしまった。もともとたおやか、華奢な体付き、夜な夜なの恐怖にさいなまれ、酷く衰え、病床についた切りになってしまった。それでもなお時折、深夜に悲鳴を上げる。彼女の病は、重くなる一方だった。
　お百合は日々の食事もろくろく取らず、まるで蝋人形のように青白く、痩せ細っていった。城下から形ばかり呼ばれた医師も、これは気の病、それも既に嵩じ過ぎているとして、匙を投げた。透き通るような青白さ、そうした彼女は、凄まじいばかりの美しさにも見えた。彼女はうわ言に、父の名を幾度も呼んだ。が、吉之進は、まだ帰っては来なかった。

　うっふっふっふっ、これで思う壺、お百合はもうだめじゃ。回復の見込みは到底にない。これで、この家は乙代のもの、もう決まったも同然じゃ。誰にも分かりっこはない。お百合は病気で死ぬのじゃ。気の病で衰弱し、そのまま死んでしまうのじゃ。それだけのこと、誰にも何も分かりはせぬ。殿様にも、他の誰にも分かりはせぬのじゃ。わらわだけしか知らぬこと、乙代も真実を知りはせぬ。それでいいのじゃ。わらわだけの胸に秘めておけばそれでよい。わらわだけしか知らぬこと、いや、この真っ赤なお面だけは知っておる。用が済めば、さっさと竈で燃やしてしまいましょう。その前に、今夜、もう一度だけ・・・それであの娘は御仕舞になる筈じゃ。もう一度だけ・・・もう一度だけ・・・乙代もすっかり寝入ったようじゃ。どれ、いつもの手燭(てしょく)を持ち、お面(めん)をつけて、ぼつぼつゆくとしよう。一日も早う片を付けたほうがよい。殿様が戻って来ぬうちに、一日も早う・・・

恐ろしい絶叫！断末魔(だんまつま)の一声(いっせい)だった。まるで鮮血を噴(ふ)き、天を呪(のろ)うような壮絶な叫びようだった。屋敷内は暗黒そのものだった。

これで死んだ、お百合は死んだ。もう大丈夫じゃ、この家も土地も何もかも、もう我が娘乙代のものになる。わらわの可愛い乙代のものになるのじゃ。もう殿様が帰って来ても大事ない、決してばれはせぬ、お百合は病(やまい)で死んだのじゃ、気の病で死んでしもうたのじゃ。殿様の留守中にな・・・

屋敷内はしんと静まり返っている。だが、裏手の竹林だけは、今夜も冷風にざわめいていた。ざわざわざわ・・・

・・・おや、何だか妙じゃ、お面(めん)が取れぬ、面が取れぬ、今宵は一体どうしたというのじゃろう・・・うっ！うっ！やっぱり外(はず)せぬ。顔面にしっかと食らい付いてしまったようじゃ。さて、困った、こりゃ大変なことじゃわい。うっ！うっ！うっ！やっぱり取れぬ、ああ、何故(なにゆえ)じゃ。お面が取れぬ、面が外(はず)れぬ！せっかく何もかもうまくいったというに、お面が外せない！ああ、何故じゃ！・・・そのうち夜も明ける。乙代が起きて来たら、それこそ大変じゃ、それまでに何としてもお面を取らぬと、難儀なことになる。そうじゃ、柱にぶつけて、割ってしまおう、それしかない、こう、こうやって柱に・・・がっ！がっ！がーん！ううう っ！・・・

おおおおっ！・・・がっがっがーっ！ううううっ！・・・おおおおっ！取れぬ、割れぬ、ああ痛い、苦しい、顔が痛む顔が・・・血じゃ、これは紅の生血じゃ、お面の奥でわらわの顔が潰れたか、顔が潰れてしもうたか・・・血じゃ、痛む、顔が痛む、畜生、ああ畜生、お面が取れぬ、面が外れぬ・・・おお、おお、苦しい！痛い！あああっ！・・・

「母上、奥の屋におりまするか！？」

「乙代、乙代、引き戸も障子も開けてはなりませぬ、この中に入って来てはなりませぬぞ！」

「一体、どうなさったというのです？乙代がなぜそこに入ってはならぬのですか？・・・もう大分明るうなりましたに」

「乙代、入ってはならぬのじゃ、今は入って来てはなりませぬ！」

「母上、何故にござりまする？」

「母が母屋に参りまする。しばらくあちらで待ちゃれ。今ここに来てはならぬのじゃ」

ああ、どうしたらいいのじゃ・・・早うお面を取らねばならぬ・・・だが、どうしても取れぬ、割れぬ、おお、顔が痛む、頭が割れそうに痛む、何としよう、如何にすればお面が外れるのじゃ・・・この姿を、この恐ろしい有様を、乙代に見せてはならぬ、母の酷い姿を、この恐ろしい有様を・・・おお！、おお！、おおおっ！・・・

「母上、まだでござりまするか、そこで何をしておいでなのじゃ、もう随分と明るうなりましたに」

「乙代！入ってはならぬ、そなたは入って来てはならぬのじゃ！おおおおっ！・・・」

「母上！一体、どうなさったというのじゃ！もしや姉上が？・・・・」
「乙代、入ってはなら・・・」

奥の屋の一室の内に入った乙代は見た。そして絶叫した。恐るべき母の姿、その場の凄惨な情景にだった。お百合は青白く、冷たく死の床に横たわり、部屋中が真紅の血飛沫に覆われ尽くしている。床板や敷物一面、更に隅々の柱も四面の屏風も、板壁や板戸も、箪笥も鏡台も御針箱も何もかも、・・・母紫は、その只中に蹲り、顔を伏せていた。身を屈めて、その顔をひょいと覗き見た乙代は、前にも倍する悲鳴を上げてその場に倒れ伏し、血濡れて気を失ってしまった。母紫がいつどこであつらえたものか、それは、真っ赤に恐ろしい夜叉面、猛悪な鬼面のおもてだった。思い切り吊り上った両の目、尖った鼻、耳まで裂けた口、それに前向きに突き出した二本の鋭い角、その真っ赤なお面の下からは、鮮血が今なおどくどくと流れ出ていた。まことに凄まじい形相だった。

乙代は、この日の出来事と母の鬼面の恐ろしさに耐えかねて、生前のお百合と同じく病みついてしまった。紫は、己が顔面に食らい付いて離れようとせぬ面を取り除こうとして、狂人の如くに猛り、焦ったが、面は一向に外れようとはしなかった。閉ざされ切った屋敷内は、目も当てられぬ凄惨な光景、まさしく生き地獄と化し去った。紫は、面を取ろうと躍起になって、われとわが身を鮮血を垂らしつつ傷つけ、痛めつけ、半狂乱の状態に陥る。母屋の部屋に臥せったままの乙代は、経緯のまるで分からぬままに、その母の家中荒れ狂う姿を目の当たりにして、余りの恐ろしさ、悲しさの故に、いよいよ衰弱の度を増した。そして、幽霊のように痩せ細っていった。この悲惨の中、二人は食することさえ止めた。母は、もがき苦しんで荒れ続け、娘は一層弱りゆく。こうして程なく乙代は、義姉お百合の後を追うようにして、死んでいった。不思議やあれ程固く咬み合わさっていた紫の鬼面は、己が娘の死と共に、ぽっくりと顔から落ちた。紫は、己が娘の遺骸に取り縋って、おいおい泣いた。結局のところ、己の歪んだ欲心が、己の一番大事なものを滅ぼし、失わせてしまったのだった。娘の死体の上にがばと身を伏せ、泣くだけ泣いた紫は、ふと部屋の隅にある己が鏡台を覗き込んでみた。

「おおおおおっ！」

一瞬、彼女の口から悲鳴が痛切に漏れ出た。恐ろしい形相、いや鬼面ではない、だが、確かに鬼面そのままの顔、邪悪に物凄い顔が一つ、鏡の奥からじいっとこちらを見つめていた。それは、血濡れた鬼面ならぬ鬼面、己が生身の面だった。絶望と後悔の情が、激流の如くに紫の全身を押し包み、押し流していた・・・

・・・その激流は、苦しげに身を打ち震わす紫を、いつしか暗黒の世界へと追いやっていた。一点の光明もないその暗中の深淵には、地獄の業火が赤々と燃え盛っている。異様に赤い地獄火は、無数の炎の舌をゆらゆらとその表面に無気味に揺らしている。恐怖の世界、底ばかり果てしなくどこまでも抜け落ちた死神ども、悪鬼どもの蠢き棲まう地獄の世界だった。振り仰ぐ天井もただ暗黒、底を真っ赤に彩る業火は、衰えることを知らずに、いよいよ激しく燃え募る。哀れな紫は、己が身を、打ち震わせつつ捩りつつ、赤火の上に焼いていた。炎の舌が幾枚も、紫の身体を、その生肌を嘗めかつ這いずり回る。赤い舌は、内なる彼女の心、罪の濁酒にどっぷりと浸されて、未だぽたぽたとしずくを垂らしているその心奥にまでも先端を届か

せて、それを嘗(な)め立て、炙(あぶ)り立てて、存分に苦しめ続けているかのようだった。紫は喘(あえ)いだ・・・

　死神と狂気の栖(すみか)と化した屋敷内を、痩(や)せ細った紫がただ一人、幽鬼(ゆうき)の如くに彷徨(さまよ)い回った。その身体(からだ)に力はない。長髪を振り乱し、半(なか)ば解(と)けかかった帯(おび)に緩(ゆる)んだ着物の裾(すそ)を引き摺(ず)り、引き摺り、よろめき歩いた。あの猛悪な鬼面そっくりの顔をいよいよ醜(みにく)く引きつらせながら、さ迷い歩いた。悍(おぞ)ましい恐怖の光景、無気味に悲しい惨状だった。

　一天俄(いってんにわか)に掻(か)き曇(くも)り、怪しい風も起こる。虚脱状態にあった紫は、その風に促(うなが)されたかのようにつと立ち上がり、しばらく考え込んでいる風だったが、やがて乙代のところにふらふらと寄って行った。そして透(す)き通るように青白い娘の顔をさもいとおしげに眺めやった後、その死体を、萎(な)えた両手で懸命に抱(かか)え起こし始めた。

　紫は、乙代の遺体を辛(かろ)うじて背に負(お)うと、裸足(はだし)のまま、よろよろ、よたよたと裏庭に降り立った。重い遺体は、彼女の弱り果てた背(せな)からずり落ちようとする。それでも紫は、乙代の両の腕を己(おの)が左右の肩に乗せ掛けたまま、それを必死に掴(つか)んで離さず、身体(からだ)を前のめりに屈(かが)めて、死体の両足を地面に垂らし、それをずるずる引(ひ)き摺(ず)りながら、のろのろと侘(わび)しい庭上(ていじょう)を横切った。次いで雑木林を潜(くぐ)る。そして重荷を一旦地面の湿った落葉の上に下ろすと、埃塗(ほこりまみ)れに軋(きし)む裏門の閂(かんぬき)を、か細く、震える両手で長い長い時間をかけてようやく引き抜いた。彼女は、門扉(もんぴょう)に身体(からだ)を押し当て、その重みでぎぎーっと開ける。鬱蒼(うっそう)たる竹林が眼前に展開し、どこまでも続いていた。無気味に暗く、陰湿な竹林の広がりだった。その上端部(じょうたんぶ)は冷たい風に煽(あお)

られて、騒々しい。

紫は、再び重荷を背負って、それを後ろに引き摺りつつ、やはりのろのろ、よたよたと薄闇の中に入ってゆく。湿った笹の枯葉の堆積を踏みふみ、次第に奥へとよろめき入ってゆく。彼女の足跡が、点々と後に残っていた。そして重荷を引き摺った跡も・・・

大分奥まで入り込むと、紫は、とある一隅に娘をずるずると下ろし、横たえる。あたりは陰気そのもの、竹林は、段々と強まる風に、ざわざわとより騒々しく、気味悪く鳴っていた。

屋敷に取って返した紫は、今度は奥の屋に向かい、悲惨な状態そのままの内部に入った。鼻を衝く異様な悪臭にたじろぐ。紫は、思わず両手で鼻孔を押さえた。血の匂と死臭の混合だった。彼女は、そこに留め置いていたお百合を、先刻と同じように危なっかしい恰好で背負うと、醜い形相を一層恐ろしく歪め、引きつらせながら、前のめりの姿勢で、両足を踏ん張り、踏ん張り、竹林の乙代のところへと向かった。風は勢いを増し、笹の群葉もいよいよ騒ぐ。

その後、再度屋敷に戻って、古鍬を一丁持ち出して来た紫は、横たわる二体の傍らの地面を掘り始めた。笹の落葉を撥ねながら、余力を振り絞って掘り返した。女手である上に、身体も衰弱し切っているから、相当の時間がかかった。現われた穴に、紫は、二人の娘を引き摺り下ろし、並べて横たえる。両膝ついて、両の手合わせ、しばらく拝んだ後、辛うじて立ち上がると、古鍬を握って、掘り出したばかりの土を二体の上にかけ始めた。長時間の難儀な作業の後、遂に地面に高みが出来た。

しばらく放心したように、虚ろな目でその盛り土を見つめていた紫は、急に地面にくずおれた。竹林が強風に煽られて、彼女の頭上で喧しく鳴っている。虚脱状態のままながら、それでもなお眼前の土の高みを見つめていた紫は、やおら気を取り直す。彼女は、懐中から護身用の短刀一振りを取り出し、きらりと抜き放った。紫は短刀を両手でかざし、その刃に異様な目付きでまじまじと見入る。次の瞬間、白刃が閃くと、彼女の身体は、がばと盛り土に伏した。かすかな呻き声を一度発しただけだった。紫は死んでいた。喉元が深くえぐられ、あんぐりと開いた傷口から鮮血が大量に噴き出して、土の高みを、そしてあたりの地面を派手に濡らした。それは、二人の娘に対する手向けの水、いや花のようでもあった。

天空の風はいよいよのこと吹き募り、驟雨が嵩にかかって降り頻った。竹林も、程なく雨の煙にすっかり包み込まれてしまった。雨音、風音を通して、ぎーっ、かたん！ぎーっ、かたん！とかすかに響いて来るのは、開け放たれた裏門の扉が、強風に玩ばれる音だった。

やがて筑紫より、吉之進が、嘉平と共に帰って来た。だが、閉ざされた屋敷内には、妻も娘たちもいなかった。到る所、黒ずんで固まった血に覆われ、混乱し切った母屋や奥の屋の部屋部屋の無残な有様は、吉之進主従を酷く驚かせた。吉之進は、母屋の紫の部屋に奇妙な赤い鬼面が一つ転がっているのを発見した。それは見るからに恐ろしい形相のお面だった。その面には、とりわけ多量の血痕がこびりついていた。

吉之進は、裏庭の地面が大層乱れているのにも気づいた。人の足跡と共に、何か重いものをずるずると必死に引いたような跡が、雑木林の中まで続いている。その跡を辿った吉之進は、裏門が開けっ放しになっているのを見た。竹林の奥にかけて、湿った笹の枯葉の上に足跡がなおも乱れて続き、何やら物を引き摺った跡もずうっと絶えることなく走っている。不安な気分で跡に沿って行った吉之進は、一個のしなびた遺骸に行き合った。その着衣からして、わが妻紫と分かったが、顔は妻のそれとは似てもにつかぬ顔、それは、先刻彼の見つけた鬼面そっくりの物凄い形相だった。驚きと怖れ、そして不可解の気分の内に、とおに腐臭を放し尽くしたその遺骸を調べ、傍らに血と泥に塗れた見覚えのある妻の短刀を見出した吉之進は、それがやはり妻紫の亡骸であり、しかも自死と確信する。むろん、彼は、その上に紫の伏せっている新たな盛り土の中に埋められた二人の娘、お百合と乙代の遺体も発見した。

恐怖の念に打たれつつも涙に暮れる吉之進は、事情の呑み込めぬままに三体の亡骸を、嘉平に命じてそれぞれ丁重に木棺に納めさせた。そして城下町郊外の菩提寺まで運ばせ、住僧に供養を頼んだ。吉之進は、自ら持参した例の真っ赤な鬼面を僧に見せ、訳を尋ねてみた。

僧は吉之進に、恐い夜叉面や鬼の面をかむって人を脅す話が他国にあることを語った。何か恐るべき罪がこの悲劇の裏に隠されているようだということは、推測出来た。或いは、紫は、罪の意識に耐えかねて、自ら命を絶ったものでもあろうか。もしかすると、彼女が娘たちを殺したのかも知れぬ。しかし何故己が生みの娘乙代までも?・・・明確なことは、僧にも誰にも分からなかった。最も不可思議なことは、紫の顔面が鬼面そのままになっていることだった。何故そのようなことが?・・・

ともかく、鬼面は、僧の手に委ねられた。どこで手に入ったものやら、別に変わったところもない木彫りの面一つだった。ただ、その形相だけは、生き生きとしていて、物凄かった。

吉之進は、役職柄日々多忙を極めたお城勤めを止め、出家の身となる。余生を、三人の女性たちの菩提を弔いつつ、過ごした。

ずっと後の世のことである。多加鳥城下郊外の一寺に、奇妙な木彫りのお面が一個大事に保管されていた。奇妙というのは、寺伝によってその面は「鬼面（きめん）」と呼ばれているのに、その実、ちっとも鬼面らしからぬ面貌（めんぼう）だったからである。もし在（あ）りし日の吉之進、お百合父娘（ふし）がそれを眼にしたら、大層驚いたに相違ない。それは、彼らにとって、この上なく懐（なつ）かしい面貌の筈だった。魂というのは、確かに面（おもて）を変えるものなのかも知れぬ。少なくとも長い長い間には・・・

風の巻

将監（しょうげん）

将監は、眼前の大湖のはるか向こう、東方に霞む多加鳥山方面を眺めていた。今その山麓は、羽柴筑前守秀吉の指揮する二万余の大軍勢により、十重二十重に取り巻かれているのだった。蟻の這い出る隙間もない有様だった。

羽柴軍来攻の直前、将監は、多加鳥城内に諸将と共に招かれた。去る三月十八日に城将として、急遽石見福光から招き入れられた毛利一門の吉川式部少輔経家と対面するためだった。経家は、まだ三十五歳の爽やかな青年武将だった。毛利方の山陰道を統べる大将吉川元春とその息子元長父子の要請に応じた経家は、首桶持参で、四百の石見兵と共にやって来ていた。上方の大来攻軍と対峙する以上、覚悟の上の出陣だった。将監は、経家の心意気に深い感銘を受けた。幾ら宗家のためとは云え、己が故郷を遠く離れたこの稲葉の地に命を懸けようというのである。将監は、諸将の肩越しに見る、思い切ったる経家の表情に、ある種の神々しささえ感じたものだった。

将監は、足元の湖面に揺れる水草に視線を落としながら、改めてあの日の経家の顔を思い起こした。そして、自らも、郷土の防衛に一層気を引き締めて当たらねばならぬ、と決意を固め直すのだった。

経家以下数千の人数が立て籠もった本城内の糧食は、日一日と減りつつある。経家入城時、米蔵は既にして空間の方が多かった。秀吉は、前もって密かに若狭の商人たちを海路派遣して、この地方の五穀を高値で買い占めさせていた。更に来攻時、町屋に、また村々に火を放って、大勢の庶民を城内に追い込んでもいた。糧食の消耗を早める為である。城攻めに長じた秀吉方は、戦略、戦術ともに極めて巧みだった。

将監は、農民たちを含めても数百という小勢しか有していなかった。福井村にある彼の防己尾城も、大湖の西端に突き出たほんの小城に過ぎなかった。しかし彼は、故郷の為、多加鳥本城の為、また盟約を交わしている毛利の為に、そして何よりも己と一族の意地と誇りの為に、大軍相手に決戦を挑まねばならなかった。羽柴筑前何するものぞ！寡兵なりとも吉岡これにあり！勇将将監は、弟右近を始め一族精鋭と共に、奮い立った。

防巳尾城は、鳥瞰すれば、楕円形状の、大湖の西端から湖中に突き出た親指のような形状をしている。岬或いは小半島に、この地の領主吉岡将監によって築かれた城砦である。全体、底の浅い鉢を伏せたような、丘陵状の景観を見せている。南面のみが陸続きで、他は湖水に囲まれている。相当の要害には違いなかった。即ち攻める側からすれば、南側からのみ陸地伝いに進み、、そして他の三面からは、水上から舟戦を仕掛けることになる。当然城方は、防備を固めている。南側には濠を構え、石垣も築いた。他の三方の水際にもそれなりの防備工事を施した。城砦丘陵上にはぐるりと板塀を廻らし、古の正成の赤坂、千早の城もかくやと思わせる備えである。糧食や水、鉄砲や弓矢を始めとする武器類、投下用の石や丸太等も、籠城のために運び入れてあった。何しろ相手は大軍であるから、それ相当の準備は当然のことだった。

将監の戦闘目的を改めて明らめれば、それは、主として三つだった。第一は、大湖沿岸の己が領域の防衛、第二は、東方の多加鳥本城包囲のために蝟集する大軍勢に背後から攻撃を加え、経家に対する巨大な圧力を少しなりとも軽減すること、そして第三は、大湖の更に山々を越えた数里西方の志加奴城にいる秀吉方の亀井新十郎茲矩、その更にずっと西方、国境の向こう側の伯耆羽衣石城にいるやはり羽柴方南条元続等の動向を監視することだった。

秀吉軍は、当初、吉岡などの小勢を弱小と侮り、無視していた。将監は動いた。稲葉川を越えて、夜襲に打って出たのである。暗夜、神出鬼没、大包囲軍の背後を、場所を変えつつ繰り返し突いた。相手は攪乱され、混乱した。将監は、防巳尾と多加鳥本城の中間地点、野坂にもあらかじめ武器、食料の補給用隠し倉庫を備えていた。用意周到だった。

将監軍は、ある折、敵方多賀文三の勢に襲い掛かり、激戦の末、相手の旗指物を奪取した。奪い取られた旗指物を吉岡兵にこれ見よがしに振り立てられ、からかわれた多賀は、怒り心頭に発し、秀吉の許可を得て、防巳尾城を攻めることにした。秀吉も、これをよしとし、文三に大切な千成瓢箪の馬印を授けて激励する。総大将秀吉自ら、防巳尾の北側の湖岸、三津が崎まで出張って来た。彼が向かい城として、小松一株も植えたこの山鼻は、むろん観戦出来る位置である。

多賀軍は、その一部が日本海とつながる汽水湖たる潟のこの大湖に、海港多奈から多くの軍船を回航し来たり、勇み立って押し寄せる。水上多方面から、鬨の声を上げて迫るが、吉岡方は、沈黙を守っている。更に迫る。城の水際まで押し寄せ、いざ上陸という段になって、城内から一斉に銃弾が発射された。数十丁の鉄砲の猛射を浴びた多賀軍は、死傷者続出し、混乱する。それでも兵たちは、数を頼んで船から城麓の水際に次々に跳び下り、飛沫を上げながら陸に取り付こうとする。すると、頭上の塀越しに、石や丸太がどんどん投げ落とされる。それらに打ちのめされる者数知れず、また多勢の死傷者を出した多賀軍は、遂に堪らず船に逃げ帰った。そこに何処からともなく、軍兵たちを乗せた小舟があとからあとから湧き出すように現れて、小走りに縦横無尽に湖面を行き交い、多賀の軍船に矢を射かけ、鉄砲を放ち、乗り移って切り込む。激戦の末、将監の弟右近が、千成瓢箪を奪い取ってしまった。文三や同僚の山本喜平次も討死してしまった。こうして多賀軍は敗退した。弱小なりと、相手を侮った結果だが、大湖の周辺を知り尽くし、地の利を得ている吉岡軍は、もちろん水戦も得意とするところだった。

余所者の多賀勢は、大湖に海用の重量のある底深い軍船をそのまま持ち込んだが、汽水湖ではあるものの、湖の再奥部に位置する防巳尾城あたりの水は、ほとんど真水である。ゆえにその分軍船の喫水の沈みが深く、船足が遅くなった。大湖を熟知する吉岡勢は、湖水用の底の浅く平たい小舟を集め、城麓の一角に隠していたのである。また、普段から湖水に慣れた彼らは、小回りが利き、速度の出るそうした小舟を自在に操る術を体得していたのである。

吉岡方は、奪い取った千成瓢箪を城の塀際に掲げ、戦果を誇示した。羽柴軍何するものぞの意気を示したのである。小勢に散々な目に遭わされた秀吉は、大いに怒り、今度は、南側の陸上から攻めることにした。

彼は、志加奴城（しかのじょう）の亀井新十郎を呼び出し、防巳尾城（つづらおじょう）攻略を命じた。

亀井は、播州上月城（ばんしゅうこうづきじょう）に滅んだ出雲尼子（あまご）の残党だったが、秀吉に可愛がられ、眼を掛けられていた。秀吉は、毛利から奪取したばかりの志加奴城（しかのじょう）を彼に託していたのである。

その亀井、主君の期待に応えるべく、勢（ぜい）をもって南側、陸伝いに攻め寄せたが、防備が固い。将監もよく防ぎ、直（す）ぐの攻略はならなかった。

だが、何（なに）さま小城のこと、亀井軍の包囲は続き、やがて糧食の蓄（たくわ）えも底を突いた。遂に将監以下夜陰（やいん）に紛（まぎ）れ、密（ひそ）かに湖上伝（こじょうづた）いに脱出して、それぞれ身を叢裏（そうり）に隠したのだった。亀井は、空（あ）き城（じろ）に入るしかなかった。

総（すべ）てが後手に回った多加鳥本城は、そのしばらく後、即ち天正九年（西暦一五八一年）十月二十五日、経家及び旧山名家重臣たちの切腹をもって、秀吉に降服、開城した。餓（かつ）え殺しの憂（う）き目に遭（あ）ったのである。しかし、大軍を擁（よう）して、思うがままに作戦を遂行した羽柴筑前守秀吉に対して、稲葉勢として一矢（いっし）を報（むく）いた吉岡将監定勝（さだかつ）とその一党の戦いは、稲葉攻防戦の華（はな）として、後世まで人々に語り伝えられたのだった。

米流(こめなが)し

「おい、見てみいな、あれは、一体、何じゃ?」

柵(さく)の手前で一兵士が、柵を通してその向こう、遠方(えんぽう)を指差しながら、同僚に問う。

「何、何処(どこ)じゃ、何処に見える?・・・おお、あれか・・・そう云やあ、あの白いものは、城山のあの白いものは、何じゃろうな・・・」

同僚の兵士が、やはり前方を指差しながら、応じる。

「何か流すように落としておるぞ。水じゃあないようじゃな」

「あ、ありゃあ、ありゃあどうも、米じゃなかろうか・・・白米(はくまい)のようじゃな。搗(つ)いた米のようじゃな・・・」

「しかし変じゃのう・・・城内に、米はもうほとんど残ってはおらん筈じゃがのう、組頭(くみがしら)様が昨日(きのう)そう云うておったがのう」

最初の兵士が云う。

「そうじゃなあ、妙じゃなあ。柵越しに城内のそちこちに時折見かける連中の顔は、どれもこれも、ひどう青ざめて皺だらけに、痩せこけて見えるがのう・・・それに、汚れてきたない」

同僚がまた答える。

「我らがこの城を、長々と柵を築いて取り込めてから、もう三月にもなるがのう」

「確かによう粘る。攻める前に羽柴様が、若狭の船衆を使うて、この地方の五穀を数倍の高値で大量に買い占めさせておったと聞いたぞ。籠城前には、城方は、城内にそれほど米を運び込めなんだ筈じゃぞ」

「んだな、城には三千を上回る人数が入ったっちゅうから、八百と云う武士の他に、実に大勢の足軽や農民、町人たちが、籠もっておる筈じゃ。女や子供やそれに年寄りも、うんとおるらしいぞ」

「入ったっちゅうより、追い込んだんじゃな。中に大勢いれば、食い物も、それだけ早うのうなるというもんじゃからな」

「そういうことじゃなあ。羽柴様や偉い衆は、いろいろ考えたもんじゃのう」

最初の兵士が言う。

「大戦になる程、いろいろ知恵が回るもんじゃのう」

同僚が答える。

「それじゃあ、どういうことじゃろう。あの白米らしきものは、何じゃろう」

「何じゃろうな。一体、何の積もりじゃろうか・・・」

「おお、ほかの者たちも、段々に気付いたようじゃぞ。皆見ておる。城山を驚いた顔で見ておる。荒木様の兵も、蜂須賀様の兵も皆見ておるぞ」

「この城山を囲んだ頃は、相手もなかなかに威勢がようて、蜂須賀様の西側向うに陣取りされた黒田官兵衛様の勢（ぜい）などに、城内から早速夜討（ようち）を掛けて来たんじゃったな」

「それから次々とあちこちの陣に夜討を仕掛けて来たな。だが、それもこの頃は、数がめっきり減った。物を食わぬので、体力が萎（な）えたものと見ゆる」

「米も、稗粟（ひえあわ）の類（たぐい）も、既に蓄（たくわ）えが尽きかかっておる筈じゃ。山の木の実や草なども、軍馬や蛇、鼬（いたち）、狸や土竜（もぐら）、蛙（かえる）、蜥蜴（とかげ）、蚯蚓（みみず）などの類（たぐい）も、何でもかんでも、食っておる筈じゃ・・・」

「草木の根や木の皮、小虫などもじゃろうな・・・」

最初の兵が、続ける。

「腹も毀（こわ）すじゃろうし、あの痩（や）せた衰えようじゃと、間違いのう食い物がのうなっとる筈じゃ・・・なのに、あの白米らしきものは、一体何じゃ。どういうことじゃ」

同僚が応じる。

「両隣の兵たちも、我が神子田兵（みこだへい）たちも、騒いでおるぞ。ほれ、切り立つ山の前面の真ん中あたりで、白米を上から下に、上の緑の茂みから下の緑の茂みの蔭へと、小滝よろしゅう、どんどん流しおるぞ。わしら寄せ手に、これ見よがしに落とし続けておるぞ」

「まるで見せつけておるようじゃな。どうだと云わんばかりじゃな」

「あれ程の米がまだ城内にあったんかいな」

「そのようじゃな。それも白米じゃ。真っ白じゃから、よう見えるわな」

「それに、次から次と、どんどん流しおる。あれだけありゃあ、まだまだこの城は落ちぬぞえ」

「城方は、毛利の援軍を待っとるっちゅうことじゃ。いずれ吉川元春（きっかわもとはる）の軍勢が、出雲からやって来（く）るっちゅう噂（うわさ）もある」

「兵糧（ひょうろう）を稲葉川（いなばがわ）の川口の多奈港（たなみなと）から川伝い、山砦（さんさい）伝いに城に入れようということもあったっちゅうが、荒木様や松井様の何百艘もの兵船が港を閉じてしもうたからには、これからは、もう無理じゃろう。それじゃあ、あの白米は、残り米があったっちゅうことかえ・・・」

最初の兵が云う。

「そういうことになるのう。これが最後の蓄（たくわ）えかも知れんなあ」

同僚が答える。

「聞くところでは、遠く城外は東南の私都（きさいち）や西の大崎の小城、それにもっとずっと西の方の防己尾（つづらお）とかいう小城なども、もう落ちておる」

「今は山の北側から、宮部（みやべ）様の兵が攻めかかり、多加鳥本城と西側尾根の雉山砦（きじやまとりで）の間の道祖神垰（さいのたわ）とかいう小峠（ことうげ）を奪い取って、海からのつながりを断（た）とうとしとるそうな。塩谷周防守高清（えんやすおうのかみたかきよ）とかいう剛（ごう）の者が籠（こ）もっておる為、苦戦しとるっちゅうがな。これが落ちりゃあ、本城の大将吉川経家（きっかわつねいえ）は、孤立じゃな」

「海からも、もう無理じゃろう。川口の多奈港（たなみなと）は既に我らの軍船ばかりじゃ。峠が落ちりゃあ、塩谷とかも、その隣西側の、稲葉川につながる飯盛山砦の、何でも但馬の海賊上がりの大将っちゅう奈佐日本之（なさやまとの）助（すけ）とやらも、両人とも打つ手なしじゃな」

「そういうことになるのう。それにしても、あの白米は何じゃろうな」

「気になるのう。あとひと月もすりゃあ、この地は寒うなる。上方に比べりゃあ、うんと北の地じゃからな。そのあと、雪も降るっちゅう。相当積もるっちゅう話じゃ。そうすりゃあ、南も東も峠を塞（ふさ）がれ、姫路にも上方（かみがた）にも戻る街道はもう通れぬ。経家方にしてみりゃあ、そこが付け目さな。二万を越す我らが大軍勢じゃ。峠がふさがりゃあ、退（の）くこともならず、兵糧（ひょうろう）も着るものも、向こうから持ってくることあたわずじゃ。海も荒れるしな。こちらも打つ手なしじゃな」

「そこへ元春の吉川軍（きっかわぐん）が、西の伯耆から攻め寄せて来（く）りゃあ、味方は、もう散々（さんざん）じゃな」

「それで白米か。敵方にも知恵者がおるっちゅうことか。ここまで来てなお、我らを翻弄（ほんろう）しようとか」

最初の兵が言う。

「そういうことかな、そういう・・・ありゃあ最後の残り米っちゅうことかもな・・・」

同僚が応じる。

「あれだけ流し続けておるっちゅうのは、何ぼ何でも、やり過ぎじゃ。一旦落とした米をまた持ち上げて、また落としとるっちゅうことかも知れんな・・・」

最初の兵が云う。

「うむ、そうかもな・・・」

同僚が応じる。

「それとも、米を運び込む抜け穴でも、どこかにあるっちゅうことかな・・・」

最初の兵が云う。

「ううむ、それはどうかな・・・」

同僚が答える。

赤宇(あこう)と鏡之助(きょうのすけ)

昔、この日の本(ひのもと)が動乱の最中(さなか)にあった戦国時代のこと、稲葉国多加鳥城下に赤宇(あこう)と鏡之助(きょうのすけ)と云う二人の兄弟が住んでいた。兄の赤宇は猛(たけ)く勇ましく、弟鏡之助は優(やさ)しく情に富んでいた。彼らは共に元服(げんぷく)も済んでおり、もう一人前の若者だった。

二人の両親は、既にこの世の人ではない。父渡良祇右京(わたらぎうきょう)は、かつての守護所、長谷屋形(はせ)のお城に仕える武士だった。彼は、西国(さいごく)出雲の尼子晴久(あまごはるひさ)軍が、はるばる志加奴(しかの)城に攻め来たった折、当時の守護所たる長谷(はせ)から守護山名氏の援軍として、志加奴入道の後詰(ごづめ)に出て、志加奴落城の乱戦の中、討死を遂げていた。やがて母も、病死する。

兄の赤宇は、勇敢だった父によく似ており、弟鏡之助は、優しかった母親の柔和に情深(なさけぶか)い性質をそのまま受(う)け継(つ)いでいた。兄は、顔や体付きまで父親に酷似(こくじ)し、弟の容貌(ようぼう)は、母のそれにそっくりだった。

父の右京(うきょう)は、若かりし頃より主君の山名氏に従い、東の丹波、但馬、南の美作(みまさか)、播磨(はりま)、西の伯耆(ほうき)など、更には上方(かみがた)方面へと、幾度も出征した。彼は、その都度(つど)赫赫(かくかく)たる武勲(ぶくん)を立てた後、遂に稲葉国内の志加奴城攻防戦で戦死していたのである。これは兄弟の元服以前のことである。夫に先立たれた母親は、子らのそれぞれの元服の晴れ姿を一族と共に見届けた後、間もなく病でこの世を去った。最愛の夫の後を追うようにして・・・

渡良祇赤宇、鏡之助兄弟は、未だ若年ながらも、一族の支援も得ながら父母の後を継いでよく家を保ち、かつ父同様に城主山名氏に仕えて、彼らの務めを果たしていた。赤宇の方は、既に初陣を済ませた身でもあった。その体力や武技、馬術には、早くも将来の秀でた武人を予測させるに十分なものがあった。穏やかな鏡之助の方は、むしろ書を学び、詩文を物すに適していた。その文才には、既に並々ならぬものがあった。二人の兄弟は、各々、かなり対照的な性質、才能の持主だったが、幼時よりまことに仲睦まじく、両親亡き後も、互いに扶け合い、励まし合って暮していた。

そうしたある折、突然に赤宇が大胆にもこう切り出した。

「ところでどうであろう、鏡之助、今や両親もなき我ら兄弟のみの身軽さ、ひとつ、二人でしばらく諸国を巡り歩いてみたいとは思わぬか？」

驚愕した鏡之助は、直ちに問い返した。

「何と、兄上、兄上はまた、何故急にそのようなことを云い出さるるのでござりまするか？」

「鏡之助よ、わしたち二人はまだ若い。それ、亡うなられた父上が、しばしば申されておったであろうが。人の世には労苦もつきもの、人間、若うて達者な内に為し得る限り多くの修行を重ねておくものじゃ、年を取ると何事もやり難うなるもの、そちたちも若人の内に何事につけしっかり修行をしておくものじゃぞ、とな。お主もよう憶えておる筈じゃ・・・可能なれば、武者修行にさえ出してやりたい位じゃ、とまで仰せられておった・・・」

「はい、度重なる出征でご苦労為された父上は、それは確かにそのようなことを申されておりましたが・・それにしても、いきなり諸国巡りとは・・・」

「鏡之助、同じ修行をとなら、なるべく大きゅう、なるべく益あるものがよいではないか、たとい労苦の度合いは増さるとも、その分後の収穫も多いというものじゃ。この稲葉一国ばかりにおったのでは、余りに狭過ぎる。それでは他の多くの若者たちと変わるところがないであろうが。わしらは、国の外にも出てみたほうがよい、いや、ぜひとも出てみるべきじゃと思うぞ。それもあちこちと広うな・・・間違いのう様々な体験が出来ようぞ。外の広い世界には、それは様々な事が、わしらを待ち受けておることじゃろう。かつて父上からも、上方に出征されし折の珍しい話をいろいろ伺うたことがあったではないか。それに、唐の国や高麗の故事にも、男子を敢えて旅に追い出したという話さえあるという」

「成程、兄上のお話はよう分かり申した。なれど余りに突然の、余りに思いがけないお話故、それがし、ここで今何とお答えしてよいものやら・・・それに我ら、未だ若輩、かかる大旅に耐えるのは、なかなかに容易なこととも思えませぬが・・・」

「それはその通りじゃ。なれど、若輩なればこそやってみる値打ちのあることでもあろう。しかも、お互い、この乱世に生まれ合わせた男の子としてもな・・・」

「それがしも、可能なれば、そうした思い切ったる所為に取り組んでみたいとは思いまするが、それでは兄上、兄上はその修行を通して、一体如何なることを為さるご所存でござりまするのか。是非ともそれをお聞かせ賜りとう」

「よう云うた。それじゃよ、鏡之助、そこが肝心のところじゃな。今は厳しい戦乱の世、何処の地方、何処の国も、同じように乱れ切っておる。合戦に次ぐ合戦という恐るべき時代じゃ。そこでわしは、そうした戦乱の有様、合戦の状況、そしてそこに生きる人々の姿などを見聞して回りたいのじゃ。いや、ただの見聞に留まらず、実際にそうした合戦に加わり、身をもって多様な体験を経てみたいと思う。乱世なれば、それだけいろいろな機会も多い次第、我が運試しの積もりで、可能なれば一軍の大将にもなる位の積もりで、精一杯生きてみとう思うのじゃ。どうじゃ、鏡之助、お主の方にも、手掛けてみたいことがあるであろうが」

「それはむろんのことでござりまする。それがしは何よりも、詩文の修行をうんとして、ゆくゆくは壮大な戦国の物語を完成したいとの夢は持っておりまする。が、ともあれ、それがしにはここで直ちに確たる返答を致す心の準備もござりませぬ故、しばらくの猶予を賜りとう存じまする」

「それはその通りじゃ。かかる大事、返答を急ぐこともない。じっくりと時間をかけて、考えてみてくりゃれ。今日は、ただ、兄の日頃の胸の内を思い切って打ち明けて、お主の思いも聞いてみたかっただけのことじゃからな・・・」

それから半年余り後のことである。

「兄上、それではそれがしも、未だ不安の思いはござりまするが、父上生前の御言葉もありますること故、兄上同様に、諸国、諸地方の動乱の様子、合戦の状況を、また、人々の様々な生き様などを見て歩くことに心定めましてござりまする。そして戦国の世とはまこと如何なるものなのかを、直にこの目に焼き付けてみとうござりまする。但し、それがしは、兄上の如くに格別武芸や馬術に長けてはおりませぬ故、見聞して回るのみと致したく、見届けましたる結果を記し、それをもとにして真実の物語を描き上げてみとうござりまする」

「さようか、お主も遂に承知か、鏡之助。よかろう、お主は、わしと違うて、学問や詩文の才は、非凡じゃからな・・・ではこうしよう、二人が別々に旅をすることにしようではないか。その方が各々の目的にもより叶うであろう」

「我ら二人の目指すところが異なる故、それも一案でござりまするな。しかしながら、たった二人だけの兄弟が遠く離れ離れになるのは、ひどう辛きことではござりまするな・・・」

「それも二人の修行の内と心得れば、我慢もなろう」

「ところで、兄上は、どれ位の年月、旅を続けるお積もりなので・・・まだそれを承わってはおりませぬが・・・」

「うむ、そのことじゃな、わしも思案しておるところじゃが、思い切って三年としたらどうじゃろう」

「それはまた、何と長い・・・」

「広い諸国を巡り歩くのじゃから、それ位は止むを得まい。その間、それぞれの才覚で、力を尽くして生き抜くのじゃ。わしは武芸、馬術を教えたり、戦場働きをしたりして、日々の糧を得る積もりでおる」

「ならば、それがしは、読み書きを教えたり、文の代筆をしたり、詩文を物したりしてゆくことに致しまする」

「うむ、長の別れじゃが、我らも戦国武士の端くれじゃ。草鞋を擦り減らし、草を食み、門を敲いて道を尋ねての辛き旅路ともなるじゃろうが、運試しの積もりで一つ挑んでみようではないか。今季節はちょうど初秋じゃから、三年後の秋には、この多加鳥の城下の家で再会致すとしょうぞ」

「長のお別れは辛きことなれど、せっかく決心のことなれば・・・では、それまでお互いに身をいとうて、それぞれに励むと致しましょうぞ」

「そして再会の折には、各々の体験や実りを披露し合うのじゃ。その時を楽しみにしておるぞ」

「それがしも、その際には、書き留めた沢山の詩文を背に負うて、それらを土産に戻って参りまする」

「よし、これで決まりじゃな。ならば善は急げじゃ。早速その準備に取り掛かろうぞ。何しろ大変な長旅に打ち立つことになるのじゃからな・・・幸い、我らが大殿様の山名誠豊様は、心の柔らかなお方と聞いておる。上役の重役殿を通して、願い上げてみることにしようぞ。また、なかなかに不首尾な場合には、わしに一つの秘策もある」

それからしばらくして、ようやく城主から長旅の許しを得た渡良祇赤宇、鏡之助の兄弟は、まずは可能な限りの路銀を整え、城の人々、一族縁者たちに別れを告げる。そして門を閉じ、郷里多加鳥の町を後にした。兄は東へ、弟は西方へと、それぞれ別れ別れに旅立っていった。時節は、そろそろ秋も盛りを迎えようとする頃だった。まだ兄二十四歳、弟二十一歳に過ぎなかった。

実のところ、赤宇、鏡之助兄弟の願いに対して、当初、重役連は驚き、かつ異を唱えた。この動乱の時代に何を云い出すのか、というのである。そこで赤宇は、乱世なればこそ我ら両人の旅はこの国に益をもたらすもの、と説き、見聞した諸地方の情報を持ち帰るという利点を強調したのである。結果、主君と重役連は、熟議の末裁可の断を下し、加えて、京と博多の山名家出先屋敷の支援を約し、餞別さえ下したのだった。

その時代、日本全国各地には、いわゆる戦国大名たちが思い思いに割拠、分立していた。都が一面の焼け野原と化し去った恐るべき応仁の大乱後、絶えることなく続いた戦乱の幾年月を戦い抜き、勝ち抜いた連中だった。彼らは、それぞれ、己が領国を固めるのみならず、対外戦争にも精を出し、隣国を次々に征服しては、更にその勢力を拡大せんものと、躍起になっていた。彼らの中でもとりわけ力のある者は、一日も早く上洛を果たし、天下に号令せんとする大いなる野望を抱いていた。そしてその野望遂行の機会を虎視眈々と狙っていたのである。というのは、長期にわたり、代々京都に君臨し、天下を支配して来ていた足利将軍家の威信がすっかり地に落ち、今やその幕府は、あってなきが如き状態になっていたからである。数多の戦国大名たちは、最早そうした幕府を何ら意に介することなく、各自が得手勝手に、傍若無人に振る舞い、幕府の存立そのものまでも脅かしていたわけである。

奥州には最上義光、伊達政宗、蘆名盛氏、盛重他、関東には北条氏康、氏政父子、越後には上杉謙信輝虎、景勝父子、甲斐には武田晴信、勝頼父子、駿河には今川氏真、三河に徳川家康、尾張に織田信長、越前に朝倉義景、近江に浅井長政、京に松永久秀、三好の一党、出雲に尼子義久、安芸に毛利元就とその息子ら、四国土佐に長宗我部元親、九州豊後に大友宗麟義鎮、肥前に竜造寺隆信、薩摩に島津貴久、義久父子、・・・等々・・・多くの群雄が、それぞれ独立して覇を競い合い、その他にも沢山の中小大名領主たちが、あちこちに所狭しとひしめき合っていた。要するに、恐るべき実力主義、凄まじい弱肉強食の時代だったのである。

兄の赤宇は山陰道を東に、まず京都を目指し、畿内を巡った後、東海道を東下して、東国諸国を廻ってみる積もりだった。むろん、東海、関東のみならず、東山、北陸、奥州の地までも、足を運んでみたく思っていた。

弟の鏡之助は、兄とは逆に山陰道を西へと進み、出雲、石見地方を通って、防長の地から海を渡り、博多の街を含めて、九州諸国を廻った後は、瀬戸内べり中国、四国の諸国を旅する、更には、南の土佐地方等を訪れる積もりだった・・・

既にして、過ぐる永禄、元亀の頃より、激動の戦国時代はいよいよその最も熾烈な最終段階を迎えつつあった。

激しく流動して止むところのない戦国動乱の渦中にあって、尾張の若き強将織田信長は、永禄三年（西暦一五六〇年）大兵を率いて領国を発し上洛一番乗りを遂げんとする東海の雄今川義元を桶狭間にて乾坤一擲、寡兵の奇襲で見事討ち取る。以後、信長は、天下布武への道をひた走りに走り続けている。長らく山陰、山陽両道諸国に君臨した出雲、月山富田城の尼子氏は、安芸に起こった毛利元就とその息子たちにより滅ぼされることになる。その元就、厳島合戦に、防長の梟雄で、非道にも自らの主人大内義隆を討った陶晴賢を打倒している。信長は、流浪の足利義昭を奉じて入京し、三好、松永の徒を追って、義昭を足利十五代将軍の座に据える。但し、事実上の実権は、彼信長が掌握している。豊後の大友宗麟は、自ら出陣、大軍をもって佐賀城の龍造寺隆信を攻めるも、龍造寺側鍋島信生勇戦して、二度も城を救う。父義元亡き後落日の今川氏真は、武田信玄と徳川家康によりその領国駿河、遠江を分取されてしまう。関東では北条氏康、氏政父子、上杉謙信、武田信玄の三大勢力が互いに覇を競い合う。とりわけ信州川中島では、上杉、武田両軍が、幾度も死闘を繰り返して来ている。西方では、尼子の遺児勝久が、山中鹿之助幸盛、立原久綱らに擁され、一旦失われた故国出雲の奪還を計る。真っ先に京都を手中に収めた信長も、彼を包囲する諸群雄と依然激闘を続けている。彼は無二の同盟者三河の徳川家康とともに、近江姉川で越前朝倉、北近江浅井の連合軍を打ち破る。信長を嫌悪し、憎む一向宗徒たちは、総帥に顕如を戴き、大坂石山本願寺に立て籠もり、長期にわたって、頑強な抵抗を続ける。年齢と業病に急き立てられて上洛を急ぐ信玄の重陣は、遠江三方が原に家康、信長連合軍を一蹴する。その信長は、義昭と反目し合い、彼を槇島城に攻める。義昭の方も、反信長戦線を強化して、再起を図る。他方、信長も、越前に侵入し、遂に長年の宿敵朝倉義景を一乗谷に討滅し、返す刀で近江の浅井長政を小谷城に打倒する。奥州でも諸群雄の乱立が続いている。伊達輝宗は、村山にて最上義光と戦い、蘆名盛氏は、石川、佐竹の連合軍と戦う。雄図空しく、信州伊那の駒場で、宿痾の労咳に倒れた父信玄の跡を継いだ息子の四郎勝頼は、勝気に任せて動き過ぎ、その名だたる伝統の騎馬隊も、三河長篠に織田、徳川連合軍の近代的鉄砲隊の前に一挙に潰滅し去る。四国土佐の長宗我部元親は、伊予より帰来せる一条兼定の軍を四万十川合戦に撃破し、土佐統一を完成する。織田に対抗する中国の毛利輝元は、その有力な水軍を活用して、大坂の石山城を援助せんとする。信長は、豹変常なき松永久秀、久通父子を大和信貴山城に滅亡させる。主信長の命を受けた羽柴秀吉は、中国征討の為、京を進発する。尼子勝久、山中幸盛らは、有力な信長に頼りながらも、故国奪回の悲願遂にならず、播州上月城にて毛利の大軍に滅ぼされてしまう。尼子氏は、これで完全に滅亡してしまう。豊後の大友宗麟は、伊東義祐を助け、日向高城を回復せんとするも、薩摩の島津義久に敗績する。天下布武の大望まさに成らんとする信長は、近江琵琶湖の畔に天下人に相応しい壮大な城郭、安土城を経営する。信長の武将明智光秀は、丹波八上城に拠る波多野秀治、秀尚兄弟を降服せしむ。秀吉は、播州三木城に別所長治を降す。家康は、長篠以後、その勢いいよいよ衰えた武田勝頼方の遠江高天神城を落とす・・・

赤宇、鏡之助兄弟は、このような激しい諸合戦の相次ぐ、戦国の世も大詰めを迎えた天正年間の一時期、兄は畿内、東国方面、弟は西国、南海の地を巡り歩いたのだった。

かくして、兄弟が多加鳥城下を発ってから、三回目の秋が巡って来た。兄弟約束の再会の時が来たのである。二人とも、既に二十代半ばになっていた・・・だが、この時、彼らの郷里に帰り、再会する家はなかった。稲葉国も、恐るべき戦国動乱の世の例に漏れず、すっかり乱れ切り、今しも多加鳥地方は、大合戦の最中にあったのである。城下は、その大半が焼き払われ、そこには大軍勢が充満していた。上方から攻め込んで来た大部隊だった。織田信長の右腕たる智将羽柴筑前守秀吉の率いる中国征討の大軍である。播磨、但馬を制した彼秀吉は、いよいよこの稲葉地方に襲来したのである。

城山は大包囲軍により完全に包み込まれていた。しかも城山の現在の主は、既に赤宇、鏡之助兄弟や彼らの父が父祖たちが仕えていた山名氏ではなくなっていた。今、城方で指揮を執っているのは、西方毛利氏の派遣した武将吉川経家だった。そして多加島の人々は、武士たちも町人たちも、近郷の農民たちもさえが、郷土愛に燃えて城内に立て籠もり、その全員が上下を問わず一丸となって命懸けで強大な秀吉勢に抗しているのだった。彼らの中には、むろん渡良祇兄弟の血縁や上司、同輩たちも、沢山いる筈だった・・・

鏡之助は、国境を越える以前に、大体こうした経緯を聞き知っていた。国境辺りも、何となく騒々しかった。稲葉国内に入れば尚更だった。街道筋には、しばしば武装兵たちの姿も見受けられた。羽柴方の兵たちだった。背に包みを負った旅装の鏡之助は、次第に多加島に近付きながら、中途で何度も誰何された。城方の隠密ではないか、と疑われ、厳しく問い質されもした。しかしその度に、鏡之助は、己はこの国の者だが、上方から郷里の田舎の老母のもとに帰る者で、城下へはゆかぬと云い張って、何とか通過して来ていた。

彼は、用心しいしい、ようやく城下町のはずれに辿り着いた。なるほど町の大半は焼き払われ、そこには大包囲軍が展開していた。目下のところは、格別激戦が行われている様子はない。城の内外から、互いに睨み合っているのだろう。攻囲の軍陣中はかなり混雑しており、あちこちで炊煙らしきものが幾筋も、ゆるゆると立ち上っていた。

雑然と騒々しく、しかも緊迫感に包まれたその陣中に紛れ込んだ鏡之助は、厳めしい武将たちの乗った騎馬を通りの脇に避けつつ、駆け足で進む足軽の一団を物陰から眺めつつ、戦陣に従う一商人といった風を装って、かつて己の住まいがあった地点を目指す。あちこちに諸大将たちの天幕が張り廻らされ、兵士たちの仮屋も、ずらりと立ち並んでいた。急拵えの厩も散見される。それぞれの家紋を染め抜いた大小の幟や旗指物も、無数に林立していた。前方に聳え立つ端正な山容の城山は、もう美しく紅葉していたが、意外な程にひっそりとした静けさに包まれていた。しかし、振り仰ぐと、城壁や櫓（やぐら）などには、吉川（きっかわ）の三つ引両（みつひきりょう）その他の諸紋の入った幟（のぼり）、旗指物（はたさしもの）が、風にはためいて見えた。鏡之助は、あの城内に身近の人々も大勢立て籠もっているのだと思うと、切なく、懐（なつ）かしく、胸に迫るものを感じた。

やがて彼は、かつて己（おの）が住まいがあったと思（おぼ）しき辺（あた）りにやって来た。その一帯も、一面焼け野原、そして方々には、やはり幔幕（まんまく）が張られ、兵士の仮屋が立ち並んでいるのだった。鏡之助の住まいなど、何処にも残っているわけがなかった。

その場に佇（たたず）む彼を、突然誰何（すいか）する者たちがあった。数名の見回りと思われる兵士たちだった。その方は何者か、何故（なにゆえ）ここにおる、と問い詰めて来（く）る。彼は怪しい者ではないと答えるが、兵たちは納得しない。彼を囲んで、更に糾問（きゅうもん）しようとする。

鏡之助が危険を感じたその時、かっ！かっ！と軽快な蹄（ひづめ）の音を響かせて、向こうから騎馬の武人が一人やって来た。彼の身に着けた鎧（よろい）が陽（ひ）に映（は）えて、きらきらと眩（まぶ）しく煌（きらめ）いている。兜（かぶと）を戴（いただ）いてはおらぬが、腰には見事な造りの太刀を佩（は）いていた。

馬蹄の音が急に止まる。騎馬は、鏡之助の傍（かたわ）らで、ぴたりと止まった。

「おお、その方は鏡之助！懐（なつ）かしや、お主（ぬし）は、やはり鏡之助ではないか！」

馬上の武人が、声高（こわだか）にそう呼び掛けた。鏡之助は、驚いて振り仰ぐ。そして彼も、大声を上げた。

「おお、兄上！兄上でござりましたか！」

「鏡之助、約定（やくじょう）通りに戻って来てくれたな。お主の帰りを待ち侘（わ）びておったぞ。案じておったが、無事で何よりじゃった。まこと逞（たくま）しゅうなったな。見違えるばかりじゃ」

「兄上、兄上も御達者で何より、それがしも、再会を果たせて、嬉しゅう存じまする。兄上こそ、大層ご立派に・・・でも、兄上は、今は・・・」

ここで兄赤宇は、戸惑っている兵士たちに、それがしは秀吉様配下の者で、今は山名誠豊様の陣に属する渡良祇赤宇と申す者、これにあるは我が弟なり、不審な者ではござらぬ故、安堵して御引取り召され、と告げる。兵たちは無言の内に従った。

「鏡之助よ、わしはこの通り、かつての願い遂に適うて、今は羽柴様の家来、秀吉様の命で、旧主山名誠豊様の下で小さいながらも一部隊を預かる身となっておる」

「誠豊様の・・・し、しかし兄上、こ、ここは多加島、我らの郷里でござりまするが・・・」

鏡之助は、少し眉をひそめて、口籠もりながらそう問い返した。

「そのことじゃ、鏡之助、そのことはまた後程ゆるりと話して聞かそう程に、ともかくここに我が家はもうない、わしの陣屋に参るがよい。長の道中、さぞかし苦労を重ねたことじゃろう。ここに辿り着く途次に、怪しまれて捕らわれたり、弑されたりはせぬかと、ひどう気をもんでおった。日々、見回りを兼ねて、そちの姿を、今日現れるか、今日こそ戻って来るかと、あちこち探し求めておったのじゃ・・・」

「兄上との再会の約束、何故疎かに出来ましょうや。兄上も必ずお戻りになる、それがしも期限を違えず帰らねばと、懸命に道中を急いで参った次第でござりまする」

「そちの方の積もる話も、早う聞かせてもらいたいものじゃ」

兄弟は、懐かしそうに言葉を交わし合いながら、赤宇の陣屋へ戻って行った。が、鏡之助の心中には、わだかまりの気持ちがくすぶっていた。

包囲軍の陣中では、到る所に夜通し赤々と篝火が焚かれ、警戒が厳しかった。城山を封鎖する柵が、蜿蜒と築かれてはいるが、それは、敵の夜襲や脱出を恐れてのことだった。

赤宇、鏡之助兄弟は、その夜遅くまで酒酌み交わしながら、体験談に耽った。ちょうど三年前この多加島を出て以来の、それぞれの経験を交互に語り合った。語るべきことは余りにも多く、一夜の内には、とてもとても話し尽くせなかった。

兄の赤宇は、まず京都を始めとして畿内各地を巡り、次いで東国諸地方を旅して回ったが、その間、衣食を得るために幾つかの合戦に身を投じもした。その後、また畿内に戻り、偶然の機会から、近江長浜の領主だった羽柴秀吉麾下の一部隊に採用された。そして方々の戦場を駆け巡る。

やがて秀吉は、中国方面の織田軍主将に任じられ、播州姫路に移る。赤宇も当然、他の多くの家来衆と共に播磨に来る。そして今主君秀吉に従い、このように己自身の郷里を攻める次第とはなっていた。彼は、目下、秀吉に降ったばかりの旧主山名誠豊軍の陣営に属していた。これも秀吉の主命である。兄弟の願いを入れて修行に出してくれた誠豊は、織田か毛利かの選択に分裂した多加島城を去り、姫路の秀吉の傘下に入っていたのである。

他方、弟の鏡之助は、西国各地を巡りつつ、激動する諸国、恐るべき大小の諸合戦を見聞して来ていた。その間、行く先々の城下で同地の寺社や学問所に居候しては、子供たちの勉学の手助けをして、とりあえずの衣食等の報酬を得たりもした。同時に、世の動き、土地土地の様子や戦いの有様などを見聞したまま、感じたままに詩文に綴り続けたのである。彼の背にして帰った包みの中には、油紙にくるんだそうした草稿が一杯詰まっているのだった。鏡之助は、いずれそれらの草稿を元にして、更に壮大な戦国の物語を仕上げる積もりだと説明した。

二人とも、体験談に夢中になっている内（うち）に、夜もすっかり更（ふ）けて仕舞った。

「鏡之助、長旅に積もった疲労（ひろう）を癒（いや）すべきじゃな。今宵（こよい）はこれで休むがよい。あとはまた、明晩（みょうばん）じゃ」

「はい、そのように致しまする。話は尽きませぬが、また明晩ということで」

鏡之助は、兄から、思い出話の他に、まだもう一つ大事なことを聞かねばならぬと思いつつも、兄に促（うなが）され、自らも疲れ果てていたので、兄の陣屋の一隅、麻布の敷物の上に、ごろりと横になった。彼はたちまち鼾（いびき）をかき始めた・・・

翌日の夜も、二人は遅くまで体験談に耽（ふけ）った。三日目の晩もそうだった。その夜は、一度だけ城方からの夜襲があった。そう大規模なものではなかったが、それでも数十人から成る切り込み隊が、柵を乗り越え、包囲軍の一角に激しい突撃を敢行（かんこう）して来た。赤宇の属する陣に対してではなかったものの、命令を受けた彼の隊もその方面に急行した。しばらくして戻って来た赤宇の話すところによれば、切り込み隊は、多数の兵たちに取り巻かれ、結局、全員討ち取られたらしい。まるで自殺行為だった。それに彼らの死体は例外なく、骨皮に痩（や）せ細っていたと云う。それは、城内を恐るべき飢餓地獄（きがじごく）が襲っていることを如実（にょじつ）に示すものだった。彼ら全員、決死の覚悟で打って出て来たことは、間違いない。或いは、包囲軍から食料を奪い取ることが目的だったのかも知れぬ。

鏡之助は、兄の話を聞いて、慄然（りつぜん）とした。その中にかつての顔見知りがいたかも知れぬ。ともあれ、城内の悲惨な有様を想像すると、胸を締め付けられる思いがした。兄はどうかと、そっとその顔を盗み見ると、案外平然と落ち着いている。彼は鏡之助に、大侵入軍がこの土地に攻め込んで来たのは初夏だったから、以来、既に数か月もの攻囲が続いているのだと云う。それ故、城中が飢えるのも当然のことだと説明した。それが羽柴様の目的とするところだとも話した。兄は、西方の毛利本家も、九州等の切迫した状況もあり、今はとてもここまで援軍を出しては来れまい、とも云った。

包囲軍の方には、積極的に攻撃を仕掛ける意図は、ないようだった。その意味では、羽柴の兵たちは、割とのんびりしたものでもあった。ただ、今宵のような敵方の夜襲は、前にも数回あったらしい。その都度、全滅の憂き目に会っていた。

兄弟の思い出話は、四日目の晩も五日目の晩も、遅くまで続けられた。だが、いずれの夜も、話の内容はほとんど、二人の今まで見聞し、体験して来たことに終始した。

鏡之助は、城内の状況や、城内の人々についてももっと話をし、同時に己が疑問とするところを兄に糺してみたく思ったが、赤宇の方は、城のことは敢えて口にしなかった。鏡之助には、兄が城内の事態に触れることを意識的に避けたがっている、という風にさえ思えるのだった。

六日目の朝、目を覚ました鏡之助は、己が枕辺に紐で結わえた一房の髻と彼宛ての一通の文を発見した。その文を開いて読み進む鏡之助の顔面は、次第に青ざめて来た。それは、兄赤宇の書いたものだった。そこには赤宇の苦しい心中と並々ならぬ決意、そして彼の鏡之助への最後の大事な頼みとが、切々と記されていた。赤宇が、主君秀吉にその側近を通して、後方の任務に回してくれるように頼んだこと、秀吉が戦乱の世に私情は入れられぬとしてそれを許さず、前線のかつての主山名誠豊の軍に属するよう、指示して来たことなどを書いていた。更に、赤宇が仕方なく包囲軍中にありながら、日夜煩悶し続けたこと、今日までにも何度か決意しながら、せめて鏡之助との再会を果たすまではと、堪えて待ち続けたこと、遂に再会を遂げられて、この上なく仕合わせだったことを記していた。続けて、念願通り己の修行体験を鏡之助に話せ、また鏡之助のそれも聞くことが出来て、大いに満足したこと、他にはもう思い残すことなき故、兄は安心して城中に入れること等々を詳細に述べていた。そして末尾は、次のように結ばれていた。

・・・そなたは、決して兄の後を追うべからず、兄は城中にて、郷土及び一族、同胞の為にそなたの分まで存分に働く所存にて候。そなたも兄に代わり末永く、我が家の名を保たれたく候。何よりもそなた念願の大仕事を、一日も早う果たされたく候。兄も今日までのこと総てをそなたに話し置きしがゆえに、心置きのう最後の戦に臨めし次第、そなたは、戦乱の世その内幾分なりとも治まりゆかば、都に出るも可、都は日の本の文芸の中心にて候。そこにていよいよ腕を磨かれたく候。これまた兄の願いにて候。後は呉呉もよろしゅう頼み申し候。そなたあるがゆえに、兄も安堵して戦いに赴け申し候。これも武人の本懐にて候。他より怪しまれ、いらぬ面倒の生ぜざる内に、急ぎこの戦場より立ち退かれたく、間ものう夜も明けゆかば、今生の別れこれにて候。はなはだ名残惜しゅう候。

天正九年九月末日　　赤宇

鏡之助殿

　読み終えた鏡之助の両眼から、熱(あつ)い涙があとからあとから留処(とめど)なく溢(あふ)れ出て、両頬を伝い落ちた。鏡之助は、兄赤宇が、戦場にもかかわらず、いつも先を急ぐようにして五夜も続けて、深夜遅くまで熱意を込めて体験談に耽(ふけ)ったわけを、今や明瞭に理解した。彼はすぐにも兄のあとを追って城に入り、兄と共に戦い、兄と共に死にたかった。その気性(きしょう)からして、兄が最後には必ず夜討(ようち)に出撃するだろうことが、弟には十分に予想出来た。己(おのれ)も共にそうしたかった。しかし兄の己(おのれ)に対する最後の気持ちや意図、最後の頼みを無視することも出来なかった。兄は己の帰りを忍耐強く待ち続け、あとの総(すべ)てを己に託して、安堵して入城していったのである。

　鏡之助は、兄の為にも、ここは忍耐して生きねばならぬと思った。彼は今や、己に重大な責務(せきむ)があると思った。二人の長きにわたる辛苦(しんく)の修行は、一体何の為だったのか・・・彼は己の手で、兄弟二人の余りにも貴重な経験を活(い)かさねばならぬと考えた。兄は己に、念願の大仕事を早う果たせとも云っている。そうだ、二人の体験を合わせ綴(つづ)るのだ。それを基(もと)にして、壮大な戦国物語を仕上げるのだ。それが、わしの昔からの大きな夢でもあった筈だ。むろんその中には、兄のこの故郷における悲壮で勇敢な最期をも、この合戦、この戦場ともども何らかの形で描き込まねばなるまい。兄赤宇が物語の最後を飾り、その仕上げをしてくれたのだ。勇壮で美しい戦国物語が出来上がるに違いない・・・きっと首尾ようゆくぞ、いや、ゆかせねばならぬ・・・そうだ、兄弟合わせて、これで人生の一つの立派な実(みの)り、素晴らしい遺産が残せるわけだ。兄赤宇も、それを心から願っているに相違ない・・・

鏡之助は、兄の髻を懐紙に包み、文と合わせて懐に仕舞い、涙を払う。身支度して、陣屋の外に出た。彼は、このまま直ちにここを離れるべきだと思った。辺りは今朝も相変わらずせわしなく、騒々しい。大勢の兵たちが、忙しそうに行き交っていた。朝餉の煙が、陣中の方々に威勢よく立ち上っているのが望まれた。鏡之助は、城山を見やった。そこにだけは、か細い煙一筋も、棚引いてはいなかった。山は、無気味な程に静まり返っていた。城壁上には、ただ幾旒もの幟や旗指物が、朝の微風を受けて、力なく揺れているだけだった。そうした様は、城の明日の暗澹たる運命を、そのままに暗示しているようだった。だが、城山のこの恐ろしい程の沈黙は、一人鏡之助のみにとっては、嵐の前の静けさと思えた。

ふと彼は、城壁上に兄赤宇らしき人影が我に向かって手を振っているのをちらと見たような気がして、思わず己が両眼をこすってみた。だが、それは彼の気のせいだった。彼は、いずれ世の中が落ち着いたら、兄の云うように、都に出てみようと思った。兄の為にも、是非そうしたいと思った。彼は、そのまま、騒々しい朝の陣中を足早に通り抜けて、何処へともなく去っていった。背に来た時と同じ包みを再び背負ったまま・・・

馬野山対陣

「稲葉多加鳥城遂に落城、御大将吉川式部少輔経家殿見事御自害！」

こう聞いた時、元春は唇を噛んだ。遅かった。芸州よりの出立がもう少々早ければ、或いは経家を救い、稲葉を回復出来たやも知れぬ。が、遅過ぎた。到頭、間に合わなんだ。無念至極である。かくなる上は、麾下六千の全軍を引っ下げて、一気に稲葉領内に駆け込むか・・・まさかそのようなことが・・・元春は一瞬、顔面の翳りを深めた。これ程の悲壮感を味わったことは、如何に彼が、長の年月苦しく厳しい戦場を疾駆して来ていたとは云え、そう度々はなかった。いや、稀なことだった。彼は、己の身体の中を、一陣の冷風がさっと吹き抜けてゆくように感じた。肉体も精神も、がらがらと内から崩壊してゆくようにも思った。己だけではなく、主家も一族も、彼らの西国領の総てまでもが、大揺れに揺れ始めたような気もしていた。

無理もない。大事な防衛拠点を一つ、抜かれてしまったのだ。一つとは云っても、これは、他の幾つもに勝って重要だった。戦略的にも、心理的にも、この落城が意味するものは大きく重い。就中、それが味方の将兵たちに与える影響は、甚大である。恐らくは今後、あちこちで行わねばならぬ合戦にも、ひどく差し障ることだった。相手は、今までにない強敵、難敵なのだ。

それにしても、経家は不憫じゃった。元春は思った。一門のために、尊い一命を捨ててくれた。それも喜んで・・・一門にとり、掛け替えのない人物じゃった。先の為にも、残しておきたいやつじゃった。元春は一度目をつむり、幾月も前に見た勇気溢るる経家の顔を思い起こしつつ、無言の内にも、彼の冥福を祈るのだった。経家よ、安らかに眠れ、石見福光を発った折、己が首桶までも持参せしめた汝のこと、定めて覚悟はしていたじゃろう。だが、わしの後詰が間に合わなんだ。それも故あってのこと、許せ、経家！

元春は無論、一戦覚悟で芸州を発って来ていた。出来得れば、多加島の後詰をし、背後より敵軍を威嚇して包囲を解かせ、撤退させたかった。さりながら、敵軍もさるもの、今回は何としても多加島を手中にする積もり、と見えた。頑強だった。包囲網はいささかも緩まない。大軍により城の周囲を完全に押し包まれて、まさしく蟻の這い出る隙間もなかった。当然のこととして、城内は飢えた。数か月の内に、目も当てられぬ惨状を呈し、牛馬、狐狸を始めとし、鼬、鼠、蛇、蜥蜴、蚯蚓、それに野花、雑草、木の芽や皮、果ては死人の肉まで食らうまでの飢餓状況が出現した。見るに見かねた城将経家は、己が一命と引き換えに、多くの城兵その他の籠城者を死の苦しみから救ったのだった。

元春が、敵方伯耆羽衣石城の南条元続を気にかけて、稲葉に入らぬ内に、総てが決してしまった。国許を留守にすれば、いつ何時備前の宇喜多が攻め込んで来ぬとも限らぬ。ようやくにして後顧の憂いを少なくし、山陰道に出て来てみれば、この様だった。山陰道の第一線であり、稲葉の中心だった多加鳥が落ちてしまった今となっては、最早、稲葉領内での戦闘は覚束ない。敵の兵数は、余りにも多過ぎるのだ。だが、勝ち誇る東軍に、このまま西進させることは断じてならぬ。その為にも、また、若うして勇ましゅう散っていった経家の為にも、何としても、敵を食い止めねばならぬ。しかもこの地で、今おるこの地で・・・後に退くことは、元春の血が、誇りが、意地が許さず、また、そうすることは、現在の毛利にとり、あらゆる意味で失うところが多かった。歴戦の勇将吉川元春は、決意を固めた。迎撃の決意をである。多加鳥を抛って意気上がる無傷の東軍、雲霞の如き大軍は、間もなく元春の眼前に現れる筈だった。彼の軍今や総じて三万余騎、元春の手勢は、わずかに六千だった・・・

　天正九年（西暦一五八一）年秋十月も末、羽柴筑前守秀吉は、その主織田信長の全国制覇の一環として、中国の雄毛利氏打倒を目指し、ここ山陰道稲葉路を、破竹の勢いで進軍していた。既に毛利の一族で、今年三十五歳の青年武将吉川経家の立て籠もる多加鳥の堅塁を抜いて、配下の宮部継潤を城に入れ置き、志加奴、気高、青谷を経て、伯耆国境に迫っていた。稲葉に引き続いて伯耆までも、一気に手中にする魂胆だった。三万余騎と号する大軍の中央、当今並びなき知恵者にして、猿面の将秀吉の得意気な赤ら顔が、馬上に揺れていた。窪んだ両の眼は、陽光を浴びてきらきらと輝き、手綱取る手も、生気に満ちていた。

　北方には、大波うねる日本海を控え、南には、平原状の中国連山を望んで、大軍は、小山の群れる国境地帯に、続々と繰り込んで来た。そして、中の一山御冠山に布陣することになった。

吉川駿河守元春は、彼(か)の名高き毛利元就の次男として、享禄三年（西暦一五三〇年）、芸州に生まれた。そして、天文十六年（西暦一五四七年）に、吉川氏の養子に入り、以後、小早川家に入った弟隆景(たかかげ)と共に「毛利の両川(りょうせん)」と称されて、一門の総帥毛利輝元(てるもと)を助け、父元就の偉業を継いで中国経営に邁進(まいしん)した。元春は、主として北側の山陰道の攻略に当たり、隆景は南の山陽道を統(す)べた。特に山陰に於いては、尼子(あまご)氏が強大な勢力を振るっていたが、元春は、遂には尼子の拠点出雲を平定し、更に進んで伯耆、稲葉両州をも、その支配下に組み入れていた。一方、山陽道の経営また進み、毛利一門は、中国全土を膝下(しっか)に、ようやく中原を窺(うかが)う勢いも見せた。

日本全国各処に群立する他の幾多の戦国大名連に先駆けて、見事上洛を果たした濃尾の勇将織田信長は、ほぼ中原を制し終え、その鋭い矛先(ほこさき)を西方中国に向けた。ここに、播磨、備中、稲葉、伯耆等を舞台として、織毛(しょくもう)二大勢力の激しい角逐(かくちく)が始まった。多加鳥城攻防戦も、その一つである。信長は、織田家中で最も信頼する智将羽柴筑前を中国の前線に差し向け、やがては自らも後詰(ごづめ)に出陣する腹でいた。彼としても、これら一連の中国合戦に万が一にも後(おく)れを取れば、都を放棄せねばならなくなりかねぬ。毛利にとっても、ことは同様に重大だった。敗れれば、一門の滅亡に至るかも知れぬ。一気に中原に打ち入ることもならず、退(ひ)くこともかなわぬ、まことに苦しいところだった。元春は、こうした由々(ゆゆ)しき状況の下(もと)に、息子元長(もとなが)、経言(つねこと)らと、伯耆まで駒を進めて来ていたのである。元春は、織田の下風(しもかぜ)に立つのを潔(いさぎよ)しとしなかった。一族の経家をわざわざ抜擢(ばってき)して石見(いわみ)から多加鳥に派遣したのも、そうした彼の強い気持の表れだった。

元春は、来攻軍阻止(そし)の為、かつまた経家の弔(とむら)い合戦の為に、馬野山(うまのやま)に陣を構えた。

馬野山は、稲葉、伯耆国境近くに位置するほんの小山であり、敵の襲撃を遮るべき何ものもなかった。北は海、南は東郷の大池に面し、西面に当たる背後には、橋津川がくねっていた。その上には、粗末な木橋がただ一本掛かっているのみだった・・・即ち秀吉は、東より攻め来ることになる。元春は、十月二十五日に、八橋よりこの馬野山に進んで、稲葉入りを用意中、多加鳥の悲報を受けたのである。しばし思案の後、彼は、息子の元長、経言を始め、毛利元康、椙杜元秋、益田元祥、三沢為虎、三刀屋久扶・・・等々の諸将を呼び集めて、

「敵の来攻に対し、ここ馬野山に布陣す」

と宣した。息子らも諸将も、驚愕した。

「父上、何を仰せられまするや、かような小山に布陣などと！」

「殿、秀吉めの大軍前にして、何故かかる無謀極まりなきことを申されまするや！」

・・・

元春は、一蹴した。当年とって五十二歳の彼、歴戦に鍛えられた彼元春の顔は、厳しく神々しくさえあった。彼は、こう厳命した。

「橋津の木橋を直ちに落とし、船をみな陸上に引き揚げよ！」

元春は、すっくと床几を立ち、幕舎の奥に歩み入ってしまった。誰もかも、ただ呆気にとられて、黙し続けるばかりだった。殿は死ぬ気だ、と思う者もいた。

天正九年十月二十七日、秀吉の大軍勢を前方御冠山上に仰ぎ見た時、元春は、不思議にも気持ちが落ち着

いて来るのを感じた。黄金色に燦と輝く秀吉千成瓢箪の馬印を中央に、上方大名等の幟、旗指物無数が風に靡き、はためき、馬の嘶き、兵士どものざわめき等も、彼の耳に届いていた。それ程に、両軍陣地は近接していた。頭上の秀吉は、いつなりとも、眼下の己に襲い掛かれよう。己は、云ってみれば、蛇に睨み据えられた哀れなる蛙の如き立場にもあった。

何分、平地ではない為に、正確には分かりかねるが、ざっとの目算によるだけでも、聞き及んだ通りの大勢のようだった。多加鳥城攻囲軍に、更に兵数が加わっていることも確かだった。

元春は、まだ見ぬ猿面を、敵陣中に思い浮かべてみた。相手も今、元春のことを考えているやも知れなかった。恐らくはそうであろう。当代第一流の知恵者と云われる秀吉のことなのだ。また、その帷幄には人も多い。こちらの気違い染みた布陣体形は、頭上の彼らに丸見えだ。元春め、何ぞ怪しげなる罠でも我らに仕掛けおるや、それとも、大軍前に観念して、討死する気か、ならば何故逃げなんだ、いや、やはりいずれかに兵でも伏せて・・・ならば、橋まで取ったは何事ぞ・・・元春は、逆に秀吉の出様を思った。やつはどうする、羽柴は・・・ただに力で攻め来るか、それとも我らを打ち置いて、伯耆に侵入するか、否、さような無茶は決して致すまい。或いはじわじわと包囲して攻めつける気か・・・我が相手の立場なら、この際如何にするじゃろう。考えてみれば、彼の秀吉も信長の最たる頼み、我元春も輝元公の片腕、当然と云えば当然、また妙と云えば妙な競い合いだった。元春は思った。これはやはり軍と軍との争いではなく、筑前と己の個人闘争になるやも知れぬ・・・と。そうなればいいと思う。実のところ、彼は、ここ馬野山に陣する時から、胸中密か、この一点に賭けていた。危ない賭けでもあったが、彼の思い及ぶところ、勝機を掴む法は、これ以外にはなかった。秀吉は、並の大将ではない。機略縦横の人物、深謀遠慮の男だった。側近にも人がいる。彼のよくする戦法は、云わば、間接的戦法だった。多加鳥でのやり口が、端的にそれを物語っている。羽柴は、自軍に大損の出る戦は決してせぬ。せっかく獲得したものを一瞬にして失うが如き愚かな戦もせぬ、その場限りの戦もせぬ。必ず先のことも考え合わせて戦う男だった。小より必ず大を取る。彼は、たった今稲葉国を得たばかりだ。まだ備中、淡路に難儀な合戦が待ち構えている。楽と見れば、当然に伯耆も取りもしようが・・・元春は、心中に呟いた。来るなら明旦じゃろう。備えを厳にせねばならぬ。

彼は、将兵を督励して、更に壕を掘り進めさせ、石塁を築き、鹿垣を結い回させた。

羽柴軍はまだ来ない。

やがて、陽が落ちた。山陰道の冬将軍は、訪れが早い。時既に晩秋、夜気は肌身に凍みる。元春は、幕舎内の床几に腰を下ろし、燃え火にあたった。

ちょうどその時、表に数名の人声が聞こえ、兵が一人、足早に入って来て、益田ら諸将幾人かの到来を告げた。

実は既に、彼らは、思い余って一同寄り集まり、改めて議論を済していた。その結果、敵は何分大勢、やはりこの場は一時撤退し、芸州の応援を得て後再び羽柴にあいまみえるが上策と決し、速やかに退くには、今夜をおいて他にはなし、と、この旨元春に告げに、彼の翻意、再考を求めにやって来たのだった。元春は、すぐに彼らを幕舎の内に招じ入れた。そして、穏やかに応対した。

将らは、この危機における主君の落ち着いた物腰に、少々面喰いもした。肝心な事柄を、なかなかに口から外へ出せないでいた。晩飯時でもあり、元春は、侍兵に酒肴の用意を申しつけた。彼は、自ら進んで諸将に対座して、持参された酒壺を取り上げた。彼らも渋々盃を取った。元春は、彼らと飲み交わしつつ、和やかに談じ合った。やがて程よい酔いが回って来ると、元春は、いつもと同じく浮かれ気分に云った。

「筑前守は山上にて、さぞかし寒風に耐え難きことじゃろう、なれど我らはどうじゃ、火を囲んで暖を取りつつ、酒酌み交わし、いささかも天寒を知らずじゃ。まこと愉快じゃのう。うわっはっはっはっ！」

諸将は、今更ながらに、己が主元春を見直す思いだった。その豪にして快たる意気に感服し、明日の不安をなお胸中に思いつつも、彼を頼もしく思った。

その内に、夜も次第に更けていった。益田らは、結局のところ、云うべきことを何一つ云わずして、立ち去らねばならなかった。

将らを送り出した後、元春は、元長、経言らを呼び入れて、

「敵の夜襲に備え、味方陣地の警護をなお厳にするように」

と今一度固く申し渡した。

元春は、一人で床几に落ち着いた。そして、傍らの弱くなった燃え火に、柴をくべ足した。もうやることは何もかもやった。考えることは総て考え尽くした。幸いに兵らは、彼の命に充分服している。あとは明日を待つだけじゃ。ただ、賭けが当たることを念ずるのみ・・・さもなくば、吉川六千玉砕か・・・あとは明日次第、運次第、否、秀吉次第じゃ、元春は、そう思った。はや真夜中も過ぎるじゃろうか・・・

日本海の海鳴りが、北の彼方から無気味に響いて来る。波頭が、山並となって、白泡を噴きつつ、広い海面を走り寄せて来る荒々しくも勇壮なる有様が、元春の脳裏に鮮やかに描き出された。それは、いつしか明日の激烈凄惨なる戦場に変じていた。夥しい軍兵数が、重苦しい早朝の曇天を背にして、黒々と、前方御冠山の傾斜を埋め、雄叫び、喊声、叫声、怒声に地響き、甲冑の擦れ合い軋り合う金属音等を混じ合わせた一大音響に包まれつつ、雪崩を打ってこちらへ寄せて来る。次の瞬間、馬野山は黒い津波に呑み込まれ、押し包まれていた。壕も石塁も垣も柵も、応戦も何もあったものではない。たちまちにして、背後の橋津川は、薄汚れた血流と化し去り、東郷の池畔は、死人の群れに埋もれた。

天正九年十月二十八日の朝がやって来た。そして、駿河守元春以下吉川軍の将兵は、秀吉の大来攻軍が、東方へ去ったのを知った。血気に逸る嫡男元長は、かねてよりの朋友式部少輔経家を失った悲しみを思いつつ、父に追撃を願い出た。が、元春は、これを許さなかった。

秀吉

「上様が御生害為されたと?・・・」

あれ程の上様が御生害を・・・

ようやく一人になれた秀吉は、初めて茫然自失の体をあからさまに見せた。秀吉は、大敵を眼前にして、今日まで張り詰め、充実していた体内が、たちまちにして、空っぽの洞と化すのを感じた。喜怒哀楽の情などとは凡そ位の違う別の種類の感情、否、感情と呼ぶには余りにも掴みどころのない空虚・・・そうしたものを噛み締めていた。内も外も、この世の中の何もかも総てが、ただ虚ろそれのみだった。色に例えれば、無色透明の気持ちだった。己の存在、現在の立場、状況、周囲の物人、全部が、漠然と曖昧なものになっていた。敢えて云うなら、彼を取り巻く万物が、彼とは何の関係もなくなったような気分だった。いや、その彼そのものが、極めて漠としているのだ。「魂が抜けた」とは、まさしくこのような状態、場合を云うのでもあろうか・・・何も誰も、味方も敵も、もうどうでもいいようなものだった。ただこうして突っ立っていられるだけでも、ひどく不思議な位だった。虚空に向けた窪んで丸い、小さな両眼は、光を失い、口はぽかんと開け放たれ、顔色は、向こうが透けて見えんばかりに青白く、両腕は、だらりと垂れ下がり、両足は、多少内股加減に、胴以上を辛うじて支えていた。痩せた蠟人形さながらの惨めな姿、魂の抜け殻、ほとんど無生物そのものでもあった。全身、硬直した静止、実は、両手の指先だけはかすかに痙攣していたのだが、松明の火数個の下、それは、余程に近づいて、よくよく注意深く見なければ分からぬ程度のものだった。事実、この顔面皺だらけの小男が生きていることを証明するのは、突っ立っていることを除いては、このわずかな痙攣位のものだった。

秀吉には、最早、何を云い何を為す意志も気力も失せ果てていた。

あれ程の上様が御生害を・・・

人間、あり得ぬことが起こったその理由を解くことは、正常の状態でも難しい。況や働きを止めた頭脳においてをや・・・不可思議さだけが、一向に解決を与えられぬままに、空ろの中を駆け廻っていた。

やがて、空を向いた双の金壺眼が曇り出し、何かで充満した。そして、次の瞬間、きらきらと輝く幾本もの白い条が両頬を、真っ直ぐに下へと伝った・・・涙だった。秀吉は泣いていた。独りで、立ったまま泣いていた。開いた口から声は出ぬ。ただ涙だけは、止め処なく湧き出し、そして流れ落ちた。足元の敷皮が濡れた。

突然、両手の指先の震えが激しくなった。呻くような低い声が、喉の奥から押し出されて来て、口は斜めに歪んだ。全身に悶えの動作が現れて、抑えられていた声は、次第に大きくなった。それは、おめき声となった。秀吉は、おめきながら二、三歩よろめいた。そして、傍にあった大型の武具櫃の角を両手で鷲掴みにつかむと、そこに額を押し当て泣いた。両手を拳に丸めて、櫃をごんごん叩きもした。両足を地面にどんどん踏み付けもした。それからまた数歩よろめき歩くと、今度は、その上に座るべき筈の床几を両腕に抱え込んで蹲り、おいおいと泣き続けた。涙は、果てしなく流れ出た。身を震わせて泣くだけ泣くと、秀吉は、ふらふらと立ち上がった。声はもう漏れなくなっていた。

彼は、もと居た敷皮のところにふらつき戻ると、その上に、どっかと腰を下ろした。涙でぐしょ濡れの顔面は、いつも以上にくしゃくしゃだった。だが、もう泣いてはいなかった。じいっと座り込んだままでいた。皺だらけの顔に、生気がやや立ち戻っていた。が、内に何かを考えているのか、そうでないのかは、不明瞭だった。とにかく、口を固く結んで、じいっと座り続けていた。幕舎内は、人払いがしてあった。静寂そのものだった。その中に、秀吉は独り、無気味に座っていた。松明の炎が幾つか、周りに赤々と揺らいでいた。まるで何かを掻き立てるかのように・・・

「御注進！只今怪しき者一人、陣中に紛れ入るを引っ捕らえましたるところ、密書と思しきものを懐中に所持致しおりましたので、これに持参致しておりまする」

夜半にこう報告を受け、差し出されたその書を直ちに開いて読んだ時、秀吉は、呆れ返った。発するべき言葉もなかった。あっぱれ人生の猛者、恐れを知らぬ歴戦の勇士羽柴筑前守秀吉も、この時ばかりは、真実、眼前に天地が引っ繰り返ったような思いをした。驚愕の余り、直ぐには、為すすべを知らなかった。到底に信じられぬことだった。嘘ではないのか、己は騙されておるのではなかろうか、とも考えてみた。だが、日向守が、己秀吉を挟撃せんとして、毛利に送って来た密使に詳細をきつく糾明した結果、己が主信長の死は紛れもない事実であることを確認した。上様は、昨早朝、宿所京本能寺に、日向守手勢の攻撃を受け、寺に火を掛け自刃なされたのだ・・・秀吉は、狼狽した。困ったといって、これ程困り果てたことは、未だかつて一度もなかった。恐ろしい事実をじいっと噛み締めている内に、絶望感が募り、どうにも堪らなくなって来た。己の身体内の芯棒が、何ものかの強力な手によって一気に引き抜かれたような気がした。己の人生の不可欠な拠所、なくてはならぬ支柱が、一挙に抜き取られたと思った。絶望感が募ると共に、孤独感も増大した。今日からは、全くの独り立ちをしてゆかねばならなくなったのだ。彼はそう直感した。突如として親を失った孤児にも似た気分だった。世の中がこれ程に冷厳に見えたことは、これまでになかった。将来を不安に思いもした。おのれ光秀め、大恩ある主君を！・・・この恨み、晴らさでおくものか・・・

しかしながら、秀吉は、今、己が他人どもの面前に立っていることを承知していた。内部でがらがらと崩れゆく自信を、必死の思いで支えながら、昂ぶった顔色で、腹心の黒田官兵衛孝高、蜂須賀彦右衛門家政、堀久太郎秀政らと急ぎ対策を協議した。

余りにもはっきりしていることが、一つあった。それは、京都の事変を、信長の死を、己ら数名の他は、誰にも知られてはならぬ、ということだった。漏れたらそれで万事がお仕舞だ。敵方もまだ知らぬ。絶対に知らせてはならぬ。味方にも、敵方にも・・・次に、ようやくにして成り掛けた講和を、出来るだけ速やかに成立させることだ。急ぎ後顧の憂いを断って、上方へ駆け戻らねばならぬ。一刻も猶予はならぬ。おのれ、光秀め！

秀吉は、早速命令を下した。

「捕らえた密使を彦右衛門に預ける。厳重に監視せよ。誰にも遭わせてはならぬ。また、急使はまだまだ来よう。昼夜共に厳しく非常線を張って、西下し来る者は、敵味方を問わず何人たりとも、容赦のう捕らえ、連行せよ。決して見過ごしてはならぬぞ！」

彼は、更に、黒田、蜂須賀、堀らと、善後策を講じ、種々手を打った後、ようやく幕舎内で独りになれたのだった。人払いをして・・・もう夜明けもそう遠くはなかった。

「上様が御生害為されたと？・・・」

あれ程の上様が御生害を・・・

清水長左衛門は、手筈通りに、白衣を身にまとい、兄入道月清、末近信賀、高市之允その他数名の近臣と共に、小舟に乗って城から漕ぎ出し、秀吉の陣所蛙ヶ鼻の下まで進む。そして、今一度、城中の者どもを己が一身に代えて助命下さるようにと請い、秀吉の確約を得ると、謡曲「誓願寺」を舞いかつ謡い、腹十文字に掻き切って、見事に果てた。高市之允が介錯した。四十六才だった。次いで月清以下も自刃し、市之允は、それらの首級を桶に納め終えると、自らも、直ちに皆の後を追った。

「長左衛門はまことの武士！」

と、秀吉は感服し、称賛した。

秀吉は、清水らの首級を塩漬けにし、早馬をもって、それを上方へと上らせた。上様御前に披露するためと称して・・・実は姫路に留める積もりだった。

毛利はまだ陣払いをせぬ。秀吉は、すぐさま、陣僧大知坊を毛利の陣中へ派遣した。彼をして、宗治が約を違えず切腹したからには、城中の物人総てを毛利方へ送り返す、と改めて告げさせたのである。毛利輝元も、僧安国寺を大知坊に添えて、秀吉方へと来させた。秀吉は、安国寺をいたく歓待し、再び安国寺に僧を添えて、毛利陣にやった。誓紙を交わし、ここに両軍の講和は、目出度く成就、城中幾多の生命は、増し来る水より救われた。秀吉は、配下の武将杉原家次を高松城に入れて、これを守らせる。

その翌日も、秀吉は、じいっと動かず、事態を観察した。何事もない。既に一昨夜来、上方から次々に馳せ下る急使を、洩らさず手元に抑えていた秀吉は、逸り、苛立つ己の心を引き締め、引き締め、時を待った。

そうしている内にも、秀吉は、森勘八高政を呼んで、こう命じた。

「毛利もそろそろ事変を知るじゃろう。騙されたと分かれば、即刻誓紙を破り捨て、勢を繰り出すやも知れぬ。そのほう、殿として、しばらく後に居残り、毛利勢騒ぐと見たならば、堤を切って落とせ！大水に妨げられ、直ぐには追撃出来ぬじゃろう」

勘八は、かしこまって引き下がった。

そのまた明くる日がやって来た。秀吉は、まず岡山の宇喜多軍を先にして、撤退を開始させ、自らも、夕刻には、陣を払って東へと急いだ。とりあえず、姫路へ、姫路へ。

東進中も、秀吉は、変報到着時以来の複雑な思いで、頭が一杯だった。あれ程に驚き、同時に悲しんだ彼だった。孤独と絶望感にさいなまれた彼だった。その彼も、悲しみの高松緊急軍議の席で、利発者官兵衛孝高の見せた異様な眼色を、今もはっきりと憶えていた。その眼は、幾つものことを己に語りかけているようだった。あやつ、わしの心を知ってか知らずにか・・・

秀吉の目指すところは、打倒光秀、それだった。おのれ光秀め！上様の恨み、晴らさでおくものか。この羽柴、命のある限り、貴様と戦い抜いてみせようぞ！自信はある。必ず倒して見せる。だが、急がねばならぬ。他人に先を越されては大事だ！急がねば・・・

それにしても、滝川は遠く上州厩橋、権六勝家は北陸で上杉と苦戦中、家康は堺を見物中、丹羽は信孝と四国に渡海の準備中、信雄は頼むに足らず、残るところは・・・秀吉の脳裏に、主君信長生前の面影が浮かんで来た。己のことを猿と呼び、禿げ鼠と云っていた。よく叱られもした。怒鳴られもした。しかし可愛がられた。大層可愛がられ、信頼されもした。何と呼ばれようと、どれ程叱られようとも、その裏には、いつも己に対する憎からぬ情があったように思う。周囲の者どもに随分恐れられた上様ではあったが、己の目には必ずしも、そうばかりには見えなかった。己には、上様の気持ちが、かなりの程度に分かっていたように思う。上様も孤独だったのだ。それに、昔の卑しい己を、ここまでに引き立てて下された。炎の只中の御最期を思えば、おいたわしい。まさしく天下を目の前にして・・・

東へ東へ、急ぎ東へ・・・

毛利方が本能寺の変を知ったのは、秀吉が高松を発って後、間もなくのことだった。明智の使者は秀吉陣中に捕らえられたが、遅れて、紀伊雑賀の者が、事変を伝えたのだった。総帥輝元も、元春も隆景も、秀吉に劣らぬ位に驚いた。青天の霹靂！やはり、あり得ぬことだと思った。一瞬にして、日の本の図が大きく変わったのだ。あれ程に強力な信長が、こともあろうに、家中の明智ずれに無念の涙を呑むとは・・・どう見ても、信長の不覚だった。その信長、我ら毛利を討ちに、自ら本能寺まで出張って来ていたのである。これで毛利の運命も、大分変わろう。恐るべき大敵織田信長が、自ら倒れてくれたのである。毛利家にとり、喜ぶべきことではあった。が、秀吉めは・・・物の見事にたばかられたのだった。相手は、何食わぬ顔で、一息に講和をまとめ上げ、さっさと引き揚げてしまった。報の遅れたのが悔やまれる。使いがもう少々早う到着しておればよかったものを・・・だが、上方のどさくさで、止むを得なかったという。

秀吉め、道理でおかしいと思った。始めの内は、あれ程に講和の条件に強硬だったものを、最後の土壇場で、急に態度を一変し、柔軟な物腰となった。我らも、水に没しゆく城中の将兵らの命を救う為に、到頭講和に踏み切ったが、それにしても、中途よりあれ程積極的に動いて、談判妥結を急いた秀吉も、今思えば、納得がゆく。

吉川元春は、激怒した。直ちに追撃せんと、強く主張したのである。宍戸備前守もそうだった。元春は、かような汚なき誓紙は、即刻破り捨てるにしかず、後追って秀吉を打ち破るべし、と云うのである。今、上方の織田陣営は、当然のこと、大いに混乱している筈だ。毛利にとっては、絶好の機会でもあった。だが、小早川隆景は、逸る兄を抑えた。

「兄上の申さるる事、この隆景、最も至極に存じまする。しかしながら、ものの固めをするのが誓紙というもの、父上元就公御逝去の折にも、我ら兄弟、誓書に判して、毛利の行末を誓い合ったことを、よもやお忘れではありますまい。父上は、それを手に取り、確かめた後、一通は己が棺中に入れ、一通は厳島明神に、そしてもう一通は宗家輝元公へ差し出すようにと仰せられました。その条数の一に、元就死して後、我より天下を窺うことあるべからず、とあることも御承知の筈。只今の誓紙も、お破りなさらば、一つには亡き父上に、一つには我らの信奉厚き厳島明神に、この二つながらに対して、背き奉ることにも相成りまする。羽柴が姫路に帰着したと聞いたその時は、たとえ御出馬あっても苦しからず、何卒しばらく、御出発をお見合わせ下されたく・・・」

さすがの元春も譲った。出て戦陣に覇を競うは元春にしくはなく、内にありて世を平かにするは隆景にしくはなし、かつて彼らの父元就が見抜いた通りではあった。元春は、彼の気性上、このまま指をくわえているのは、何とも耐えられぬところだった。だが、隆景の説くところにも、理があった。確かに毛利は、ここ高松戦に負けたのだった。かくして戦国の世にも、高松の礼は守られる。

激昂する兵士どもに手を焼いた隆景は、突如、軍中に舞を催した。家臣の鵜飼新右衛門らに命じて、役者を呼ばせ、舞い、かつ鼓を打たせせた。鵜飼も小謡をうたい、三輪一番舞った。隆景陣中に乱舞あり、これを知った毛利陣は、驚き、呆れ返った。吉川も宍戸も、これで完全に秀吉追撃を諦める。毛利全軍撤退が決定的となった。が、毛利軍は、故元就の遺訓には背かずに済んだわけである。年末になり、元春は、家督を長男元長に譲渡して、隠退する。

結果として、秀吉は、小早川隆景に恩を受けた形にもなった・・・秀吉も人の子、己が非を、よくよく承知していたのだった。


東の織田対西の毛利・・・織田の武将羽柴秀吉は、信長の固い命を受け、中国に出征、既に山陰道の堅塁、勇将吉川経家立て籠もる稲葉多加鳥城を抜き、矛先を南に転じて、山陽道は備中高松城の攻略に取り掛かった。だが、城将清水長左衛門宗治の決意は固く、秀吉再三の降伏勧告にも厳として応じぬ。宗治の毛利家に対する忠誠の程がよく窺えた。秀吉来攻直前に、毛利に呼ばれた宗治は、「秀吉に降るならば、それもよし」と云われて、大いに憤慨した。忠心一徹の戦国武将清水宗治だった。

業を煮やした秀吉は、名軍師黒田官兵衛、その家臣吉田長利らの献策もあり、高松水攻めを決した。秀吉得意の忍耐長期による間接戦法である。早速に、城の南方に長い長い堤が大勢の兵や徴発した人夫らの手により築かれ、堰き止められた足守川の水は、折から梅雨の増水期、堤の中に轟音を立てて流れ込んだ。

一方、後詰に出た毛利方、吉川元春は、高松城南方の岩崎山に、小早川隆景は日差山、総帥毛利輝元は更に後方の猿掛山に陣を置く。しかしながら、彼らは、刻々と水嵩の増しゆく高松城に対して、何らの手を下すこともならず、ただいたずらに拱手傍観を続けるのみだった。遂に見かねた毛利方は、一夜、宇田多小四郎に水中を泳がせて、城内に忍び込ませ、欺いて一時秀吉に屈し、再起を図るようにとの主命を伝達させた。宗治は応じなかった。飽く迄も毛利への節を全うする積もりである。高松落城の時期は、いよいよ迫り来る。

秀吉は、毛利に対して、領土割譲と清水自刃の二つを、講和条件として申し入れた。しかし毛利は、眼前の惨状及び「信長大軍来襲近し」の報に頭を痛めながらも、領土の件はともかく、宗治自殺のことは一門の面目にかけても絶対に認められぬ、との強い態度を示した。宗治の忠誠に応えたわけである。一徹の宗治は、不運でもあったが、仕合せ者でもあった。講和は難航した。そこへ、本能寺の変報が、闇夜に迷った明智の密使により、蛙ヶ鼻にもたらされた。秀吉は、飛び上がらんばかりに驚いた。彼は、これをひた隠しにした。急に彼の講和への態度は柔軟になり、早速に使者を毛利陣へと派遣して、改めて講和を議せしめる。即ち、既に要求していた割譲領土を減らすことにした。更に、毛利方の僧安国寺恵瓊を城中にやって、清水を口説かせた。

「落城は眼前に迫っておる。だが、毛利が貴殿の自刃を認めぬ為に、講和がならぬ。このままでは、主家の為にもなるまい。如何？」
と。至誠の宗治、こう云われては我慢がならぬ。城中の人々の助命を条件に、己ら兄弟、その他主だったもの数名の自刃と開城を承知した。和はたちどころに成った。秀吉は、清水の心理の逆を、巧妙に突いたのだった。恵瓊も、清水を殺せぬ毛利の苦衷を思い、一存で城に入ったのだった。

天正十年（西暦一五八二年）六月七日、この日は大変な荒天。だが、大雨、疾風を突いて、東へ東へと秀吉は急ぐ。おのれ、光秀め！増水した川を越すにも、一人一物も後に残さず、落とさずに整然と渡れ、と厳命した。慌てふためく様を世間に見せることは、先の為にならぬと考えたからである。途中で、高松に留め置いた勘八が追い着いて来た。毛利軍撤退と命令通りに堤を切ったことを伝えたのである。秀吉は安堵の息をついた。引き続き東進中、中川、高山らの摂津大名が、助勢を申し出る使いを派してくる。

この七日の内に、無事に姫路に到着する。全行程実に二十数里の強行軍だった。しかも大雨に大風！

秀吉は居城に着くと、早速風呂に入った。そして、息つく暇もなく、風呂場から命令を発し続けた。はやくも九日出陣を全軍に告げさせ、印南野で人数揃えをやることにした。城の金銀を総て、家中の者に知行に応じて分け与えさせ、蔵の米も、ある限りを分配させてしまう。これは、秀吉に籠城の意志が皆無であることを示していた。ただ、備中陣で使い残した金銀少々を、戦費として携行させる手筈を整えた。

風呂上がりの秀吉は、粥を食べて腹拵えをする。母にも面会した。そうした秀吉に、周囲のある者は、殿に運が向いて来たということを、それとなく言上した。むろん、孝高もその一人だった。秀吉も苦笑していた。

いよいよ出陣日を前にして、祈祷僧が、衆の前で、

「明日は、日が悪うござりまする。出でて再び帰らぬ悪日」と云うと、秀吉は、すかさず答えた。

「だから一層の吉日だというのじゃ。主君の為に見事討死すれば、ここに戻る要もなし、また光秀の運が尽きれば、天下はわしの思いのまま、この城に帰らずとも、何処の地なりにも居城を営めるわけじゃ」

僧は感じ入った風だった。

出発の早朝、まだ暗くに、秀吉は城を打ち立ち、印南野に出る。そこで祐筆一同に、着到帳をつけさせた。これを聞いた侍ども、仰天して、おっとり刀で我先にと馳せ付ける。人数はたちまちにして集まった。秀吉は、腹心の浅野長政に、留守居を申し付けた。彼に万一の場合のことも云い含め、その手に母や北の方と城とを託したわけである。が、既に、秀吉は、毛利に備えて、高松城に杉原、備前岡山城に宇喜多秀家を残してはいた。

今まさに天正十年初夏、六月九日の朝を迎えようとしている。ほの白む空の下、秀吉軍は、中村孫平次、堀尾茂助らを先頭に、堂々、東方京へと向かって進発した。云うまでもなく、打倒光秀の師である。馬上に揺れる当年とって四十七歳の秀吉、その必死の心の内にも、次第に自信は高まっていた。手綱取りつつ、将来を想う彼秀吉は、高松の秀吉とは少しく違っていた。その頭には、懐かしい主君信長の面影は、やや薄らいでいた・・・勝つこと、己の為に。秀吉の高松における狼狽は、一体、何だったのだろう。秀吉は、思わずぎくりとした。己と明智がどう違うのだ・・・人間である点、彼らに何の違いのあろう筈がなかった。毛利を騙し、主君にも背き・・・秀吉は、東上の目的を考えたくなかった。ただ、勝つことに専念したいと思った。そして、名立たる暴将信長にしてからが、果たして、今日の秀吉を叱るどれ程の権利、資格を有し

ていたことであろうか・・・

その決断力と迅速なる行動力によって山崎に勝った秀吉の前途は、自他ともの予想通りに、洋々と開けて来た。織田家の跡目を決める清州会議に、今一人の競争相手、越前の柴田勝家に抗して、信長長男信忠の遺児で未だ三才の三法師を推して勝つ。次いで、江北賤ヶ岳にその勝家を打ち破った秀吉は、天下人の座へと向かって、さらに一歩前進する。そして、遂には、九州、奥州までもを制圧して全日本を統一した豊太閤豊臣秀吉も、かつての高松におけるあの狼狽の一夜を、決して忘れ去ることはなかった。たとえ、光秀への感謝の念は忘れても・・彼は、その在世中、西国毛利を豊家の有力な一翼として、厚く厚く遇した・・

人柱（ひとばしら）

築城工事は始まった。山城（やまじろ）であり、麓（ふもと）から中腹にかけて築き上げる予定だった。

父親は、石垣造りの奉行を命じられた。城壁工事だから、大規模なものだった。膨大な数に上（のぼ）る人夫（にんぷ）を使（し）役（えき）して、遠く山中の石切り場より大小の石を幾百個となく切り出させ、石工にとりあえず荒削（あらけず）りさせる。それを遠く工事場へ脂汗（あぶらあせ）を流しながら運搬させる。厳しい作業だった。特に運搬中途には、かなりの幅の川が一本横たわり、これを渡すのに骨が折れた。大筏（おおいかだ）を数多（あまた）組み、それぞれに、大石は一個から数個ずつを、小振りの石は何個もを積み込んで、恐る恐る渡すのだった。幸い川口も然程（さほど）遠くない地点だったので、流れ自体はそうきつくはなかった。だが、水深はかなりあり、危険ではあった。少なからぬ石が河底に沈みもした。しかし、石材は豊富であり、あとからあとから切り出され、運び出された。

奉行たる父親は、切り出し及び運搬と並行して、石垣工事を続けていた。城壁が積み上がり、完成せねば、館（やかた）や櫓（やぐら）など諸施設（しょしせつ）も作れず、塀（へい）なども塗（ぬ）れぬ。まずは大切な基礎工事、それが城壁工事だった。それ故（ゆえ）に、責任も重かった。父親は、己が重責を自覚し、かつまた、大勢の中から選ばれた誇りを抱いて、工事監督に当たった。程無く、毎日が陽光のぎらぎらと照りつける、うだるように暑い夏期に入ったが、彼の姿が現場に見えぬ日は、一度たりともなかった。もともと難所の築城である。山麓の地盤も決して固く安定してはおらず、山自体は急傾斜をなしている。その麓に、大石垣を積み上げてゆくのである。地盤の土質は、むしろさらさらとした感触の褐色土の一種だった。

しかし、この多加鳥山の山容は素晴らしく、高さもあって、この地方の数ある山々の中では、際立つ存在だった。独自の風格を漂わせ、要害であり、城地として確かに適していた。遠く天文、弘治の頃、早くもここに城塞を設ける価値ありとみた長谷の守護や重臣たちの目は、的を得ていた。長谷の守護所からも、東方はるかに遠望出来る、どこか気になる山だった筈である。

今は、恐るべき戦国動乱の世、食うか食われるかの激動する世の中である。豊臣、徳川両勢力角逐の行方は、まだはっきりとは見通せない。いつまでも従来のような小城一つに拠っていては、話にならぬ。四周皆敵、いつ何時隣国が攻め込んで来ぬとも限らず、国内にも、反乱者の生ずる恐れが多分にあった。今日のままでは侮りを受ける。一刻も早う拡張した大城に拠るべし！これが主君、重臣らを始めとする全家中の悲願だった。

中世以来、依然として本邦築城術はお粗末で、大城と呼べるものはそう多くはない。それでも、乱世が続くにつれて、本格的な城郭が、そろそろ築かれ出している現今だった。必要に応じての現象であり、時代の深刻な要求でもあった訳である。しっかりした拠点がなければ、家も滅びる、国も崩れる。誰しもそう考えるようになっていた。それ程に危険極まりない、他を当てに出来ぬ、裏切りや策謀の盛んな恐るべき時代だったのである。

秋も過ぎ、一冬越して、二年目に入る。引き続き、父親は工事に励んでいた。力の限り部下たちを激励し、人夫どもを督励した。急傾斜の難所工事故に、幾人もの死傷者も出たが、工事は更に急いで押し進められた。忠節の士たる父は、この度も、主君以下の熱い期待に応えて、一日も、いや、一刻も早く城壁を完成させねばと思っていた。

彼の采配よろしきを得て、石垣は段々と高く積み上げられてゆき、やがて麓に立てば、振り仰ぐばかりにもなった。真白に美しい城壁が、まさに生まれかかっていた。彼は、毎日少しずつ高みを増してゆく城壁を、腰に両の手当てて満足げに見上げ、眺め入るのだった。高さばかりか長さもながく、堂々として立派だった。その白い石垣に、もろ肌脱いだ人夫どもが幾人となく、あちらにこちらにとへばりついて、各々の作業をしていた。石の出っ張りを削る者、歪みを直す者、間隙を詰める者・・・と、それはいろいろだった。皆忙しげに立ち働いているのだった。

二度目の酷暑の夏も終わり、秋の涼風が山腹を掠め出した。そして、紅葉の七色の輝きも影をひそめた頃、到頭、城壁は完成した。山裾に屹立し、この上ない見事な仕上がり振りだった。父親は、下から見上げ、横から見渡し、上から見下ろしして、出来栄えを確認し、自ら心密かに得心した。大勢の部下たちや人夫たちをねぎらった後、彼は、計画通りに出来上がったことを、主君に報告に行った。既に主君も、重臣らも、工事の過程において、幾度も現場の検分に足を運んでいたが、奉行の完成報告を大喜びに受け、彼を始めとして工事関係者たちを、酒肴を出してねぎらった。相当の褒美も与えた。奉行以下一同は、面目を施して、君前を辞した。主君は、奉行に、前にも倍する俸禄と地位を授けんと約束もした。程よく酔った彼は、己が美しい娘の一人待つ城下の屋敷へと、心地好げに帰って行った。

長年月に及ぶ埋め立て工事が更に進んだ城山前面の平野には、新しい城下町が、以前以上の規模でしっかりした形を整え始めていた。築城工事と歩調を合わせるようにして・・・

完成した城壁の上には、早速に幾つもの櫓や塀が組み上げられ始めていた。大城の出来上がる日が、待ち望まれているのだった。

そうした一夜、この地方を大暴風が襲った。秋も随分深まった頃だった。大風大雨が、一晩中、城山を叩きのめし、痛めつけた。夜中に、真っ白に輝く滝が、無数の乱糸を引くように、或いは山肌に身を躍らせる白竜たちのように、山頂より山下にかけて前面の急傾斜を流れ落ちた。岩肌を削らんばかりのそれは、激流の如き凄まじい響きを立てた。その響きが、猛り狂う大嵐に呼応して、まるで全山が震動せんばかりだった。恐るべき一夜だった。恰も天が、この山の神が、ここに城を築くことに激怒しているかのようだった。城下の人々は、恐れおののき、一睡も出来ぬ有様だった。

夜明け前になり、さすがの暴風、豪雨も去った。まるで何事もなかったかのような、静かに明るい朝が訪れて来た。父親は、急ぎ山麓に駆け付けた。

ああ、無残！

彼は、余りな驚きに声もなかった。ただ両眼を大きく剥いて、立ち竦むばかりだった。拳を握りしめた両腕は、ぶるぶると激しく震えていた。昨日まであれ程に見事だった城壁は、総て崩壊していた。山下は、崩れ落ちた大小無数の石の巨大な堆積に埋もれていた。文字通りの惨状だった。絶句した父親は、悲嘆の余り、一瞬、死をさえ思った。

予想外の出来事だった。あり得ない。たかが一夜の大雨大風に！・・・だが、現実は、眼前の崩壊そのものだった。地盤の固め方が足りなかったのか、大石の積みように手抜かりがあったのか、それとも・・・

すぐさま父親は君前に呼び出された。

「敵国兵乱入の恐れもあり、来春早々、積雪の消え次第に、急ぎ工事を再開し、城壁を築き直せ！」

厳命が再度下った。恐れ入った父親は、意を新たにして、ひたすら新春の到来を待った。

その冬は珍しく豪雪だった。城山も、工事現場も、整備途上の城下も、どこもかしこも厚い積雪に覆われた。見渡す限り白一色の冬景色だった。清らかに美しくはあった。だが、父は、気が気ではなかった。雪解けの時を、今や遅しと待ち構えていた。

ようやくにして雪が消え去るや、彼は勇み立って工事を再開した。

まず最初に、崩れ落ちた石の山を、以前に勝る多勢の人夫を使って取り除き、傷んだ地盤を、広範囲にわたって固め直した。幾度も念を入れて突き固めた。もう大丈夫と確信するまでやった。前回の轍を踏むまいとの決意からだった。割れたり欠けたり、潰れたりで、使用に耐えない石も多くあったので、またまた遠くの山中より、新たな石を切り出し、川も越えて運んで来なければならなかった。そうした分、余計に日数を要した。並行して石積みも行われた。奉行たる父は、前にも増して厳格に工事を進めた。自身で終日現場に立ち通す日が、一層多くなった。彼は、今度こそは首尾ようやり遂げねば、と厳しく工事を督励した。隅々まで絶えず目を光らせ、安易な積み方は許さなかった。ともかく城壁の完成を見ねば、城造りの次の工程には、進み難いのだった。

奉行の見せる凄まじいばかりの気迫に、部下たちも人夫どもも、縮み上がり、力の限りに働いた。工事はどんどん進捗した。奉行は二度とあの悲嘆と絶望を味わいたくはなかった。彼は、てきぱきと次々に指示を与え、人々を巧みに動かして、石積みを急いだ。

やがて春も過ぎ、熱暑の夏に入る。初回の築城開始以来三度目の夏だった。城壁は徐々に徐々に、着実に高くなっていった。以前にも増して見事な城壁が、仕上がっていった。父親は、心中安堵した。が、最後まで、監督者としての責務を思い、気を緩めなかった。主君や重臣らも、前回同様に、幾度も現場の検分に立ち会った。その都度父親は、工事の進捗状況を詳細に彼らに説明するのだった。主君以下一同、頷いて真剣に聞いていた。

「早う仕事を上げるように、そち以下よう励め！」

主君は、いつもきつくそう云い置いて、立ち去るのだった。

また一冬置いた春を経て、夏に入り、工事は、いよいよ最終段階に入った。急速度だった。奉行以下皆勇み立つ。

再度、堂々たる城壁が完成した。高くて長くて、白く美しかった。前回以上の出来栄えだった。

君前に膝行した奉行は、二度目のお褒めの言葉を頂戴した。彼は、前回の汚名を雪ぎ、面目を施して退出した。振る舞われた酒で再びほろ酔い気分の彼は、大業成就の満足感と近い未来の増禄と地位昇進の期待を胸に、可愛い我が娘(こ)の待つ屋敷へと帰っていった。はや夏も終わりかけていた。

城壁上の諸建築も大分仕上がって来た初秋のとある夜、またまた激しい暴風雨が、この地方を襲った。城山も城下も、終夜、大風、大雨に打たれ、山前面には、白滝が、恰(あたか)も急瀬、急流の如くに、流れ落ちた。大風は吼(ほ)え、人々は、恐怖におののいた。全山を揺るがさんばかりの大暴風雨は、一晩中続いた。暗黒の中、無気味な、白色光に輝く山容がぼんやりと浮き出ているのが、風雨を通して透(す)かし見れた。不思議な山だ、神秘的で奇怪でさえある山だ！見る人々、一人としてそう思わぬ者はなかった。

さしもの大嵐も、明け方近くになって去った。まるで嘘(うそ)のように穏やかな朝がやって来た。一睡(いっすい)もしなかった父親は、城山へと急いだ。そして見た。

ああ、またしても、何たる惨状！

彼は、またまた絶句(ぜっく)せざるを得なかった。あれ程に壮大で美しかった城壁が、見るも無残(むざん)に崩れ落ち、巨大な瓦礫(がれき)の山と化していた。

この世には、神も仏もないものか・・・父親は、嵐を憎み、天を恨(うら)んだ。信じ難(がた)いことだった。多勢があれ程に心を込め、気を引き締めて、力を出し切り、文字通りに全身全霊を捧(ささ)げて、到頭為(な)し遂げた二度目の大仕事だった。それなのに、この様(ざま)とは・・・

父親は、ただ歯を食い縛(しば)り、大地を踏み締めて、立ち竦(すく)むばかりだった。茫然自失(ぼうぜんじしつ)の体(てい)でもあった。虚(うつ)ろな眼で、前面の惨状を見詰めながら・・・また同じ結果に終って仕舞った！今度こそは大丈夫だと確信していたにもかかわらず、再度同じ結果に・・・云い知れぬ絶望感が、彼の全身を、いや全人生を覆(おお)い尽くしていた。

築城急がねばならず！・・・主君の心は、依然変わらなかった。その主君に、物陰でそっと言上する古老が一人いた。

「この乱世、工事をお急ぎなされまする殿の御心、充分にお察し申し上げまする。重ね重ねの不首尾、遺憾の極みにござりまする。或いは、山の蛇神の怒りでも買っておるのでござりましょうや。かくなる上は、古よりの言い伝えも幾つかござりますれば、『人柱』を壁中に埋めなされませ。うら若く、見目好き娘一人を人柱に・・・必ずや城の、城壁の魂となり、その固めとなって、今後壁を崩すこと、よもござりますまい」

主君は頷いた。今は、縋れるものには何にでもすがりつきたい気分だった。大目的の為には、少々の犠牲などに構ってはおられぬ、という心境になっていた。

早速に父親は、君前に呼び出された。これで三度目だった。すっかり恐懼して出頭した父親に、主君はしかと云い渡した。

「三度の失敗は許されぬ。城壁の固めとなす為に、見目好く、うら若き処女一人、『人柱』として壁中に埋め入れ、早う城壁を完成させい！こたびは年明けと云わず、人数を倍に増やして、早速に工事を開始、強行せよ！」

驚く父親は、何か云おうとしたが、主君は直ちに座を立ってしまった。

父親は、困り果てた。失敗の責任は重々感じておる。しかし「人柱」などと、しかもうら若き娘を、などと・・・彼は沈痛な面持で退出した。一体、どうしたものか・・・そのようなことを人としてやれるわけもなかろう。また、してよい筈もない。恐ろしいことだ。よしんば「人柱」を用うとしても、何処（いずこ）の誰を・・・承知する者もなければ、頼めるものでもない。酷（むご）いことだ。殿は何か物の怪（け）にでも取り付かれたのではあるまいか・・・正気の沙汰とも思えぬ。いっそ、役目を辞してしまおうか・・・でも、今となっては、それも難（むずか）しい。しかも己（おのれ）は武士！武士たるもの、主君の厳命に背（そむ）くことは許されぬ。再度の失敗、偏（ひとえ）に己の不徳、不能の致すところ、詫（わ）びても詫び切れるものではない。また、このまま放擲（ほうてき）すれば、武士としての分（ぶ）が立たぬ。

彼は悩み続けた。ここで己が割腹（かっぷく）して、可愛い娘一人を後に残すことは忍びない。二人して他国に出奔（しゅっぽん）してしまうことも出来ぬわけではないが、いつまでも指弾（しだん）され、追われる身ともなるだろう、それも為（な）し得ぬ。一方では固き君命と二度の失敗に対する責任と武士の掟（おきて）の三つに圧（お）しつけられ、他方では、「人柱」などという残酷（ざんこく）への反発感に押し戻されて、彼は板挟（いたばさ）みの苦しみを味わった。だが、ぐずぐずしてはおられぬ。日々は飛ぶように過ぎ去っているのだ・・・

大体、この工事には、己（おのれ）が一番に責任があろう。御主君からの依然として揺（ゆ）るがぬ信任にも、やはり応（こた）えねばなるまい。

父は、大工事に打ち込んでいた。秋もいよいよ深まりつつあった。大気は冷え冷えとして来ていた。父は、心底に決意を秘めて、監督、督励に当たった。工事は、慎重にかつ強力に押し進められた。以前の数倍という多数の人夫たちも、追い立てられつつ精出した。白く大きな城壁が、しっかりと堅固に積み上げられていった。やがて半（なか）ばの高さに達した。そして遂に、「人柱」を納（おさ）める日がやって来た。未完の長い城壁の中央部、何尺か奥に入り込んだある個所に、一つの窪（くぼ）みが作られていた。周囲を四角い大石で囲った窪みだった。

師走の、とある未明、未完の壁麓（へきろく）に、幕を張り巡らし、そこで主君、重臣以下主（おも）だった人々の見上げる中、白布にすっぽりと覆（おお）われた長めの木箱が一つ、例の窪みに厳（おごそ）かに運び込まれる。複数の神官により神代（かみよ）の詞（ことば）が謳（うた）うように、しかし低く重々しく誦（しょう）される中、窪みの入り口は大石でぴたりと塞（ふさ）がれる。儀式は滞（とどこお）りなく終了する。そしてその場の様子は元のまま、ただ半分だけ積み上げられた城壁が、無言で横たわっているだけだった。主君以下の人々は、人柱が城下のある娘とだけしか知らなかった・・・

すっかり明るくなって、工事現場は、人夫たちの威勢よく働く声に活気づいた。が、明け方の一事は、彼らの内の誰も、何も知る由（よし）もなかった。

翌春、到頭、三度目の城壁は、立派に出来上がった。最初の工事に着手してより、既に丸四年以上の歳月が流れていた。白い白い、高くて長い、堂々たる城壁だった。前二回のいずれの場合よりも一層頑丈そうで、見る目にも一層美しく映った。直（ただ）ちに、その上の諸々（もろもろ）の建物の、館（やかた）や櫓（やぐら）や塀等の建築が始まった。同時に、主君以下、家中（かちゅう）の人々は、難工事の完成を祝福した。一人父親のみは、しばしば物陰で、云い知れぬ哀（かな）しみに沈んでいた。彼は、日々、何かを待っていた。壁上の建築の仕事も随分進んでいた。

梅雨（つゆ）の時節に入り、この地方をまたもや激しい暴風雨が襲った。豪雨が降りしきり、雷鳴（らいめい）も轟（とどろ）き渡った。大風が吼（ほ）え狂い、城山に砕（くだ）けよとばかりに吹きつけ、打ちつけ、山の前面は、暗闇（くらやみ）の中、不思議に真白（ましろ）の雨（あま）滝（だき）に、無気味に輝いた。それは恐ろしい一夜だった・・・

暴風、豪雨の去った明くる早朝、父親は、まだ睡(ねむ)りから醒(さ)め遣(や)らぬ町なかを、城山へと走った。道は泥んこだった。あちこちに大小の水溜(たま)りが点在していたが、そんなものは、彼の目に入る筈もなかった。泥水を撥(は)ね飛ばしながら、駆けた。城山の山容が、頭上に被(かぶ)さるように迫って来た。周(まわ)りの塀や並木が切れて、ぱっと前方の視界が開けた。

おおおおっ！

一瞬、彼は、喜びの大声を発(は)っした。昇る朝日に輝いて、真白の城壁が、気高く長大に、勇ましく逞(たくま)しくそそり立ち、その確固たる雄姿を誇っていた。彼は、城壁に向かって叫び掛けた。

「娘よ、到頭やったぞ！そなたの力だ！」

顔面を滂沱(ぼうだ)と流れ落ちる涙を、片方の拳(こぶし)で拭(ぬぐ)いながら、父親はそのまま一気に城壁上に駆け上がり、頂(いただき)に誇らしげに立った。両の目は、大いなる喜びで、異様なまでに光っていた。それは、難工事完遂の喜びというよりは、むしろ、娘のもとへとゆける喜びの光のようだった。彼は、燃える朝日を身体(からだ)一杯に浴(あ)びながら、ぎらりと腰の短刀を抜き放ち、鋭い切っ先を口中にくわえるや、頭より真(ま)っ逆(さか)さまに壁下に跳(と)び下(お)りて果てた。

以上は、多加鳥城にまつわる一異聞である。

ずっと後世のこと、人々がもうそろそろと、石垣修理のことを考えて、改めて城壁を吟味(ぎんみ)したところ、壁(へき)

を載せている褐色土の層が、過去に幾度か激しい衝撃に見舞われて大規模に削り取られ、押し流されたことのある形跡が認められた。そして城壁の下あたりの地面の幾か所かに点々と、次層の硬い灰白色の岩がわずかずつ顔を覗かせていた。結果、大城壁は、事実上、表層たる砂礫を含んだ褐色土層のすぐ下に隠れた灰白色岩盤に、即ちはるか後の世に云う花崗岩、俗に云う御影石にしっかと支えられているということが、明瞭に知れたのだった。

空の巻

陶工

専之丞は陶工だった。まだ割と若かった。妻がいる。名はお久と云った。稀に見る優しく気立てのよい女であり、容貌も美しかった。二人の仲は大変睦まじかった。

専之丞は、お久をいつも傍らに置いておかぬと気も落ち着かぬ、という程の慈しみようだった。妻も夫を慕い、敬い、信頼し切っている。二人は文字通りに、一心同体、いずれが欠けても、残る他方の悲嘆振りはまさしく筆舌にも尽くし難かろう、それ程に幸せな夫婦だった。

古来、この多加鳥地方は、極めて良質の粘土が豊富に産出する所であり、古より焼き物業が非常に栄えていた。特に多加鳥城下の郊外津之里の地は、そうした窯業の中心の一つだった。専之丞夫婦はまさにその地に住まっていた。彼の父楽之丞も同地の陶工だったが、何様戦乱の世のこと、夫婦とも悲惨な多加鳥籠城戦に巻き込まれ、城内で餓死していた。息子のみ、辛うじて生き延び、飢え死に寸前、骨皮にやつれながら城を出られたのだった。周りの人々のお蔭だった。彼専之丞も、父の後を継いで陶工となった。即ち父の血を受け継いで、その道に入り、父と同業だった人に弟子入りしたのだった。その人の下で修行し、遂に独り立ちした後、お久と一緒になっていた。修業時代から極めて熱心だったので、上達も早く、今日では、まだ若いに似ず、出来上がった品々も、しっかりしたものが多かった。

専之丞は、大小の茶碗や皿などを始めとする種々の器を焼き上げては、城下の商人たちに卸していた。その売れゆきも悪くはなかった。彼は、父の残した仕事場で、焼き物仕事に打ち込みながら、愛してやまぬ妻お久と平和な日々を送っていた。

ところがある晩秋のこと、この地方に悪い病が流行し、お久もそれに罹って、床に臥せってしまう。そして専之丞の、己が大事な仕事を中断してまでの必死の看病の甲斐もなく、妻は遂にあの世の人となってしまった。夫の悲しみは、それは大変なものだった。彼は、放心状態になり、妻の遺骸の傍らに座したまま、もう仕事のことなど如何様にでもなれ、という有様だった。あれ程睦まじかった仲のお久の死だった。無理もないことだった。彼は、妻を殺した病を憎み、己が不運を嘆いた。何故にまた、己が妻が流行り病などに死なねばならぬのか・・・妻をもう一度この手に取り戻せたら、わしは他に何もいらぬ、もし妻を生き返らせてくれる人がいたら、わしはその人に何でも与えてしまうだろう、そう、わし自身の命さえ与えても構わない・・・しかし、今更死んだ妻が、戻って来る筈もなかった。

お久の死後三日目の深夜のことだった。ろくに食事もとらず、激しい嘆きの為に憔悴仕切っていた専之丞が、何を思ったか、突然むくむくと寝床から起き上がった。その両眼は、異様に鋭い輝きを放っていた。

何か重大な決意をしたといった風の眼差(まなざ)しだった。それには、同時に、何か異常な期待の光も見て取れるのだった。

翌朝、専之丞の窯(かま)から、しばらく振りに威勢のいい煙が立ち上(のぼ)った。煙は、妻が病(やまい)に臥(ふ)せって以来、ほとんどずっと絶え気味だったのである。近所の人々も、立ち上(のぼ)る盛んな煙を目にして、専之丞さんも妻を失った悲しみを振り払い、生業(なりわい)に精を出し始めなすったな、結構なことじゃ、死んでしまったものを今更幾ら嘆いても始まらぬことじゃからなあ、とお互いに云い合い、頷(うなず)き合った。ただ、専之丞の家の表戸(おもてど)は、ぴたりと閉じられたままで、彼自身も、表には一向に姿を現そうとはしなかった。

陶工専之丞は、いつの頃からか大層見事な、しかも珍しい大皿を一枚保有している。その皿は、差し渡し一尺ほどもあろうかと思われるほどの大きさ、まるで茶菓などを運ぶお盆のよう、或いは満月のようだった。が、その色は、表裏とも一面、紅色(べにいろ)に塗り込められている。ただそれだけだった。底の浅い皿だが、見るからに強靭そうでもあった。最も、同じく紅色と云っても、この場合、何とも表現し難い種類のそれだった。奥深い、神秘的でさえあるそれ、けばけばしい派手さではなく、その逆だった。その色は、見る者の心を強く捉(とら)え、引き込むような沈沈(しんしん)とした印象を与えていた。その色合いには、晴れ晴れとする明るさは更にない、が、一方で、得も云われぬ落ち着いた味わい深さがあった。人を静謐(せいひつ)の内に深々と抱(だ)き込むような色だった。

大皿には、裏にも表にも、絵柄や模様や文字など一切ない。ただ沈沈(しんしん)とした紅一色に塗り込められているだけだ。そうした意味では、むしろ単調過ぎるとも云えたが、他方では、まことに珍しく風変わりな外観を見せてもいるのだった。一見した者は、その珍しさに一瞬好奇の目を光らせる、しかも長い間見入っていると、名状し難い深い感銘を覚え、かつ心を吸い寄せられる。そういった類の紅皿、恰もそれ自体が生命を宿しているかのような神秘の大紅皿だった。

　皿は、精魂込めて焼き上げられており、深い紅色ながら、その表面には、不思議に淡い光沢も掛かっていた。

　専之丞は、この変わった大皿を、他の何物にも増して大切にしていた。単に大事にしているというだけではなく、心底から慈しみ、愛でている様子、まるでその大皿が生きた存在でもあるかのように、彼の愛情の対象そのものでもあるかのように・・・

　彼は、仕事の手を休めている時など、よくそれを両手に持って、さも懐かしげな表情を浮かべ、つくづくと見入っている。皿に向かって何やら語り掛けることさえあった。皿を相手にしている際の専之丞は、仕事に取り組んでいる最中よりも、他のいかなる時よりも、ずっと満足そうだった。

　彼の仕事中も、大皿は、常時仕事場の棚の上に、特製の桐箱に入れて載せられている。蓋は外して傍らに置き、中身がいつも顔を覗かせているわけである。

　稲葉の国は北国、冬ともなれば、日本海から冷たい風が吹きつけて来る。雪もかなり積もる。冬場は、大変寒い地方なのである。そうした季節になると、専之丞は、何と皿を暖かい懐に押し込んだりもするのだった。そうした様は、他人にとっては、異様におかしな、不可解でさえある所為だった。しかし、専之丞は、皿を慈しむことに、無上の幸福感を見出しているようだった。彼は、皿を大事に扱い、実用に供することなど思いも寄らぬ、という風だった。

彼のところに出入りする人々の中にも、むろんこの奇妙な大皿を見かけた者が幾人もあったが、彼らは皆一様に、感嘆したり、不思議がったりしていた。

専之丞は、お久の死後ずうっと一人暮らしを続けていたが、腕の方は確かなので、仕事の方は順調にいっていた。彼の窯からは、黒煙、白煙が、絶えることなく、大空目掛けて立ち上り続けた。


こうして十年近くの歳月が経った。

ある時、専之丞は、余りの長きにわたって常時狭い仕事場に籠もり続けたのが祟ってか、病床に臥せる身となってしまった。そして、近所の人々の温かい看護と励ましの甲斐もなく、永遠に帰らぬ人となってしまった。妻のもとに旅立ってしまったのである。

専之丞は、死の直前、多加鳥城下に住む、最も身近な血縁たる従兄弟に当たる人物を枕辺に呼んでいた。遺言を残したのである。それは、たった一つ、専之丞が大切にして来た大紅皿を棺に入れて、一緒に葬ってくれというものだった。同時に、他の器は総て、その処分を相手の自由に任せた。専之丞は、大皿のことを何度も念押しし、従兄弟も必ず遺言通りにする、と約束した。程無く、専之丞はこの世を去った。

その従兄弟は、染め物問屋の奉公人で、名を弥兵衛と云った。彼は、何とも見事な大紅皿を眺めているうちに、せっかくの専之丞の頼みながら、その皿を死者と共に地中に埋めてしまうのが惜しくなった。そこで彼は、専之丞から任された残りの器の中から、何の変哲もない白皿の大き目のを一枚選び出して、それを遺体の傍らに入れた。紅皿は自ら持ち帰り、秘蔵することにしたわけである。陶工たる専之丞があれ程大事にしており、墓場まで伴ってゆきたいと願った程の品、きっと値打ち物であるに相違ない・・・

弥兵衛は、近頃、大層ご機嫌だった。他に類例を見ぬ、珍しい大紅皿を所持しているからである。他人たちも、ひどく感心して観てくれる。格別に丈夫な作りでもあるらしく、彼は一度など誤まって、皿を音立てて床板に落としてしまい、肝を冷やしたが、不思議や皿はびくともしなかった。ほんの一筋のひび割れさえも見当たらず、彼は大いに安堵したことだった。さすがに大したものだ。

弥兵衛は、皿の強靭さもさることながら、その表裏一面を覆う深紅色が気に入っていた。何とも云えぬ味わい深さだ。もう大分古い筈なのに、その紅色は、まるで真新しい品のそれのように、全く褪せておらず、つややかな光沢さえ保持している。まるで命を宿しているかのような皿じゃなあ、弥兵衛はしばしばそう感じた。そういうわけで、この皿は、もう彼にとり、掛け替えのない宝物になってしまっているのだった。

ある真夜中のことだった。ぐっすり寝入っていた弥兵衛は、突然目を覚ました。何か聞こえたような気がしたからだった。暗がりの中で、聞き耳を立ててみる。妙だな、何も聞こえやしないじゃあないか。わしの空耳だ。きっと夢でも見ていたんじゃろう・・・彼は再び目を閉じる。うとうとし始めたその時、彼はまたぎくりとして起き上がる。やはり聞こえた。確かに何かが聞こえた。彼は闇中に耳を澄ませた。泥棒の入った物音でもなさそうだ・・・と、その瞬間、彼はまたまたぎくりとした。頭上の小さな観音開きの戸のついた違い棚の方で、人の声がかすかに聞こえたと思ったからだった・・・何やら女性の悲しそうな啜り泣きの声だったような・・・でも、そのようなところに誰も人のおる筈はなかった。違い棚は、ほんの些細な物置棚に過ぎぬ。馬鹿なこと、やっぱりわしの気のせいなんじゃ、さあ、休もう・・・どうも今宵は、夢見が悪い・・・やがて彼は、再々度の眠りについた。その内、深夜の静寂の中に、彼の寝息が規則正しく響き出した。

だが、その翌晩も翌々晩も、弥兵衛は汗びっしょりになって、夜中の寝床の上に身を起こし、聞き耳を立てねばならなかった。頭上の違い棚の方から、やはり女性のかすかな泣き声が聞こえたように思えたからだ。しかし、その度に、観音開きの戸を開けてみても、中には例の紅皿以外には何もなかった。彼は首をひねる。さっぱり合点がゆかなかった。まさか皿がものを云うわけでもあるまい。が、同じことが余り幾度も起こるので、彼は不安になって来た。専之丞の皿が、気味悪くなって来たのである。

わしが遺言を守らなかったので、専之丞の恨みがこういう形で己に降り懸かって来ているのかも知れぬ・・・弥兵衛は、そう思い始めると、この奇妙な皿をもう一刻と云えども手元に置いておくことには、耐えられなくなって来た。この珍しい大皿を惜しむ気など、掻き消すように失せてしまい、代わりに不安と恐怖の思いばかりが、募った。

彼は、ある日、遂に、大皿を持って、専之丞の葬られている墓地に行った。専之丞は、小山の麓のささやかな墓地の一角に、両親と妻の傍らに眠っていた。弥兵衛は、大皿をさも不吉なものでも捨てるように、夫婦の墓前に放り出すと、あとを振り返りもせず、一目散に城下の己が家へと駆け戻っていった。

その翌日、たまたまこの墓地にお参りに来た一人の老人が、専之丞の墓前を通り過ぎた。その時、老人が、そこにひび割れて、汚なく、くすんで白っぽい、素焼きのままの古い大皿が一枚転がっているのを目にしたことなど、従兄弟の弥兵衛が知る由もなかった。老人は、皿の傍らの地面が一部分、何故かまるで生血を吸い込みでもしたかのように、じっとりと赤く塗れているのを見たのだった・・・

今は無人となった専之丞の窯から、もう煙は立たない。でも、近隣の人々は、その近くを通るたびに、専之丞、お久夫婦が元気でいた頃のことを、懐かしく思い起こしてみるのだった。

・・・彼は、水に浸した灰白色の柔らかい粘土を一生懸命に捏ねている。仕事場に隣接する部屋には、敷物の上に、白い死装束のままの妻の遺体がまだ横たわっている。両眼をつぶったその透き通るように青白い顔は、まるで生きている人間の如くに美しい。彼は粘土を充分に捏ね上げると、それを伸ばし広げて、形取りする。粗形が出来上がると、次には轆轤にかけて回転させ、熟練の指先で、望む形に整え上げる。見事に均整のとれた、随分大型の皿が出来上がると、それを乾かす為に専用の板棚に載せておく。かなりの時間が必要だ・・・彼は、白っぽく乾いた皿を、素焼きするために窯入れする。窯に薪を充分に詰め込み、火をつける。たちまち煙が上がり、彼はせき込みながら、窯の口をぴたりと閉じる。やがて窯の内部からは、赤火の威勢よく燃え立つ、ごおごおという音が聞こえ出す・・・一定時間窯を焚くと、火を落として、また同じぐらい蒸す。やがて素焼きした皿を窯から取り出すと、日陰で更に乾かす・・・彼は、包丁と手桶を持って白衣に包まれた妻の傍らに寄ってゆく。彼女の白衣の袖を捲り上げると、思い切ったる様子で、その二の腕から赤い血を採取する。腕から押し出すようにして、血液を手桶に落とす。妻の腕の裂けた傷口を白布で固く縛り上げる。次いで、太めの筆の穂に採取したばかりの血をたっぷりと含ませ、素焼きの大皿に丁寧に塗り付け始める。表裏共に丹念に、万遍なく塗り上げてゆく。赤色の皿が一枚仕上がる。それが乾くと、今度は釉薬を掛ける。再び乾かした後、本焼きの為にまた窯に収めて、火を入れる。一息つくとまもなく、焚口から覗く窯の中はもう火の海だ。彼は長時間、その火をじいっと見つめ続ける・・・火を落とした後、熱気で蒸す過程が、やはり同じ位続く・・・遂に窯から大皿を取り出す時が来る。彼は胸をときめかせながら、恐る恐る皿を取り出してみる。そして唖然とする。余りなことに、声も出ぬ。光沢も鮮やかな美しい紅色の大皿が現れると思いきや、意外にも皿は真っ黒けだ。驚き慌てながら、彼は、改めて見直してみる。だが、皿はざらついた黒泥色そのものだ。落胆の内に、頭を抱えて座り込む。どこが間違っておるのだろう？いつもの手順をきちんと踏んでいる筈だ・・・粘土も最上等のものを使っている積もりだ。火加減も、申し分ない筈だ。焼く時間も、常と同じ筈だ。でも、現実は、不首尾に終っている。発する言葉もなく、項垂れ、沈痛な面持ちで仕事場に座り込んでいる彼は、やがて思い直したように、立ち上がる。そしてまた同じ作業を最初から繰り返す。粘土を捏ね、皿型に仕上げ、乾燥させる。素焼きをし、新たに採取した血を塗り込める。だが、ようやく釉薬を掛けたところで、彼は激しい眠気に襲われる。到頭耐え切れず、そのまま仕事場の床に寝込んでしまう。無理もない。長時間ろくに飯も食わずに仕事に打ち込み、昼夜の別にも全く無頓着な彼なのである。最早、疲労が限界に達しているのだ・・・眠っている間に、彼は夢を見る。幸せな夢である。妻が戻って来たのだ。どこか遠い所に出掛けていたお久が、遂に彼の元に戻って来たのである。夫の枕辺に立って微笑む妻は、以前よりもずっと美しく、気高く神々しく見える。彼女の周囲には、眩しいばかりに輝きわたる金色の光が満ち満ちている。光の帳の中に立つ妻に向かって、彼も笑みを返す。いつしかその金色の光は、彼の仕事場一杯に張(みなぎ)って来る(く)・・・目覚めて彼は、驚愕(きょうがく)する。見事に焼き上がった艶(つや)やかに煌(きらめ)く深紅色(しんこうしょく)の大皿が一枚、眼前にあるのだ。彼はその大紅皿を両手に取り、つくづくと眺め入る。陶工の彼にもとても焼けそうにない、素晴らしい出来栄(できば)えの大皿だ。彼は思う。これはきっと、わしが寝込んでいる間に、亡き妻の魂がこの仕事場に舞い戻り、わしが赤く塗(ぬ)り込め、釉薬(うわぐすり)を掛けおいた素焼(すや)きの大皿を、不思議な金色の光でもって焼いてくれたものに相違ない。窯の火で焼けなかった皿を、眩(まぶ)しい光で焼き上げてくれたものに相違ない。彼は、妻の遺体に近寄り、依然として青白く透明な美しさを保つその顔に、そっと両の手を合わせる。彼は、遺体を急ぎ父母の墓所に運び、僧に頼んで懇(ねんご)ろに埋葬(まいそう)しようと思う・・・

竜（りゅう）

昔、戦国の世も終りに近づき、世情（せじょう）の落着いて来た頃のことである。稲葉国多加鳥の城下に、浪之助（なみのすけ）と云う若い駆出（かけだ）しの絵師が住んでいた。この男は、一見、風変わりな絵師だった。何故（なぜ）と云うに、彼は、竜の絵以外はちっとも描こうとしなかったからである。描（えが）こうとすれば、題材は他に幾らもある。たとえどれ程生き物の絵が好（この）みだとしても、確かに十二支筆頭の竜以外にも、犬猫馬牛（けんびょうばぎゅう）、虎獅鹿猿（こしかえん）、狐狸熊猪（こりたいちょ）、鷙鷹（しゅうよう）鶴雀（かくじゃく）、鯉鮒鯛鮫（りふちょうこう）、蜻蜘蝶蝉（せいちちょうせん）・・・等々等々と幾らもいる。画（か）こうと思えば、対象物は他にも山程あるわけである。ところが、浪之助は、竜の絵以外にはまるで無関心だった。そのことが、まだ名も売れず、絵もろくにさばけぬ駆出しの貧乏絵師たる彼をして、余計に不利にしていることは否めなかった。それでも彼は、ぼろ着を纏（まと）ったり、まずいものを食ったり、雨漏（あまも）りする小さなあばら家に暮したりすることを、大（たい）して苦にする様子もなかった。

彼はただひたすらに、大好きな竜の絵だけを、毎日毎日飽きもせずに、描き続けているのだった。

町の人たちは、融通（ゆうずう）の利（き）かない変わり者として、次第に彼に侮蔑（ぶべつ）や憐（あわれ）みの眼差（まなざ）しを向けるようになった。

実際、どれ程沢山竜の絵を描き上げても、それらが、多くの人々に売れるわけがなかった。それよりもむしろ、他のもっといろいろなものを描いた方が売りやすい。単に鳥獣魚虫のみならず、木とか花とか人物なども面白かろう。自然の景や町村の風物などに目を向けてもよいわけである。竜の絵のみを進んで求める人が、そこらに矢鱈にあろう筈はなかった。でも、浪之助は、他の対象物には一向に興味を示さなかった。余程に竜が気に入っているらしかった。そして、竜以外の絵を描いてくれと所望する人には、かたくなに断り続けた彼だった。

大体、四霊、四神の一ともされる「竜」なるものは、この世に実在する生き物ではない。大勢の人々の中には、それがこの世に存在すると本気で信じている者もあったかも知れぬが、この生き物は、「麒麟」や「鳳凰」、「鷁」などと共に、古支那に起源を持つ、全く架空のそれなのである。その古支那には、竜の誕生譚として、周の烈王の時代に、林碧陽君の夫人の侍女が竜二匹を産んだというような伝説的な話まで、残っている。後世、南宋時代、陳容も、彼の連作大作「九竜図」を生き生きと描き上げている程である。

さて、その竜の姿、恰好はというと、大蛇によく似ているが、頭部には大きな鹿の角を生やし、見開いた爛々と輝く両眼は鬼のそれ、両の耳は牛のそれ、口には牙があり、鼻先には二本の長髭が躍っている。そして鱗に覆われた長大な胴体には、指の先端に鋭爪を持つ四肢がついている。そら恐ろしゅうも凄まじい生き物なのである。多分に神秘的、伝説的でもある。

この想像上の生き物は、天空を自在に駆け、雲を起こし、雨を呼ぶ、或いは海や沼、池などにも棲むという。不可思議な力を保持しているわけである。

この「竜」は、恐ろしいとか、勇ましくて強いとかの印象を与えると同時に、度々吉祥の象徴ともみなされている。

　要するに、その怖さ、凄まじさの割には、かなり好もしい存在でもあるわけである。「臥竜」とか「昇り竜」などの語には吉の意が込められている。また、「竜の髭を撫でる」「逆鱗に触れる」などの言い回しは、むろん多分に比喩的な表現ながらも、竜の怖さをよく表すが、それ自体決して悪しき意味を有しているわけではない。ともかく、昔から襖絵や天井画として描かれたり、さまざまな場所に彫られたり、金属で鋳られたりして来た竜の姿は、まことに生々と力強く、かつまた恐ろしい限りである。

　或いは、浪之助は、神秘的で畏怖すべき、神獣よろしく力強い竜に早くから心惹かれたのかも知れない。が、その動機はともかく、彼が他の如何なるものよりも竜を好み、それを描くことに異常なまでの執念と没頭振りを見せていたことだけは、明白な事実だった。まるで馬鹿の何とやらのようにひたすら竜一つに執着する彼の絵は、多い時その描く数が一日に数十枚にも上った。彼は、一枚一枚の画紙それぞれに、それはいろいろな恰好の竜を画いた。昇り竜、天駆ける竜、闘竜、寝そべった竜、池中から頭を擡げた竜、逞しくとぐろを巻いた竜、・・・等々である。その表情も、烈火の如くに怒るものから、眼をつむって穏やかに眠るものまで、まことに多種多様だった。白黒の墨絵もあれば、それに薄っすらと色彩を添えたものもある、更には鮮烈な極彩色画もある。竜に関する限り、確かに浪之助は上手だった。どの絵、どの竜も、極めて巧妙、器用に仕上がっていた。だが、彼は、依然として、己が作品の出来栄えに満足出来ぬもののようだった。まだ大事な何ものかが掴めておらぬ、とでも云いたそうだった。要するに、己の心底に届く、真の充実感が味わえていないのである。そういうわけで、彼は、やはり竜の絵ばかりを、飽きもせずに描き続けていた。

その結果、ある折到頭、浪之助は、旅に出ることに決めた。諸国を巡（めぐ）って、沢山の竜の絵や彫（ほ）り物などを見てみたい、竜にまつわるいろいろな伝説、伝承の残る土地を訪ねてみたい、と願ったのである。もっと広く深く、更に詳しく竜のことを学び直してみたい、と改めて考えたのである。そうすれば、もっと大事なものが掴（つか）み取れる筈、諸国を巡れば、それが可能な筈だと、若いなりに、否、若いが故（ゆえ）に思案したのである。そういうことなら、己（おのれ）にも何とか可能なのではなかろうか、と感じたのである。長期の道中要する費（つい）えには、とりあえず所持する路銀の外（ほか）は、訪ねる先々で画（か）く竜の絵を売って得られる代金を、当てる積もりだった。それでも不足すれば、寺々にでも泊めてもらったり、やむを得ぬ場合には、野宿（のじゅく）で済（す）まそうとさえ思ったのである。

こうして、竜に取り付かれた男浪之助は、絵筆と墨（すみ）、顔料（がんりょう）、それにわずかばかりの身の回り品を携（たずさ）えただけで、勇躍、故郷多加鳥を発（た）った。画紙（がし）は、行く先々で調達することにした。これを見て、近隣の者たちは、呆（あき）れ返った。

旅の途次、浪之助は、竜にまつわる場所やものは、耳に入る限り、それがいかに遠く人里離れた所であろうとも、それが例え熊や猪や蝮（まむし）の出没する深山であろうとも、硫黄（いおう）の噴煙の立ち込める沼地であろうとも、避けることなく臆（おく）することもなく脚（あし）を運び、実際に目（ま）の当たりにした。

・・・浪之助は、寺の由来となる帝釈天像（たいしゃくてんぞう）と化した竜女の伝説を有する故郷の古寺龍戒寺（りゅうかいじ）参詣を皮切りに、例えば、但馬の山中に埋もれた古寺の名鐘に鋳込まれた、実に見事な登り竜を観る。但馬丹波の諸処を経た後都に出ては、大寺の書院襖に昔の名匠の筆で描かれた生々とした雲竜と終日睨み合う。やはり都の大社に蔵される由緒の深い名刀の、鍔這う竜や柄頭に蹲る金色の目剥く竜、刀身に躍動する竜等を観る。京の諸社寺の蔵する古今和漢の膨大な竜文書は、浪之助の従来の知識を数倍増させる。天神社の牛、鴨社の烏や護王社の猪等、各処の専らの象徴となす諸例もあれど、竜なる聖獣は大概の社寺に由来や伝承なり、襖、天井絵なり、建物の装飾なり、鋳物の各種神具なりして熔融、応用せしめられている。真事、無碍の存在なのである。しばらく都に滞在し、更なる名刹三門の黄土色の天井一杯に墨汁鮮やかに描き抜かれた躍動する巨竜を打ち仰いだりもした後、南に下る。大和では、古伝承の彩る明日香の竜蓋寺や室生の竜穴神社などに参詣する。竜蓋寺は、義淵僧正伝説の寺で、境内の竜蓋池に竜を封じ込めた説話に由来する。他方、竜穴神社は、水神たる竜神を祀っており、山奥にその棲む竜穴を見る。奈良の古大寺では、金銅製舎利容器の流麗な竜の透かし彫りの見事さに舌を巻く。引き続き、大和国内諸処を巡る。斑鳩の法隆寺詣では、噂に聞く銀の水瓶の竜首見たさの故である。紀伊国日高川を遡り訪ねた竜神の湯は、役小角に由来し、弘法大師による難陀竜王託宣下の開湯伝承を有した温泉である。河内では、古社のやはり本殿天井に極彩色に際立つ巨竜に感嘆する。河内摂津と歩を運び、再び京を経て、北行する。近つ江琵琶の湖水の近辺を竜伝説求め巡りまためぐり、東方に転じて関ヶ原を抜ける。美濃を経た東海の一城下では、古色に満ちた賑やかな竜祭りに遭い、その由来もつぶさに尋ねてみる。尾張那古野の古寺にて勢竜の襖絵を観じ、次いで遠州大河天竜の昇竜岩、竜角峯を仰ぎ見る。また向かった北方東山道の山峡では、竜が棲むと噂する無気味な古沼を鑑賞する。辿る東山道遂に越える碓氷の峠、下れば既にして関東吾妻の野に至る。上毛の、とある寺院の大屋根の戴く名物の阿吽の竜頭あしらう大瓦は、浪之助の目に焼き付く。武蔵野原野の一角、入間川北西方の地、彼の征夷大将軍坂上田村麻呂が奥州遠征の途次立ち寄り、土地の悪竜を退治したという伝承のある古池、ここには南北朝の世に関東管領も来たったことを知る。旧鎌倉街道を一旦南下し、到る古都相模鎌倉鶴岡八幡宮にては、尊い弁財天像を拝し、更に江の島弁財天化身大蛇と北条氏家紋三つ鱗の由来を学ぶ。同じ相州鎌倉の金沢称名寺では、相模宝積寺夢想国師ゆかりの秘蔵の竜絵に深い感銘を受ける。下野足利の古文庫に滞留中は、竜にまつわる古今和漢の大量の文書を渉猟する。果てしなく広がる吾妻の荒野で竜の旅を重ねた後、白川関を越えて、遂に辿り着いた奥州の古都平泉、既にして荒れ果てたとは云え、遠い昔に貴人たちが遊宴の折、大庭園池に浮かべて、雅びた古曲を奏したと伝わる見事な竜頭の船首を持つ美々しい舟、その在りし日を忍ばせる古絵を愛でる。更に羽州雄物川べり後三年合戦の沼柵近くの古寺境内釣鐘の竜頭の雄々しさにまた目を奪われる。月日を経、西海の地に至った浪之助は、中国路瀬戸内辺りの一大寺、書院の欄間に名工の手により彫られた迫真の蒼竜に圧倒される。別の古寺では、脇侍に善女竜王と善財童子を従えた三尊形式の観音菩薩を拝する。善女竜王像頭頂に蹲る竜の前足は珠よろしく仏の丸面を抱いている。古寺古社、名所、古伝承に満ち満ちた山陽路内海べり諸地域を経巡りし後、長州探題の故地長門安岡の浜にて船を求め、海峡を渡る。九州博多の津では唐貿易に携わる商人たちから、珍奇な支那の竜の彫り物や竜燈、竜笛、竜瓶、加えて色鮮やかな大小の竜躍る数々の陶器のうつわなど、浴びる程に見せられる。かつて数百年にわたり九州を総管した大宰府では、平重盛公奉納の豊後国行平作の細密な竜紋彫り太刀を観る。これは英彦山学頭賢正坊だとも云われる紀新大夫、こと行平の作である。「剣巻竜」

と称される英彦山の行者を表す竜紋が刻された名刀である。更に浪之助は、都府楼址に立ち、都城造りの星宿、青竜に当たる宝満山越しに、道真公の想いを帯して、東方京都の空を望見する。肥前の古寺の境内では、著名な青銅鋳の竜の口を吟味する。肥後熊本にては、由緒ある武家の先祖伝来の家宝たる竜頭を前立とする兜の虜にもなる。渡海した四国の地では、とりわけ、讃岐、阿波国境近くの山間の一村では、かつて人々が竜神祭を怠った為、竜神の怒りに触れて日照で苦しんだ話を識る。村人たちは、竜の残したとされる銀爪一個を祠に祀り、戒めとして来た。浪之助は、かつての動勧法師の悲話を伝える故郷多加鳥の龍戒寺の名を思い起こす。更に土佐の竜河洞等竜に因んだ種々の奇景を心ゆくまで味わう。因みに、竜河洞は、承久の乱で土佐配流となった土御門上皇の洞内巡遊を錦蛇が先導した故事に由来している。また、修験道では、竜と蛇は同体とみなされている。・・・

ともかくこのようにして、浪之助は、いろいろな国、さまざまな場所で、竜にまつわる有名無名の事物を、大いなる熱意と関心をもって見聞し、また伝説、伝承の類を豊富に収集し続けたのである。

竜を求めて日の本を東に北に西に南にと、諸方を巡り歩いた浪之助は、凡そ五年振りに、出雲、伯耆を経て、遂に故郷多加鳥に戻って来た。竜にまつわる場所や物を数限りなく観た上に、竜に繋がる昔話、伝説伝承も豊富に吟味、蒐集した結果、今では、彼は、一廉の竜学者ともなっていた。彼は、旅先でも、行く土地土地で数多くの竜を描いたが、帰郷の後も、ひたすらにそうし続けた。

衆の理解を越えた波乱の厳しい諸国巡りの修行の甲斐あってか、浪之助の絵には、以前に倍する幅や深みが感得出来るようになった。その描くところの竜の種類や形状も、飛躍的に増え、絵の着想も、さまざまに奇抜で、面白くなって来た。単に竜の姿だけを描くのみならず、竜に関する説話などを自在に絵にすることも出来るようになった。彩色の具合も、前よりずっと味わい深くなって来た。要するに、彼の竜絵は、総体的に柔軟性を増し、変化を宿し、宙を孕み、豊かな志操を帯びるようにもなって来たのである。

かつては、徒に竜の絵ばかりを馬鹿の一つ覚えのように描く変わり者の若造絵師と、町人たちから侮蔑の視線を投げられ、嘲笑を浴びせられた貧乏絵師の浪之助も、あの諸国巡りの荒行の後は、段々に周囲から認められ始めたわけである。彼が竜の勉強に旅に出ると聞いた時、人々は、皆一様に、仰天したものだった。誰も彼もが、彼を突拍子もないことを思いつく大人子供と嘲った。変わり者のあの男も、到頭行き着くところまで行ってしまったかと、大笑いした者さえあった。

それが今では変わった。人々は次第に彼に畏敬の眼を向けるようになっていた。彼の余りな熱心さが彼らの心を打ったということもあるが、実のところ、彼の描く竜の絵そのものが、疑いもなく、ある種の味わい深い輝きを増して来ていたのである。彼の竜には、それが墨絵のものにしろ、彩色を施したものにしろ、独自の風格が備わって来ていた。そう云えば、かつての彼の竜の絵は、只単に器用巧みだったというに過ぎなかったのかも知れない。今の彼の竜絵には、彼独特の持味が窺えた。その竜は、どれも確かに生きている。生きて呼吸をしている。更には、作者の風雨艱難を凌ぎ切った、実体験の労苦に基づく充実感のようなものが、漲ってもいた。彼独自の人生哲学の裏打ちが、感取出来るようになっていたのである。

浪之助の竜の絵は、徐々に買手がつき始めた。彼はもはや貧乏絵師ではなくなった。しかし彼は、己の描いた絵を法外な値段で他人に売りつけるような真似は、決してしなかった。それが人々の好感を呼んだ。いつしか彼は、「竜の絵師」として、近隣にその名を知られるようになった。かつては界隈の人々に、どうにもならない極潰し、変人の若造絵師として疎んじられていた彼も、今では、竜絵の専門家として、衆に親しまれ、敬われるようになっていた。

　そのうちに、浪之助の名が、多加鳥城主の耳に入った。城主は彼のもとに使いを派して、「竜の絵を一度城に持参して、余に見せよ」
と命じさせた。浪之助は、大いに感激して、それから二か月の間、狭い仕事部屋に籠もり切りで、腕を振るって巨竜一匹を描いた。襖二枚分に相当する特大の彩色画だった。大空を駆け、流雲を起こし、驟雨を呼ぶ勢竜の図だった。褐色地に青色の巨竜、両眼は金色に爛々と輝き、雪の如くに真白の長牙が、真っ赤に開いた口中から恐ろしげに突き出している。実際に蠢いているように見える鼻先には長髭が躍っており、長大にくねる隆々たる胴体は、まことに堂々と力強く、四肢の先端には、剥き出しの銀爪が光って見える。周囲には白雲、黒雲がもくもくと湧き起こり、無数の雨矢が画面を斜めによぎっていた。迫力満点、量感に満ち溢れた竜絵だった。その竜は、今にも画面から躍り出て来んばかりの勢いだった。真心を込め、全力を奮って仕上げただけに、まさしく最高の出来栄えを誇っていた。浪之助は、これなら君前に披露しても決して恥ずかしくはないと確信出来た。彼は、巻いて長箱に入れたその絵を、仕事部屋が狭小なために、かねてより完成品をその都度保管している庭先の小屋の棚にしまっておいた。

　ところで、同じ多加鳥の城下に、「升伯」と号するもう一人の絵師がいた。

彼は浪之助よりもずっと年配者だった。この地方では、既にいささか名の通った絵師だった。彼は、まだ若い浪之助と異なり、いろいろな対象物に絵筆を掛けたが、生き物の分野では、とりわけ虎の絵を得意としていた。彼は、これまでにも、招かれて武家や富商の邸宅の座敷のみならず、稲葉国内の著名な数寺社の書院の襖にも、虎の絵を描いていた。

その升伯も、近頃頓に高名になった竜絵師の浪之助が、城主に作品を披露するよう求められている、という話を耳にした。

升伯の心はひどく騒いだ。同業として、嫉妬の情がむらむらと湧き出して来たのである。成り上がり者の若造めが！内心にそう舌打ちした。彼は、城主がいずれ浪之助に、城内大広間の新しい襖に竜を画かせる積もりに相違ないと睨んだ。彼は、同じ襖にぜひにも己が虎の絵を描かせてもらいたいものだ、とかねてより心密かに願っていたのである。それが今や、成り上がり者の一若造めの竜に、先を越されてしまいそうな雲行きになっていたのである。大人気無くも頭に血をのぼらせた彼升伯の心奥、無明の闇から、稚拙極まりない邪鬼が囁き声を発した。このままでは・・・

指定の日が来て、浪之助は、竜の絵を巻いて納めた長い木箱を携えて、城中の君前に罷り出た。大広間には、城主を中央正面の一段高い座に据えて、その前に大勢の家来たちが、威儀を正してずらりと居流れていた。顔を伏せ、長箱を抱えて大広間の真ん中に膝行した浪之助は、緊張から強張った両の手で、木箱の蓋を外し、中から巻いた絵を掬い上げるように取り出す。それを、人々注視の下で、青畳の上にくるくると巻き戻して、広げた。

が、何たること、彼の描いた筈の竜は、そっくりそのまま褐色地を残して、消え去っているではないか！竜だけすっぽり抜けている。画面にはただ湧き立つ流雲の群と斜めによぎる雨矢しか見えなかった。その場に居合わす人々も仰天したが、描いた筈の浪之助当人は、なお一層驚いた。

「これは何とまあ！それがしめが夕べ絵を確かめて、木箱に納め直したその折には、竜は間違いのう画面の真ん中に躍っておりました。それが、一夜の内にいつの間にやら、このように、消えてなくなっておりまする・・・」

浪之助は、うろたえながらも、ありのままを正直に城主に話した。

「何と、竜が一晩の内に消えて仕舞ったと・・・それはまた何故じゃな？・・・」

主君は、身を前に乗り出して、竜だけ抜け落ちた画面に見入りながら、不審げに問い返した。

「分かりませぬ。夕べは確かに消えてはおりませなんだ」

「ふうむ、不思議なこともあるものよのう・・・」

主君は首傾げて、両の眼をしばたたかせる。他の家来たちも、経緯が分からず、きょとんとしていた。

浪之助は、勇んで参上して来たものの、対応に詰まり、主君にも家来衆にも申し訳ないやら、恐れ入るやらで、顔色を失い、只伏せった蛙のように、平伏するのみだった。

夕べ木箱に納め直して以来、君前に持参するまで、箱は一度も開けてはおらぬ。なのに、あれ程生き生きと躍動していた竜が、忽然と消え失せたのである・・・

大広間には、気まずい沈黙の時が流れた。

突然、城主が口を開いた。

「浪之助よ、いや、大儀じゃった。その方が嘘偽りを申しておるとも思えぬ。してみると、まことに奇妙な話じゃが、そちの竜は、昨夜の内に己で勝手に抜け出して、どこぞへ行ってしもうたものと見ゆる。何しろ相手は、人力の及ばぬ、神秘の力を秘めておると云うでな・・・とすると、そちはあっぱれ、生きた抜け竜を描いたことになるぞ。大したものじゃ。皆の者、かかる次第じゃ。この名人に早速褒美を取らせよ。この者は、余の誇りじゃ程に・・・」

主君は、上機嫌だった。そして、なおも不可解そうに考え込んでいる家来衆を促して、浪之助に褒美を与えさせた。

この話は、間もなく城下に広まった。

「何と、一晩の内に、竜だけそっくり画面から抜け出しておったそうな・・・」

「不思議なこともあるものよな・・・」

浪之助は、今や押しも押されもせぬ名人絵師とはなった。彼に対する竜絵の注文は、引きも切らず、人々は、なるほど大家たるもの、矢鱈にあれやこれやと手掛けぬものか、長年にわたりひたすらに竜の絵ただ一つを描き続ける、そこに凡人には計り切れぬ格別の技や心意気が必要なものと見ゆる、と納得し始めた。浪之助は、あちこちの名ある武家、商家の邸宅や由緒深い寺社に呼ばれては、奥座敷の襖や天井、或いは大書院のそれらに竜を描かせられた。そして彼の竜絵は、上下の人々から、無限の敬意を込めた眼差しでもって眺められた。

遂に浪之助は、城主から城中大広間の新しい襖に竜を描くよう懇請されるに至った。真実国一番と公式に折紙をつけられたわけである。こうして浪之助は、充実した日々を送った。この頃までには既に、彼は新妻を迎え、平和な家庭を築いていた。

　近頃升伯は、ひどく冴えない顔をしていた。彼は全然面白くなかったのである。若い浪之助が、彼の意に反して余りにも有名になってしまったからである。人は奴のことを、抜け竜の絵師などと呼んでおるそうな・・・馬鹿げたことを・・・

　升拍は、城の有力な一武家と、以前その屋敷に虎の襖絵を画かせられたことが機縁となって、親しく交わるようになっていた。今では、折に触れては、相当額の付け届けまでする間柄だった。仕事上、何かと便宜を図ってもらうことがあったからである。

　かねてより升伯は、自らの画道の隠れた一技、他の同業者に真似の出来ない彼独自の技と為すために、秘液を所持していた。それは、彼が凡そ二十年もかけて試験を重ね、遂に調合に成功した、自慢の脱色液、未だかつて何処にも耳にせぬ消色剤だった。同液は、彼の普段の画業においても、密かに重宝出来ていた。何かと役立つのだった。一つには、そうした自信が、彼升伯の脳裏にある閃きをもたらしたのである。升伯は、武家と密談し、その配下の勝れて心きいたる鉢屋者一人を使うことにした。即ち、その者に大金を投じて云い含め、武家に知らされた浪之助の登城日直前の深夜、彼の庭に忍び込ませ、秘液をもって竜に細工をさせたのである。

　彼升伯は、何とかして巻返しに出んものと、腐心した。その結果、やはり得意とする虎の絵をもって対抗することにした。

彼は、武家を通じて、次の策を企んだ。あのような若造めを、敢えて抜け竜の絵師などと呼んだ酔狂な殿様のこと、それに昔から竜虎は対を成すもの、双方のうては叶うまい、きっと殿様は、このわしの方も・・・升伯は、早速一幅の絵を仕上げた。何と彼は、己が絵を竜虎のそれとした。彼は、雲雨、竹林、岩塊を背景として、竜虎相闘うの図を、しかも虎が巨竜の喉笛に食らい付いている図を描いた。即ち、件の有力武家が斡旋し、取り決めてくれた日に、かしこまって城主の前に罷り出た。そしてものの見事に失敗した。

城主は、眼前に広げられた絵にしばらく見入った後、その向こうに強張った表情で正座している升伯に云った。

「その方、虎の絵を得手とするようじゃが、これもなかなかに勇ましき虎じゃな。それに竜もよい。取り分けその鱗の描き振りは見事じゃな・・・そうじゃ、そう云えば、先頃、浪之助と申す絵師が余に献じた竜絵の鱗を、その昔の時政の江の島弁財天化身大蛇の三つ鱗の故事にも因みつつ、余の家紋を嘉して、揚羽の蝶の羽に擬して描いた、と申し添えおった。よう見るに、この竜もそのようじゃ。何故じゃな？・・・」

こう云われて、狼狽した升伯は、語尾を濁して、すごすごと力なく退城していくほかなかった・・・彼は、鉢屋者から、揚羽模様の鱗のことを聞かされていたのである。

その後、日数を経ずして、升伯の姿は、多加島から消えた。件の武家も、官を辞して引退してしまった。

功を遂げ、名を成した浪之助は、以後も見事な竜の絵を次から次と物し続け、妻ともども幸せに暮らした後、人々に惜しまれながら世を去った。

ところが、彼の死後まもなく、彼の家に残存する竜の絵は、何と大小合わせてわずか数葉に過ぎないということが判明した。生前彼が、その生涯を通じて手掛けた竜の絵は、総計すれば、万を数えることだろう。それが既に人手に渡っているものがかなりあるにもせよ、わずか数葉とは・・・合点がゆきかねた。

だが、そのうち時と共に次第に、その数葉たるや、比類なき最高級の傑作ばかりだという事実が分かって来た。人々がよくよく吟味してみると、それらに描かれた竜はいずれ劣らぬ逸品ばかり、あるものは、それこそ今にも画面から抜け出して来て、空を駆け巡らんばかり、或いは水中深く潜り込まんばかりの勢いに見え、またあるものは、本当に寝息を立てて眠り込んでいるかのように安らかに見える。また別のものは、その激しい怒りの余りに、観る者をさえたちまちその場で一呑みに呑み尽くさんばかりの凄まじさに思えた。それらの絵を目にした者は、皆ただもう感嘆するばかりだった。一撥ねの無駄もない見事な筆捌きは、まるで神技に等しい。墨汁の濃淡も、施した彩色の配分も申し分なく、そこには生き生きとした迫真性が見て取れるのだった。そして、その他の恐らく膨大な数量に上る筈の竜の絵は、残らず作者が自らの手で、死ぬ前に処分してしまっていた。すべて焼いてしまっていた。従って、残されたほんのわずかのものが、彼にとり真に満足のゆくもの、納得出来る、後世に伝えて悔いのないものだったのである。まことの大家とはそうしたものか、そうしたものよな、と、人々はいよいよもって浪之助のいさぎよさに賛嘆の声を発するのだった。こうして浪之助は亡くなったが、彼の見事な作品は、この地方に残された。

貞享の頃、大坂北浜の一角に、憧伯という腕のいい絵師が住んでいた。彼の話によると、知己の升仙なる先祖代々の絵師が、己の数代前の絵師がかつて西国の一藩、君前にて、絵筆による竜虎の闘いを演じたことがあるらしい、と語っていたということである。

失踪

戦国乱世の頃、稲葉の国の東南隅、美作の国との国境に近い山中に、一つの古寺があった。等光山忍積寺と云う。浄土宗系の寺だった。

その寺は、とある山の麓に位置していた。周囲は鬱蒼たる木立に囲まれていた。昼間でも、極度に閑静なところだった。麓と云っても、寺域はかなり高い場所にあった。それは、大きく立派な石垣の上にあって、下からは、数十段もある幅の狭い急角度の石段を登ってゆくようになっていた。石段は、下の街道から枝分かれして登る山道の先、突き当たりにあった。


この寺には、以前より近郷近在からの参詣者が、日々何人も訪れていたし、山仕事や畑仕事の往復途次にひょいと気軽に立ち寄る村人もいる。国境を抜ける旅人たちの中にも、道中の無事を祈願せんものと、石段を上がってゆく者もあった。

ところが、近頃では、お参りする人々の足が、すっかり遠のいてしまっていた。それというのも、いつの頃からか、街道筋の近隣の村々に、変な噂が立つようになっていたからである。

妙なことに、石段を登って行った者たちの中に、どうも二度と降りて来なくなった者がいるようだ、というのである。以前には、そのようなことは、決してあり得なかった。何故そうなのかは、誰にもさっぱり分からない。全く不可解で、無気味な話だった。その内に、里人たちは、あそこの坊主は、きっと魔物か化け物に違いない、とまで云い出した。


坊主と云えば、寺の住職は、つい数年前に交代したばかりだった。いや、交代と云っても、厳密な意味でのそれではない。前の住職が老いて、入寂してしまったからである。

先代の住職は、三十年ばかりもこの寺に居て、御仏に仕え、近くの村々の人々に、それは心を込めて奉仕し続けたものだった。人柄のいい坊様であり、里人たちも、彼によく親しんでいた。大変子供好きの、優しい坊様だった。

が、その彼も、寄る年波には勝てず、遂に長年仕えて来た御仏の下に身罷ったのだった。老衰が原因だった。とても穏やかな死際だったらしい。

その後しばらくして、新しい住職が播磨からやって来た。今度のは、年の頃五十前の痩身の僧だった。何でも、若い時分には、都で修業を重ねたということだった。従って、学問は前の住職以上にあるらしかった。

ところが新住職は、厳格そうな人だった。

この僧が初めてこの寺の長くて急な石段を登って来た時、村々の壇家の代表者たちは、皆で境内に打ち揃って、彼を出迎えた。その折、代表者たちは、僧の痩せて厳しい容貌を一目見て、一様に内心どきりとしたものだった。青白い顔に吊り上がって鋭い眼、不自然に出張った両の頬骨、細くて尖った鷲鼻、紙のように薄い唇、要するに、相当冷たい印象の顔貌だったのである。死んだ老僧は、もっと人懐こい、優しい顔をしていた。もっと柔和な感じの人だった。その記憶も未だに新しい村人たちは、今度の坊様は、大分きつそうだな、と思ったのだった。新来のその僧は、名を姜海と云った。僧衣を纏った彼は、背に紫色の袋に入れた何やら妙に細長いものを負っていた。彼は、自分を出迎えた人々を、じろりじろりと順次に見やりながら、それでも一人一人に、礼儀正しく挨拶をしたものだった。

姜海は、勤勉に日々の勤めを果たした。その限りでは、前住職とそれ程異なるところはなかった。里人たちも、それを見て、やや安堵した。僧は、檀家に不幸があれば、きちんと出向いていって、供養をした。参詣者が祈祷を頼めば、やはり経を上げてくれる。格別不足な点はないのだった。こうして月日が経っていった。里人たちも、前任者程親しみ易くはないが、お経の上げ方もしっかりしているし、学もあるようだし、お勤めは果たすし、これならこの住職様とも何とかうまくやっていけそうだな、と思うようになっていた。

だが、ある春先のこと、重大な事件が持ち上がった。近くの村人の一人が、急に行方不明になってしまったのだった。この土地で、里の者が行方知れずになるなどということは、ついぞあったためしがない。誰しも首を傾げ、不審がるのだった。いなくなったのは、伍弼と云う中年の男だった。

ある日、彼が夜になっても家に戻って来ぬので、家中が大騒ぎになり、それはやがて村中に広がった。朝になれば戻って来るかも知れぬ、どこぞの山中に踏み迷ってしまったのかも知れぬからと、皆で翌朝まで待ってみた。しかし、翌朝どころか昼頃になっても男は一向に姿を見せない。村人たちの不安は増した。一体、どうしたんだろう？・・・伍弼の妻や子供たちは、青ざめ、すすり泣いている。妻の云うには、夫は、昨日朝、昼弁当持ちで野良仕事に出て行ったらしい。畑は山中の寺の方にあるのだった。

その内、騒ぎを聞きつけた隣村のある男が、昨夕、山奥の樵仕事を終えて家路につこうとし、寺の近くを通りかかった際、伍弼がちょうど寺の石段を登ってゆくのを見掛けたと証言した。きっと帰る前にお賽銭でも上げる積もりだったのだろうか、と云う。が、それにしても妙だ。寺にちょいと立ち寄った位で、何故戻って来ないのだろう・・・或いは帰路のいずれかで、何か思わぬ事態が生じたのでもあろうか。

ともかく、村人たちは、寺まで行ってみることにした。数名の代表が、昼食を済ませた後、寺へ向かって、山道を上がって行った。

寺の周辺は、今日もいつものように静まり返っていた。村人たちは、高い石段を登って、片隅に鐘楼の立つ境内を横切り、本堂脇の方丈の前に立つ。そして住職の名を呼んだ。

まもなく、墨染めの衣をまとった姜海が、奥の方から出て来て、戸を開ける。相変わらず、冷たいまでの落着いた表情を見せていた。

年長の村人が、一同に代わって話し掛けた。

「今日わ、御住職」

姜海は、落ち着き払った態度で応じる。

「おお、これは里の衆でござるか、今日はお揃いで、何かわしに御用でもおありかな」

「いや、今日は、ちと困ったことが持ち上がりました故、皆でこうして参上致しましたる次第で・・・」

「ほう、困ったこととな、一体それは何でござるかな。わしに出来ることなら、何なりとお申し出下されや。力になり申そう」

「・・・実は、わしらの村の伍弼が、昨日から急におらんようになりましてな。今日になってもまだ戻らぬので、今村中で大騒ぎをしているところで・・・」

年長者が答えた。

「何、伍弼さんがいなくなったと、それはまた、何ということじゃ」

「・・・実は、隣村の者が、昨夕、伍弼がここの石段を上がってゆくのを見掛けたと申すのですが、御住職には、その姿を眼には致されなんだでしょうかな」

「いや、わしは一向に存ぜぬが」

姜海は、細く鋭い眼をしばたたかせながら、答えた。そして続ける。

「お参りをして、そのまま真っ直ぐに帰ったのではござらぬのかな」

「では、御住職には御心当たりがないと・・・一体、伍弼のやつめ、どこに行ってしもうたものやら・・・」

「皆の衆、それはえろう気懸りなことじゃな。だが、もう少々、皆で手分けして、探してみてはどうじゃな」

「はあ、早速、そう致しまする所存、では御免下され」

年長者は、そう云うと、住職にお辞儀をし、一同を促してその場を離れた。

彼らは首を振り振り、石段を下りていった。ほんに伍弼のやつ、どうなってしもうたものか・・・

村人たちは、その日も、その次の日も、そしてそのまた次の日も、休まず手分けして、あちこちの山々を捜索した。だが、伍弼は、どこにも発見出来なかった。村人たちは、到頭、捜索を諦めてしまう。伍弼がどうなってしまったものか、結局誰にも分からなかった。

それからしばらく経ったある日、またまた別の村の者が一人、行方知れずになった。まだ伍弼事件の悪夢から覚めやらぬ内のこととて、里人たちの驚きは、それは大変なものだった。いなくなったのは、山へ蕨取りに出掛けた娘だった。蓄えてあった干し蕨が尽きたからだった。今回も、大勢による懸命の捜索が連日にわたって続けられたが、娘は遂に見つからずに終った。お多荏という名のその若い娘は、彼女の両親の話によれば、いなくなった日の昼過ぎ、寺のある山の方角に、蕨取りに行くと云って家を出ていた。村人たちは、今度も、山々を歩く最中に、念の為、寺にも寄ってみた。しかし住職は、当日そのような娘は寺に来ておらぬ、と云うのみだった。

両親を始め村人たちの云いようのない悲嘆の内にも、お多荏の捜索は、止む無く放棄された。未だ年若く、人生はこれからというのに、ほんに可哀想に・・・山中に迷ったか、獣に襲われたか・・・いずれにせよ、前回の伍弼の場合同様に、遺体の見つからぬのが、せめてもの救いだった。或いはまだ、どこかに生きておるやも知れぬ・・・人々の心底には、まだそのような淡い期待も、なくはなかったのである。

この地方の村々では、二人も続けて身近の人間が消えてしまった噂で、日々、持ち切りだった。誰も彼も、云い知れぬ不安に怯えていた。この土地の山々には、人の命を奪う程に危険な生き物は、少ない筈、考えられるのは、猪か熊位のものだった。しかも、そうした獣による犠牲者は、近年、現実にはほとんど出ていなかった。それに、猪も熊も、普段は山中もっと深くに棲んでいて、人里に出現するのは、山々に食物が乏しくなる寒い季節のことだった。今は春も盛りなのである。二人の失踪の真因がさっぱり掴めぬので、人々は尚更不安だった。

ところが、人々が悲嘆に暮れ、不安に押し包まれている最中に、三人目の行方不明者が出た。三人目は、下の村の任次と云う若者だった。彼は、古くなって、傷みの激しい牛小屋を建て直そうと、それに必要な材木を切り出すために、山に登っていた。やはり寺の方の山だった。そして彼は、忽然として消えた。

この度は、伍弼の場合と同じく、若者が、仕事帰りに、寺の石段を上がってゆくのを見た者がいた。それ故、捜索者たちは、当然寺へも行って、尋ねた。だが、姜海の答えは、前二回と全く同じだった。全然知らないという返答だった。里人たちは、落胆の内に、石段を下った。結局、任次は見つからなかった。

村々の人々の不安は、いよいよ増大した。この土地全体が、一種の恐慌状態に陥ってしまっていた。人々は山へ行くのを怖がった。いつ何時自分に同じ悲運が襲い掛かって来ぬとも限らなかったからだ。でも、この山間地にあっては、山々は、村人たちの日常生活には、絶対に欠かせない存在だった。山中に散在する田畑を始めとして、果実、山菜、柴や薪、材木等みな日常生活に不可欠のものばかりだった。山へ行けなくなれば、村人たちは、たちまち窮してしまう。他方で、冷静に考えてみれば、山に入った者がすべて消えてしまうわけでもない。この春中を通しても、既に少なからぬ数の人々が、山に登っているのだった・・・

初夏に入って、四人目の不明者が出た。経過は今までと似たり寄ったりだった。その夏一杯で、更に一名いなくなった。都合五名が消えたわけだった。男女ともにである。村々は恐怖に怯え、山に近寄る者はほとんどいなくなってしまった。人々は、どうしても必要な場合、不便を承知で、わざわざ遠出し、ずっと離れた遠くの山に行った。

その内、誰からともなく、あの寺の住職が怪しいのではないか，と云い出した。また、そう云われてみれば、皆確かにそんな気もするのだった。

第一に、事件はいつも、寺のある方の山で起きている。第二に、行方不明者の内の何人かは、寺の石段を上がっていた。これは、目撃者があるから分かる。或いは他の者たちも、同じ石段を上ったかも知れない。こちらの方は、直に見た者がいないが、それで登らなかったということには必ずしもならない。第三に、当の住職だ。あの厳しそうな、神経質そうな、痩せて尖り鼻の青白い顔は、悪く考えれば、何かいわくありげに気味悪い。それに、あの僧が来てから、事件が起こるようになっている。先代の住職がいた頃は、かかる忌まわしいことは、一度も起らなかった。あの当時は、平和だった・・・

一部の人々は、いつしか、あの住職は、正体不明の魔物か化け物かも知れぬと考え出した。少なくとも決定的証拠でも、住職と行方不明事件との関連を裏付けるような証拠は、何もないのだった。少なくとも決定的証拠は、全く見出せなかった。

秋も深まった頃、六人目の不明者が出た。この度は、十二歳位の男の子だった。山の方に上がる道に、その子の木製の玩具が落ちていたのである。無邪気に遊びに行ったものだろう。やはり山々が捜索されたが、子供は発見出来なかった。むろん寺の住職も、以前同様、心当たりがない、と答えた。取りつく島もない有様だった。

　事件を知らされた津神の郡役所から、数名の役人たちが捜査に訪れて来たが、結局、真相の解明には至らなかった。

　その秋もそろそろ終りに近づいた頃、一人の壮年の武士が、この街道筋を通りかかった。名を橘源之進友之と云い、備前岡山城の当主池田家の家来だった。彼は主君から親類筋の稲葉多加島城主に宛てた大切な書状を携えていた。彼は、支領美作の大原政庁を回った後、険しい志度坂の峠を越えた。そして、北へとしばらく進み、件の土地に差し掛かった。

　源之進は、街道辺りの村々に何やらただならぬ空気の漂っているのに気づいて、訳を尋ねてみた。そして連続失踪事件のことを知ったのである。

　主君に他国へ派遣されるだけのことはあって、源之進は、気骨もあり、刀剣の腕前も衆に勝れていた。源之進は、村人から、事件の更なる詳細を聞かされた。彼は、主君からの大切な使命を帯びた身ながら、村人の嘆きを捨て置くこともならなかった。そこで、ちょうどここを通り掛かったも何かの縁と、事件の真相を探ってみることにした。彼も、やはり、寺に行ってみた方がよいと考えた。旅姿の彼は、ただ独り、飄々とした足取りで、寺の急な石段を登って行った。そして何食わぬ顔で、方丈の前に立ち、入口の戸を叩く。狭い境内も、古い本堂も、そのわきの、やはり年季の入った方丈も、辺りの山中同様に、全くの静寂に包まれていた。

姜海は、内からゆっくりと戸を開け、顔を覗かせる。彼の異様に冷たく鋭い視線を真っ向から浴びながらも、源之進は、臆することなく問うた。

「これは御住職、それがしは橘源之進と申す旅の者、多加鳥へ赴く途次ながら、はや夕暮れも間近うなり申した。それゆえ、卒爾ながら、今宵一晩、当寺に御厄介になれぬものかと、かく門前をお騒がし申す次第、お許し下されまいか」

黒衣の住職は、少し考えた後、やや頬を緩めて、丁重にこう答えた。

「それはそれは、ようこそこの寺にお越し下された。当寺は、住職たるこのわしのみの一人住まい、常時空いておる部屋も二、三はござる。何のおもてなしも出来ぬが、よろしければ気軽にお泊りいただいて結構じゃ。この通り、侘しい山中の小寺のことゆえ、わしも、この所いささか退屈気味じゃった。これで今宵は、よき話相手が出来たというものじゃ。ささ、草鞋を脱ぎ、脚絆をはずして、お上がり召され」

姜海は、努めてその青白い、厳しい表情を崩して、愛想よく見せようとしていた。彼は、庭に面した縁側伝いに、源之進を方丈の一番奥の、八畳の一間に招じ入れた。晩秋の夕刻でもあり、表の境内に続く庭に面した縁の雨戸は、その半ばが締めてあった。部屋の掃除は行き届いていた。しかし、一張りの行灯を除いては、他に何もない、がらんとした、まことに殺風景な部屋だった。

姜海は、押し入れの襖を開けて、下部の段から敷物を二枚取り出すと、部屋の中央に、それらを少し離して並べて置く。そして源之進にその一方に座るように促すと、ちょいと粗茶の用意をして参る、と云って出て行った。一人になった源之進は、指示された方の敷物に、重い両刀を腰から外して、右傍らに下ろしながら、如何にも武士らしく礼儀正しく、両膝揃えて正座した。

間もなく姜海が、厚めの茶盆を両手に持って、縁側をわずかに軋ませながら、戻って来た。

「御住職、どうかそれがしにはお構いなきように。それがしはただ今宵一晩、ここに泊めていただければそれで充分、余分なお手数をおかけ致しとうはござらぬ。これ、この通り、この包みの中に水筒も、道中で求めて参った握り飯もござれば、何卒お構いなきように」

「ああ、いやいや、田舎坊主のこのわしに、何の御もてなしなど出来ようぞ。気の利きたることなど、何も出来るわけがない。ま、そう遠慮なさらずに、ゆっくりとくつろいで下されや。ともあれ、茶を一杯召し上がれ」

姜海は、茶盆をおろし、急須の熱茶を二個の茶碗に注いだ。次いで、その一つを両手で挟むようにして持ち上げ、そっと源之進の前に置いた。そのあと、自分の茶碗も取る。二人は、ふうふう吹きながら、茶を啜った。源之進は、茶を啜りながらも、それとなく住職を窺った。姜海は、痩せてはいるが、実は強靭そうな体付きだった。なるべく柔らかく接しようと努めてはいるものの、その顔貌からして、厳格な性質には違いない。眼光は、殊の外鋭かったのである。

両者は、天候のことやら、時勢のことやら、それぞれが以前体験したことのある都のことやらを語り合った。しかし源之進は、己の真の身分やこの地方の村々の様子については、一切口にしなかった。己はただ、備前から来た仕官を求める旅侍、とのみ告げておいた。彼は、恐ろしい噂など何も一向に聞き知ってはおらぬ、という風を装った。僧の方でも、そうしたことについては、別に触れようとはしなかった。それは、意識してそうなのだとも、無意識の内にそうなのだとも、どちらとも取れた。

やおら姜海は、
「そうじゃ、久し振りの来客じゃによって、風呂など沸かして進ぜよう。日の没さぬ内に、裏手の山で柴や薪を集めて参る故、その間ゆるりとおくつろぎなされ。そうじゃ、暗うなったら、それ、そこにある行灯の火皿の芯に火を灯しなされや。火打ち道具は、その隅の子籠に入ってござる」
と云いつつ、立ち上がり、それまで開けたままだった障子を閉めて、去っていった。姜海の足音が縁に沿って次第に遠ざかり、遂に消えた。

住職が行ってしまうと、後には気味悪いほどの静寂が残された。日没も、もう間もない。部屋の中には、縁側の雨戸を閉め残した空間から、外の光が、閉じた障子を通して、差し込んでいたが、その光も今は大分、か弱くなっていた。部屋の隅は、はや薄暗くなって来ている。源之進は、立ち上がり、縁に出てみた。前の幅狭い庭を隔てた向かい側に本堂がある。庭の右方は、表の境内へと続いていた。源之進は、縁の奥の方もそっと窺ってみるが、薄暗いその方角からは、何の物音も聞えて来ぬ。姜海は、既に山へ出掛けてしまったらしかった。

源之進は、そろそろと縁側に沿って歩き出した。歩きながら、部屋部屋の障子や板戸を少しづつ開けて、内部を覗いてみるが、別に変わったものや怪しげなところはなかった。いずれも単なる空き部屋か、或いは、諸道具やがらくた類の置かれた部屋ばかりだった。

源之進は、縁の奥、突き当りに来た。そこは厨房だった。その中も既に薄暗い。土間には古びた土竈があり、その上には鍋釜が載っている。土間の一隅には、風呂の炊き口と思しき煤けて黒い四角い穴がぽんやりと口を開けている。年月を経て薄汚れた壁面に打ちつけられている幾段かの棚には、大小の食器が並んでいた。けれども、この厨房にも、別段異常な点はない。源之進は、縁側を後戻りして、先刻叩いた戸口のところにやって来た。方丈の入口は、縁側の中央部辺りにあるのだった。彼は、そこで下駄をつっかけ、まだわずかに夕暮れの明かりが残る庭に出ると、表の境内に回って、本堂を覗いてみた。

やはり薄暗くなった本堂には、手前に白っぽい賽銭箱が横たわり、奥には須弥壇が望める。そこには数本の蝋燭が立ててあったが、まだ灯されてはいなかった。壇の前には、黒っぽい勤行用の金が、木造りの台上のひどく可愛らしい朱色の座布団の上に、ちょこなんと座っている。傍らには、住職の座る錦の本物の座布団が見えた。要するに、本堂の景色にも、変わったところは更にない。どこにでもある、普通の寺院の本堂のたたずまいだった。

源之進は、今度は本堂の裏手に回ってみた。頭上の山腹に、墓地が望めた。この寺の昔からの住職や壇家の代々の墓があるのだろう。その更に上方は、紅葉した山林だった。住職は目下、その山林に入っているに違いなかった。彼は、細い坂道を辿って、墓地に登った。山腹に幾重にも段々になっている墓地の中をあちこち歩き回ってみるが、ここにも変わって目に付くものはなさそうである。墓地のすぐ下には、本堂とその横の方丈の屋根の甍の連なりが、最後の夕陽を浴びて、きらきらと白銀色に眩しく輝いているのが見えた。境内の端には、ささやかな鐘楼も望めた。源之進は、坂道を下り、方丈の裏側にも回ってみた。そこは狭い空き地になっていた。先程見た厨房の入口と思われる板戸の傍らには、井戸があった。弓なりにしなった竹竿がその低い石の枠組みの上に横たわり、その先端には、木製の釣瓶が、さも如才なげにぶら下がっていた。

結局、何処（どこ）にも何らの怪しい点も見つからぬままに、源之進は、方丈の内に戻って来た。方丈内は、先刻よりも一層暗くなっていた。源之進は、元の一番奥の八畳間に帰り、住職に云われた通りに、子籠（こかご）の火打ち道具を使って、行灯（あんどん）の灯皿（ひざら）の油芯（ゆしん）に火をつけた。

彼は、敷物を引き寄せ、座ると、握り飯の包みを解（と）き始めた。姜海は、まだ帰って来ぬ。

飯を食べ終え、冷えた茶を呑むと、源之進は、畳の上にごろりと肘枕（ひじまくら）で横になった。庭はもうすっかり暗闇に閉ざされていた。そのままの姿勢で、しばらく休む。さて、今夜はどうしたものか、と思案しながら・・・半刻ばかりも経（た）った頃だろうか、源之進は、縁側を踏む足音を聞いた。それから住職が、さらりと障子を開け、顔をぬっと突き出し、呼びかける。

「お侍さん、大変お待たせ申した。さあ、風呂が沸きましたによって、すぐにもお入（はい）り召され。わしに出来る心尽くしでござる。湯殿（ゆどの）は縁側の突き当りを左に曲（まが）った先でござる」

「その間に、わしは、少々酒の用意を致しましょう。この時分になると、何分山中（さんちゅう）のこと故、とりわけ夜（よる）は冷（ひ）えまする。身体（からだ）を温（ぬく）めぬことには・・・」

姜海は、いつの間にか帰って来て、風呂を沸かしていたものと見える。起き上がった源之進は、答える。

「御住職の御好意、まことに忝（かたじけの）うござる。勝手ながら、早々（はやばや）ともう夕飯は済ませ申したので、それではこれから、風呂を使わせて頂（いただ）きまする」

「それがよろしゅうござる。長（なが）の道中、随分とお疲れのことじゃろうから・・・では、早う湯殿（ゆどの）へゆかれませ」

「では、そのように。有難う存じまする」

姜海は、再び厨房の方へ取って返した。源之進も、そのあとすぐに、湯殿へ向かった。念の為、そっと太刀も携（たずさ）えて・・・

その夜、二人は、酒酌（く）み交（か）わしながら、改めて時勢の話に耽（ふけ）った。源之進は、旅の途次の見聞（けんぶん）を語り、姜海は、昔の思い出話をした。彼は、かつて都（みやこ）の御所近くの大寺で修業したことがある、と云った。彼はなかなかの酒豪だった。源之進は、余り呑み過ぎぬようにそれとなく気をつけていたが、怪しまれぬために、上辺は幾分酔（よ）ったふりをした。僧は、呑みかつ語るだけ、別に気になる点は見出せない。

こうして夜も大分更（ふ）けた頃、心地好く酔った風（ふう）の住職は、源之進にくつろいで充分に休むようにと云い置き、自室へ退（ひ）いていった。源之進も、押し入れから布団を引出し、床（とこ）を作って、その中に潜（もぐ）り込んだ。但し、敢えて旅姿の服装のままである。足袋（たび）まで履（は）いていた。むろん、主君の書状も、腹巻（はらまき）の中に入れてある。縁側の雨戸は、既に全部締め切ってあるが、晩秋、山中の夜気は、僧も話していた通り、かなり身にこたえる筈だった。が、今は少量ながらも酒が入っているので、身体（からだ）はほかほかと温（あたた）かく、冷たい夜具（やぐ）も、夜気（やき）も、それ程苦にはならなかった。

源之進は、布団の中に、やはり太刀を抱（かか）えて横たわっていた。短刀のみは、枕元に横たえていた。旅姿のままなのも、太刀のことも、万一の場合を考えてのことだった。むろん、今夜は眠らぬ積もりだった。ただ、夜具の中で、太刀を抱えたまま、身じろぎもせずにいた。彼の枕元には、行灯（あんどん）のささやかな灯火が揺（ゆ）らいでいた。なおも深々（しんしん）と更（ふ）け行く夜、その中で、寺全域は、完全に静まり返っていた。時間はどんどん経（た）った。

だが、変わったことは何も起こらなかった。

布団の中で、まんじりともせず横たわっていた源之進は、そのうち幾らか眠くなって来た。用心して、僅かしか呑まなかった筈だが、やはり酒のせいもあるのだろう。これはいかん！彼は首を振って、眠気を振り払おうと努めた・・・更に長い時間が経った・・・うつらうつらしかけていた源之進、突然ぎくりとして身を引き締めた。もう夜明けもそう遠くはなかろうと思しき頃だった。彼は、胸に抱いた大刀の柄を右手に固く握り締め、息を殺して、両の耳をじいっと澄ませた。聞こえる、確かに聞こえる。みしり、みしりと微かな足音が縁板を踏みつつ、忍ぶように、ゆっくりと用心深くこちらへ向かって来るのだ。源之進の背筋に、痛いような悪寒が走った。彼は寝床の上に、むっくりと音立てずに起き上る。油皿の灯火は、既に消えており、辺りは漆黒の闇だった。源之進は、急ぎ大小の両刀を腰にぶち込み、咄嗟の判断で、手探りながら布団を中高にして、まだ人がそこに寝ているように見せかけるや、部屋の一隅に、片膝突いて身を潜めた。みしり、みしり・・・やはりただの坊主ではなかったな・・・源之進は、大刀の柄を握り直し、鯉口を切りながら、そう思う。足音は、遂に部屋の前まで来て、止まった。中央の障子に手燭の小さな炎の揺らぎが映った。僅かに息遣いが聞こえて来る。源之進の柄を握った手の内が、じっとりと汗ばんだ。障子が外側から、そおっと少しだけ開けられた。相手は、手燭の灯火を頼りに、部屋内を窺がっているようだった。源之進は、暗闇の隅で、傍らの襖に肩をくっつけんばかりにして潜み、依然息を殺している。障子が、また少々開けられた。相変わらず慎重極まる開け方だった。今度は人一人通れる位の間隔が出来た。相手は、手燭を下におろすと、部屋の中に足音を忍ばせて入って来る。その黒い怪影は、何か長くて細い棒のようなものを携えていた。その影は、手燭の光のごく僅かしか届かぬ暗がりの中で、眼前の寝床を探るようにして、見下ろしていたが、深く一度息を吸い込むと、長い棒を横なりに構える。次の瞬間、その棒の先端がきらりと光った。棒の持ち主は、無言のままで、それを目にもとまらぬ素早さで、布団目掛けて突き出した。恐ろしい早業だった。槍だ！一瞬、源之進は、力任せに、身体をぶつけて障子を押し倒し、次いで縁側の雨戸を激しく蹴った。彼の身体は、倒れ落ちた雨戸の上を躍り越えて、庭に飛び降りた。東の空が白く淡い。が、庭はまだ薄暗かった。

「おのれ、来い！この化け物坊主めが！」

抜刀した源之進は、屋内に向かって鋭く叫び掛けた。

雨戸の抜け落ちた真っ黒い空間から、人影が一つ躍り出て来た。それは、驚くべき身軽さだった。相手は、庭に降り立つと、白光りする槍の穂先を、ぴたりと源之進の胸に狙い定める。凄まじい殺気、物凄い迫力だった。それは住職姜海の衣姿そのものだった。依然として無言のままである。

「おのれ！姜海！到頭正体を現しおったな！貴様は一体何者だ！いなくなった村人たちをどうした！貴様は妖怪変化の類か、それとも人間か、人間なら人間らしゅう返答せい！」

しかし、姜海からの言葉はない。

しゅーっ！突如白い穂先が、目にもとまらぬ速さで繰り出されて来た。源之進は、抜き身を構えながら、その鋭さを危うく躱した。これは相当の使い手だ、と直感する。続けてしゅーっ！しゅーっ！と穂先の白さが、源之進の胸にまるで生き物のように、滑らかに、激しく的確に伸びて来る。源之進は、より広い表の境内の方へと後退した。狭過ぎるそこの庭では、危険だ、と感じたからだった。まだ薄暗いので、相手の顔はよくは見えぬ。ただ黒い怪影が、槍を奮って、急激にこちらに迫って来るのが見えるだけだった。

　二人は、早くも本殿前の境内に出た。源之進も数度切り込んでいたが、相手の身も、まるで飛鳥のように柔軟で、軽かった。いずれの場合も、あっさりと身を躱されてしまっていた。しかも相手は、身をかわしながらも槍を繰り出して来れるのだった。坊主の身で、何処でこれ程の修練を積んだものか・・・源之進には全く不可解だった。彼は何とかして穂先を切り落としてしまおうと考えたが、槍の動きは、そうするには余りにも速過ぎるのだった。相手もそれ位の用心は、充分にしているようだった。二つの人影は、そう広くもない境内を、急速に寄り合っては離れ、或いは行き交いつつ、必死に戦った。既に源之進の身体は、浅傷を数か所にわたって受けていた。剣の腕に自信を持つ筈の源之進も、危険を感ずる。切り込むよりは、防ぐ方が多かった。稲妻のように素早く繰り出される槍の穂先は、次第に源之進を境内の端へと追い詰めていった。姜海は、相変わらず一言も発せぬ。どうやら彼は、裸足のようだった。源之進の額を、脂汗がたらたらと流れ落ちた。今や彼の着衣は、あちこちがずたずたに突き裂かれていた。生暖かい鮮血の噴き出している部分もある。辺りは幾分明るくなって来た。遠くで朝の到来を告げる鶏の鳴き声が、かすかに響いていたが、今の源之進の耳には、それは全く届いていなかった。彼は、全神経を襲い来る血濡れた穂先に集中していた。疲れが激しくなり、時折目も眩む。他方、姜海は、未だにいささかの疲労も覚えぬもののようだった。恐るべき強靭さだった。最早源之進には、攻撃など思いも寄らぬ。ただただ鋭利な穂先を躱すのに精一杯だった。穂先の向こうには、吊り上った、狂獣のそれの如き両眼があった。ぎらぎら光る双の眼は、源之進をさも憎々しげに、睨み据えていた。人の肺腑を抉るような鋭さだった。そろそろ見えるようになった顔の形相は、それは凄まじいものだった。これ程戦いながら、まだ常と変らず青白く、怜悧だった。獣の両眼に加えて、頬骨の思い切り突き出た、真白の歯を剥き出したその形相は、まさに悪鬼羅刹のそれだった。源之進は今や、完全に境内の端に追い詰められてしまった。槍は容赦なく、ひっきりなしに急速に迫り来る。死物狂いで、辛うじてそれをかわす源之進。また来た！よろめいて身体を躱す源之進は、一瞬、朝露に濡れた地面に滑って、どおと横なりに転んでしまった。無念！これでお仕舞か！・・・汗に霞んだ彼の両眼に、白い穂先と姜海の今にも咬み付かんばかりの恐ろしい形相と、依然軽快なその身体とが一つになって、ぐうっと上から大きく押しかぶさるようにして迫って来るのが映る。源之進は、観念した・・・
と、次の瞬間、姜海は、不意に源之進の視界から消えた。次いで、下方に物凄い絶叫が響く。源之進は、慌てて境内の縁まで這い寄った。そして目を見張った。今しも姜海の身体が、纏った墨染めの衣を振り立てながら、まるで一個の蹴鞠のように弾んで、長い急な石段を下方へと急速に転がり落ちているのだった。それは彼の繰り出す槍の素早さにも劣らぬ速度と思えた。源之進は、地面にべったりと座り込んだまま、ふうーっと大きく一呼吸した。いつしか辺りは、すっかり明るくなっていた。東の山々の上から太陽がまさに顔を覗かせんとしていた。爽やかに清々しい朝だった。木々の緑が、弾けるような朝露に濡れて、眩しく輝いていた。

早速源之進は、山を下りて麓の村に行き、村人たちに事の顛末を話し、かつ傷の手当てを受けた。皆一様に驚いた。
村々の人々が集まると、源之進は彼らを先導するように、山道を寺へと上がって行った。姜海の死体は、寺の石段下の草叢に転がっていたが、首や手足の骨が折れ、血だらけの顔面も、ほとんど原形を留めぬまでに醜く潰れ、全身がひどい打撲で一面赤紫色に腫れ上がっていた。一同は血糊の点在する石段を登って行った。寺自体は、今日も昨日までと同様に静穏だった。が、境内の地面は乱れ、今朝の激闘の様を生々しく物語っていた。方丈の縁側の雨戸が一枚、毀れて庭に落下しており、障子もやはり一枚、破れて縁側に倒れていた。例の八畳の間には、槍に刺し貫かれた布団が、捲れてあった。

一同、行方不明の村人たちがどうなったのかを知ろうとして、方丈と本堂のあらゆる場所を探し回ったが、何の手懸りも掴めなかった。天井裏にも上がり、床下にさえも潜って調べてみたが、何も見つからない。裏手の墓域にも、裏山にも、とりわけ変わったところは見られず、皆途方に暮れるばかりだった。死した姜海から、真相を聞き出すことが出来る筈もなかった。

姜海の遺体は、無数の憎悪と驚愕、好奇と恐怖の眼差しを浴びた後、長槍と一緒に焼かれた。更にその遺灰は、黒焦げの穂先共々、墓地の端に、土中深く埋め込まれた。

村人たちは、姜海がこの寺の石段を最初に登って来た時背負っていた、紫の袋入りのあの細長いものはこの槍だったのだと、この時になって初めて分かったのだった。彼らは、住職が、僧身ながら武技に長けていたと知り、驚くと同時に不審がった。

事の顛末は、村人たちにより、郡の役所に報告された。津神の役所でも、報告内容の前代未聞の異様さに、皆驚きを隠さなかった。そして役所の記録に詳細に残す、かかる惨事は国内いずれにても二度とあってはならぬこと故、多加島本城へも正確に報告する、と約束した。

ただ、真犯人は、源之進のお蔭でようやく判明したものの、住職の犯行の動機や目的は、依然として謎だった。物取りが目的でないことは明らかだから、恐らくあの僧は、とんでもない異常性格者だったのだろう、と考える者が多かった。

村人たちは、不幸な行方不明者たちは、恐らくもうこの世にいないであろう、と考えた。そして、近々よき日を定めて、村々から大勢でそろって参集し、供養をすることにした。また、彼らは、いずれ機会を持って、新しい、今度は先代の老僧のように本当に優しい立派な住職を寺に迎え入れよう、と申し合わせた。

傷の手当てを済ませた源之進は、村人たちの彼に対する親切と感謝の念に包まれつつ、北の多加鳥へと発っていった。主君から与えられた任務を無事果たせることに、安堵しつつ・・・

その後しばらくして、等光山忍積寺山下の村々の代表者たち数名が、播磨の本山に赴いた。事の顛末を話して、新たな住職の派遣を請うたのである。ところが、本山の僧正は、確かに当時、寺の一僧姜海を稲葉に送ったが、どうも村人たちの云う姜海とは話が合わない、と云う。まるで別人のようだというのである。僧正は、ちょうどその頃、この本山に出入りしていた放浪の一修行僧が、村人の云う姜海に似ているような、とも付け加えた。その放浪僧は、その後、本山に現れなくなったということである。

ともかく、村の代表者たちは、しかるべき新任の住職派遣の約束を取り付けて、国許へと帰って行った。

それから数年後、岡山城の橘源之進友之は、たまたま公用で京都に出る機会を持った。例の事件の記憶もまだ生々しい源之進は、仕事の合間、あの奇怪な姜海が若かりし頃修業したと云っていた御所近くの大寺を訪ねてみた。因みに、姜海は、どうせ殺す積もりの源之進のこと故、彼に己の都のゆかりの寺の名まで教えたもののようだった。源之進は、その寺に長くいるという老僧の一人に、かつて稲葉の山寺で起こったあの忌わしい事件のことを話した。同時に、姜海のことも尋ねてみた。老僧は、そんな名前の僧は知らぬが、今話を聞いたところ、それはあるいは嵐界坊のことではあるまいか、と云う。嵐界坊なら、ずっと昔、この寺にいた、というのである。

老僧の話によると、その当時、嵐界坊という若い修行僧は、いわくつきの僧だったらしい。嵐界坊は、やはり痩身の青白い顔をした、ひどく神経質そうな僧侶だった模様だ。その彼は、折しも都が激しい戦乱の最中だったことゆえ、一時期比叡山に登って、僧兵としての武術、就中、槍術の修練をしたことがあった。織田信長軍による叡山焼き討ちに遭って、命からがら下山した頃には、本職の武士顔負けの大層な槍の使い手になっていたようだ。ところが、それが本人にとり、却って仇となってしまった。

当時、都が度重なる合戦で荒廃し切ってしまい、その上諸国に旱魃が続いた為、都一帯で食糧が底を突いてしまった。多くの餓死者も出る。寺々の僧侶たちとて同じこと、この大寺においてさえ、僧たちは毎日ひもじい思いを余儀なくされた。嵐界坊は、遂に飢えに耐え兼ねて、夜な夜な独りでこっそりと街に出掛けては、狂槍を奮って殺人を犯し、金品を奪い取った。それで食べ物も入手したらしい。程無くそれが大寺内で他の僧たちにばれるや、彼は直ちに都から出奔してしまった。本人が故郷だと云っていた播磨に逃げ帰った可能性もある。老僧の考えでは、どうも嵐界坊は、生来異常な体質の持ち主で、狂槍を奮って人を殺めるのが習い性になってしまっていたのではなかろうか、そうすることに一種の快感を覚えるようになってしまっていたのではなかろうか、というのである。そうした悪癖が、後年の今になって再び頭をもたげて来たのではなかろうか、というのである。

源之進は、これを聞いて慄然とした。人間の性と云うか、業と云うか、その深い闇の部分の恐ろしさに、思わずたじろぐのだった。彼は、老僧に、昔の誼にもよって、無惨な最期を遂げた罪深き嵐界坊の穏やかな成仏を祈り、また彼の哀れな犠牲者たちの供養をしてくれるように頼んで、お布施を渡した。そして丁重な礼を述べて、大寺を辞した。

源之進が都より岡山城に戻ってから、更に数年が過ぎた頃、稲葉多加島池田家の一家臣が、所要で岡山にやって来た。源之進は、その家臣から伝聞として、美作国境に近い山間の一寺の話を聞かされた。それによると、その寺の御本尊の修理中の台座の中から、先頃、幾体もの人骨が出て来たらしいということだった。

地圖石

「西より只今急使到着、殿、一条めに続いてまたまた基充めまでが、寝返りましたぞ。その為、今朝の印中国中央、鴻之巣山麓の合戦にて我が軍は潰滅、武田太郎は、奮戦の甲斐なく、遂に討死致しましたる由、それに総大将の尾張守殿も同じゅうに・・・」

「何と、良盛、それはまことかっ！」

「はっ、合戦半ばにて、突如葉勢が背後から御味方に打ち掛かったる為、なすすべものう崩れ立ったる由にござりまする」

「うーむ、基充め！」

「まことに無念至極・・・」

「他の者たちは、如何致したぞ？」

「神殿以下の諸将は、敗残の兵共々、辛うじて国境に辿り着かれた由にござりまする」

「うーむ、して、使者は誰ぞっ？」

「伊達新助にござりまする」

「刑部の子か？」

「仰せの通り」

「よし、直に話を聞こう、いずれにおるぞ？」

「月の門の内まで参っておりまする」

「相分かった、さあ、行くぞっ！」

「ははっ」

「叔父上、また味方の軍勢は敗れたのでござりまするか？」

「おお、隆安、無念ながら、葉基充の裏切りに会うてな・・・」

「基充殿が我らを裏切ったと仰せらるるか？」

「如何にも、その為、我が軍は、潰走の止む無きに至ってしもうたそうな・・・」

「うーむ、あの基充殿が我らに背いたと、あの基充殿が・・・以前、大国寺にお参りした折など、新崎の城で我らをあれ程手厚うもてなしてくれたものを・・・」

「隆安、戦とはそうしたものじゃ、今更愚痴を云うても始まらぬこと、何の、戦はまだまだこれからでござる。そなたには、この叔父義春がついておる故、安心さっしゃい、のう、隆安！」

「叔父上、それがしは無念でござりまする。自らすぐにも赴いて、基充めを討ち取ってやりとうて・・・」

「何の、そなたはこの城の主、我が一文字家の総大将でござる。そう軽々しゅうこの城から出てゆくことはならぬ。総大将は総大将らしゅう、しかと城を守っておらねばのう。それがしは、使者と会わねばならぬ故、急ぎ月の門まで行って参る、しばし御免っ！良盛、ついて参れっ！」

「心得ました。では、隆安様、爺も行って来まするぞ」


「おお、新助！　大儀！」

「殿、無念ながら、我が軍は！・・・」

「うむ、たった今、良盛から聞いたぞ。して、国境の守りは、如何相なっておるぞ？敵は今、いずれに？」

「はっ、神殿御父子、倉田殿、桂殿、武田好高、日三郎御父子、岩井殿、芙蓉殿、北軍の坂十太夫殿、三保の陸奥殿、郷式部太夫様御父子、御家来榊次郎三郎殿等御無事の方々いずれも、敵の追撃を逃れて、国境の線まで立ち退かれました。目下、国境の白虎山に本陣を据えられ、敗兵を集めて、陣を立て直しておらるるところにござりまする。総勢八千余というところで・・・」

「して、敵の所在は？」

「大門、雷、水江、葉、佐伯の連合軍は、新崎にて兵を休めておりまする由・・・」

「水江兵の指揮を執るは？」

「馬立の将有登武蔵守にござりまする」

「何と、有登が！？墨浦頼政は、如何致しおるぞ？」

「はっ、何でも、未だ馬立の内に留まっておりまするとかで・・・殿の軍を追撃中に、山中にて矢傷を受けたという噂にござりまする。これらはみな敵の俘虜の言葉でござりまする」

「ふーむ・・・」

「敵の主力は、馬立と乗州(じょうしゅう)の両兵にござりまするようで。印後(いんご)兵は未(いま)だ少のう、佐伯の軍も、そう大勢(たいぜい)ではありませぬ。とりわけ馬立は、雷義稙(よしたね)自ら率いて一万余騎、国内のほぼ全軍が出撃して来ておりまする。内二千ばかりを水府(すいふ)に留めておりまするようで。大門の兵も、印後、水江両国にかなり残してある模様、これは各国内の抑(おさ)えでござりましょう」

「敵総勢は、如何程(いかほど)じゃ？」

「およそ五万が程はござりましょうかと」

「如何にも大兵(たいびょう)じゃ。よし、国境の戦には、この義春自ら出陣致すぞ。むろん、ここから新手(あらて)を率(ひき)いてゆく。今日中にも発(た)とうぞ。戻って神(じん)以下にそのように伝えよ」

「ははーっ！」

「ところで、その方の父刑部(ぎょうぶ)は無事か？」

「それが、無念至極にも、乱戦中に討死致してしまいました」

「何と、父も討死したと申すか？」

「はっ」

「・・・それは、気の毒なことをしてしもうた・・・もう随分と高齢であったが・・・許せ、新助・・・」

「はっ、・・・」

「よいな、その方、次の戦では、父の分まで働いてくれいよ。その方の奮戦振り、この義春、しかと見届け置くぞ！」

「ははーっ、もったいなき仰せ、では、これにて御免！」

「むう！これいっ、誰ぞおるっ、今日中にも出陣ぞ、城中諸勢に触れをせい！義春自ら出陣致す、となっ！」

「かしこまって候！」


「良盛、公成は遂に戻らなんだのう」

「如何致しましたるものやら・・・従者どもも未だ一人も、帰城致しておりませぬようで・・・」

「うむ、この大事な折にのう」

「恐らく目的を果たせなんだものでござりましょう。住州とて、我らの相次ぐ敗戦を耳に致さば、最早何も聞く筈がござりますまい。それにしても公成殿は、今いずれにおらるるものやら・・・」

「わしは何故か、不吉な胸騒ぎがしてならぬわ。此度の南方攻めも、あれの主張に沿うたもの、それが、かかる仕儀とは相なった・・・」

「殿は、まさか公成殿が責任被るを恐れて、逃げ出されたとでも！？・・・」

「いや、いや、愚かな邪推はよしにしよう。ただ、わしは、公成が最初から住州には入らなんだような気もして来出したんじゃ・・・模様眺めでのう・・・」

「何と仰せらるる！・・・」

「いや、長年当家に仕えた公成に、そのようなことはなき筈じゃ、あり得ぬことよ・・・」

「ふぅーむ・・・」

「良盛、よいな、わしはいよいよ出陣致す、隆安には聞かせとうないが、此度は、生きて再びこの城に戻る見込みのない合戦、一文字の命脈もそろそろ尽きかけて来たような気もする・・・祖父様始め御先祖様には、まことに相済まぬことじゃがのう、これも時の流れ、定めというものじゃろうか。頼正も、矢で負傷などと云うておるそうじゃが、恐らくそれも、雷めの口実じゃろう、先代義継はともかくも一廉の人物じゃったが、今の義種めはなかなか食えぬ男よ、やつめの狙いは偏に水江にあろう、印後を大門に、その代り水江は自国領にとのう、そう思案しておるのであろう。漁夫の利とも云えるな。頼正はその昔の平泉の九郎義経公にも似た立場に立たされたようじゃ。墨浦も我が家も、年を経た者は、やはり滅びゆくものかのう・・・」

「明日の時代には、新興の馬立と古い大国の乗前が相争うようになるやも知れませぬ。そして結局は、新しい方が・・・」

「むう、そこでじゃ、隠岐守、わしが西に発った後、例の砂金谷じゃが、その方、あれを必ず処分してくれい、必ずな！・・・」

「心得ました。あれだけのものをそっくりそのまま敵の手に渡してやる必要など、更々ございませぬ。それがただ野望、欲心のみによって悪用さるることになるのであれば、尚更のことにございまする。人数を連れてゆき、必ず早めに始末致しまする故、御案じ下さりまするな。御承知の如く、あの谷川の上手の低い山上にある大池の堤を切りますれば、大量の水が一時に激しゅう吹き出し、流れ出して、下の山々を打ち崩し、あの峡谷をすべて一瞬の内に破壊してしまいましょう。谷川もろとも砂金もろとも一切を押し流し、山中深くに埋め尽くしてしまうことでござりましょう」

「うむ、しかと頼んだぞ。城を囲まるるようなことにでもなれば、それも出来ぬ。その前でのうてはならぬ」

「相分かりましてござりまする。隠岐の責任で、必ず・・・それと、今一つ、まさかの折の城の後始末のことにござりまする」

「城の後始末と・・・よい、やむを得ない場合には、火を放てい」

「いえ、それでは天守を始めとする建物はともかく、石垣が残りまする。大石垣が残らば、同じような城の再建は容易うござりまする」

「では、如何致すというのじゃ？」

「この際故、急ぎ手短に申さば、実は、先先代大殿様義充公、筑紫の博多より参った伊菅なる明人の縄張りにより、当大城御築城の折、正面大石垣に一の仕掛けを埋め置かれました。石垣のさる箇所にでござりまする。伊菅は、明人とは申せ、明国のはるか西方、西域と呼ばるる砂ばかりの国の出にござりました。元の名イルカンと云ったそうな。この人物は、西域の砂城の縄張りにまことに深う通じており申した。交易に従い、博多に参って、そのまま当地に留まり申した。伊菅はそこで、我らが義充公が博多視察に派しておられた家臣と出会い、印前に巨大な砂丘あるを聞いて、是非それを見たし、と、家臣に同道してやって参ったのでござりまする。故国の砂漠を懐かしんでのことにござりましょう。大殿義充公のその家臣が、伊菅を公に引き合わせたのでござりまする。伊菅の施した仕掛けは、この山麓大石垣のほぼ中央部、あの黒鉄門前、石段下から七間ばかり東へ寄ったところでござりまする。あそこの壁中に、切り石を組み合わせて拵えた一頭の巨大な獅子の図柄が見て取れまするな。御幼少の頃より、殿もよう御承知のあの大獅子の図柄・・・何分急傾斜のところ故、容易には辿り着けぬところではござりまするが・・・あそこへゆかば、わずかな足場が設けてござりまする。」

「うむ、あの大きい獅子か・・・昔から城壁の守り獅子と云うておる・・・」

「石垣の守り獅子と云うは、飽くまで上辺の口実、あれは実のところ、『地図石』とも申すべきものにござりまする。一部の者の云う如くに、あれは、この地方、即ち陵北道と南の国々、つまり陵南道、この両道を示す一枚の地図になっておりまする。それ、あの我らがいつも軍議に用いる、蹲って咆哮しておる獅子の形の地図でござりまするがな。殿もとおにお気付きとは思いまするが、あそこに填め込まれたる一つ一つの石が、形は正確ならねど、それぞれ一国一国を表わしておるというわけでござりまする。即ち、当印前国は首の部分に当たることになりまする。実のところ、首は、そのまま石蓋となっており、それを幾人もで力を合わせて取り外さば、人が中の石段を伝うて、深う降りてゆけまする。降りて突き当りの大石部屋に至り、その四周の石壁の都合四個の石栓総てを突き崩さば、大石垣内諸処に封じ込められた砂金が噴き出して参りまする。つまり、大石垣の中の大量の砂金が、巧みに張り巡らされた樋を伝って、大獅子内部の底に設けられたその大石部屋の中に向かって、堰を切られた流水の如くに、奔り始める訳でござりまする。恰も山地の無数の谷川が低きへ低きへと流れ落ち、仕舞には幅広い大河に流れ込んでゆくが如くに・・・同時に、諸処に溜められていた砂金の支えを失うにつれ、大城壁は次第に緩みの度を増し、方々に亀裂を生じてゆくことになりまする。こうして積み石が崩れ始め、瓦解が瓦解を呼んで、遂には大城壁が、その上に戴く二の丸ごと、建物類を含む二の丸ごと、一挙に崩壊してしまうようになっておりまする。これは、御父上がこの大城の遠い将来を慮っての秘密の仕掛け、この大城郭は、一文字と共にあるのであり、一文字がなければこの大城もない、もし将来、この大城が悪逆な野心家の所有に帰するようなことにでもなれば、却って大なる罪ともなろう、禍の種ともなるだろう、そう考えて伊賀の技により設けられた、この大城壁破壊の秘密の仕掛けにござりまする。これを知る者は、亡き大殿様、先代充隆様、それからやはり今は亡き倉田惟政、桂兵庫の両将、それに不肖それがしめにござりまする。もっとも、充隆様は、初めは何もご存じなかった。一つには、築城当時、まだ幼のうござらっしゃった故・・この内今に生き永らえるは、ただそれがし一人のみにござりまする。桂殿が御切腹の折、総てはこの良盛にと仰せあった言葉の内には、この秘密のことも含まれておった筈、文書に認めてはならぬ、絶対信頼のおける極極少数の者に代々口伝えにて残すように、決して他に漏らしてはならぬ、というのが、先先代大殿様の御厳命にござりました。今は他の誰よりも殿に申し上ぐべき時と考え、お話し致しまする次第。もっとも、充隆様御戦死の後、この良盛、はやいつ死ぬかも分からぬ老いの身なれば、少しも早う殿にお伝えしておく所存にござりましたが・・・無念ながら、大石垣の仕掛けを用いる時が、存外に早う訪れて来たように思いまする。大殿様も、これ程早うにとは、よも思われなんだでござりましょう・・・」

「ふーむ、左様なことがあったのか・・・存外なことじゃ。夢のような話じゃな・・・幾ら西域の技とは申せ、ようもそれだけの大仕掛けが出来たものじゃな・・・むろんそうした石積みに当たった石工ども、人夫どももおったであろう、その者どもも、このことを知っておろうが・・・」

「大殿の命を受けた兵庫殿が、後で全て闇に葬りましてござりまする」

「皆殺害してしもうたと申すのか・・・」

「御意、まことに不憫なことながら、博多を経て、早々に祖国へ帰った明人伊萱を除き、秘密を知るものは悉く・・・彼らを殺した侍たちもまたみな・・・一国の秘密を守り切る為に・・・」

「ふーむ、すると、例の昔印前川で石工や人夫どもの舟が沈んだ事故というのが、それじゃったのじゃな」

「仰せの通り、事実は川岸で殺害したものにござりまする。舟を沈めても、水練の達者は必ずおりまする故(ゆえ)な・・・それと川下(かわしも)の気違い老婆のこと、お聞き及びでござりましょうか、あれはまさしく死んだ若い石工(いしく)の妻・・・」

「ふーむ、いずれも共々(ともども)に不憫(ふびん)な・・・それにしてもやはり夢のような話じゃ、到底信じられぬような話じゃな・・・」

「一聞(いちぶん)したところでは、誰しもそうでござりましょう。しかしながら、かかる類(たぐい)の話は、古今に決して例なきことではござりませぬ。我が朝(ちょう)のみならず、異国にもありまするそうな、大殿様も、そうした故事を御存じだったのでござりましょう。また、大殿様は、これだけの偉構(いこう)を、その死後においても、他国者に渡すことを潔(いさぎよ)しとされなんだのでござりまする。一文字は印前と共にあり、当大城(たいじょう)は一文字と共にある、これが大殿様が生前しばしば口にされていたお言葉でござりまする・・・今にして思えば、大殿様は人や家の盛衰の理(ことわり)を、よう御存じだった御方でもありましたような・・・それと、今もって他に見ぬこれ程の大城(たいじょう)、今のこの乱世、喉(のど)から手が出る程に欲しがっておる者も、少のうはござりますまい。・・・」

「ふーむ・・・しかし、わしには、やはり夢のような話と思えてならぬ・・・」

「そうかも知れませぬな。この良盛とて、以前は、奇妙無意味なことと思うておった覚(おぼ)えがござりまする。さりながら、この石垣のことは、事実以外の何ものでもござりませぬ・・・」

「うーむ・・・」

「また、城壁の下深う、石室内に蓄(たくわ)え置かるる膨大(ぼうだい)な量の砂金は、いついつまでも地中に深く眠り続け、後世一文字ゆかりのお人が誰ぞ再び世に立たるるような折もあらば、その為の貴重に大きい力ともなりましょうぞ」

「ふーむ・・・」

「ともかく、万一の折の城の後始末のこと、義春様の御許しを得ておかねばなりませぬ」

「よい、まさかの折は、その方の一存で処分せい！」

「ははーっ！」

「よし、いよいよ出陣の支度にかからねばならぬ。これよ、用吉はおらぬか！用吉！」

「はーっ！殿！」

「おお、用吉、いよいよこれからそちの兄たちを助けに参るぞ。出陣の法螺貝を吹かせよ。それから、用意の緋縅の鎧と兜を持てい。近頃新調のあれじゃ。我が曾祖父義安公の鎧に因んだ色のじゃ。急げ！」

「心得て候、では、早速に！御免！」

「良盛、彼の白虎山は、その昔、父上が水江の大軍待ち受け、見事それを打ち破ったる所という、縁起がいいぞ！」

「仰せの通り、かつて勝利の目出度き御山でござる！」

「では、奥の霊廟の父上、母上、兄上の御位牌に対面申し上げて参る。それに北の方たち、御子たち、またわしの奥や子らにも今一度な・・・それが済んだら、その方らと酒杯を交わし、直ちに出陣じゃ！」

「承って候！」

「隆安を頼んだぞ、万一わしが戻らなんだら、隆安を擁して、当大城に立て籠もり、最後の一戦試みよ！」

「心得て候！御心おきのうお戦い召され！」

「うむ、忝い！」

さらさらさらさらごぼっごぼっさらさらさらさらさらごぼっごぼっ大殿義充様いよいよこの砂金の谷もお仕舞となりましたなさらさらさらさらごぼっごぼっこの谷川とも長い付き合いにござりましたなあれからもう五十年余りまことに長い歳月・・・だがもうお仕舞にござりまする・・・さらさらさらさらごぼっごぼっここには大殿を何度か御案内致しましたのう、大殿が亡うなられてからでさえはや十九年越前の父が亡うなってからは三十年ばかりまた北の方様が亡うなられてから今年で六年目年月の移りはまことこの流るる河水の如くに速やかなものにござりまするわいさらさらさらさらさらごぼっごぼっ水府の尾張守勝忠殿は大殿の死を聞かれた翌日に病床にて逝かれました福田伊豆守もその後間ものう上方で客死したる由聞いておりまする大層な老齢にて・・・その息子らは如何相なりましたるものやら・・・さらさらさらさらさらごぼっごぼっ・・・伏城の奪回見事なり・・・その後やがてお生まれになった良子様もとおに馬立にて失せられ高太郎殿も以前に病死そして充隆様は水江で御戦死義春様もひどい戦に立ちゆかれてしまい申したさらさらさらさらさらごぼっごぼっそれがしも捨丸様もこの黄金の谷川も大殿様の大城も何もかもそろそろ仕舞の時を迎えましたるようで・・・只今羽山国も激戦中と申しまする佐伯の大軍が此度の西の乱に乗じて南の国境を打ち越え入って参りましたそうなさらさらさらさらさらごぼっごぼっ奥方様の御実家連家は大層な苦戦の模様にござりまする我が方には最早頼角殿に援軍送る余裕もござりませぬさらさらさらさらさらごぼっごぼっそれがしも故国越前をせめてもう一度目にしてから死にとうござりましたわい懐かしい三国の港やあの海岸岬の荒々しい奇岩景勝を今一度堪能してから死にとうござりましたが最早それも叶いませぬようで・・・さらさらさらさらさらさらごぼっごぼっ総(すべ)ては戦国乱世の儚(はかな)さというものでござりましょうこの黄金の谷もいよいよ今日上手(きょうかみて)の大池(たいち)の堤(つつみ)を切って崩してしまいまする敵の手に渡してしまうことなど出来ませぬこの谷は大城(たいじょう)共々(ともども)いついつまでも大殿のもの我らのものにござりまするそれがしはまだまだ採(と)り尽くせなんだこの黄金を谷ごと背負うて間ものう大殿のもとに届けに参りまするぞこの老いの身には少々重過ぎるかも知れませぬがのう・・・うっふっふっふっ・・・さらさらさらさらさらさらごぼっごぼっさらさらさらさらさらさらさら・・・

「本多氏(ほんだうじ)、あとは存分に戦い切るのみじゃのう」

「如何にも、隠岐守様」

「激戦中の南の羽州(うしゅう)が敗れれば、佐伯の軍勢が、怒涛(どとう)の如くにこの国になだれ込んで参ろう。東国境の峠は、一条めが塞(ふさ)いでおる。西国境で義春様が破らるれば、残すところはこの大城(たいじょう)のみ・・・若を最後までよろしゅう頼むぞ」

「心得ておりまする」

「しかし、むざむざ打ち負けるは無念至極のことなれば、とことん防(ふせ)いで、一文字の心意気を見せてやろうわ」

「如何にも、それがしもその心積(こころづ)もりでおりまする。一文字最後の意地と手強(てごわ)さを敵に見せつけてやりましょうわい」

「さすれば、あの世へ行ってから、亡き大殿や充隆(みつたか)様に何程(なにほど)かの言(い)い訳(わけ)は立とうというものじゃ」

「どうせ逃れられぬ戦(いくさ)なれば、我ら皆々心を合わせ、一丸となって敵勢に当たりましょうぞ」

「式部太夫様の御北(おんきた)の方(かた)は、今いずれにおわす？」

「奥館(おくやかた)の充隆様、義春様両奥方様のところに御出(おんい)であそばしまする。御三方(おさんかた)とも、もう十分に覚悟の御(お)心(こころ)を固めておわしまする」

「御幼少の御子(みこ)たちも一緒でござるか？」

「はっ、御三方の幼い御子たちは、表の広間におわしまする。御三方たちのみ、奥の間でお話しなされておわしまするようで・・・」

「お気の毒なことよ」

「御いたわしいことでございまする」

「事ここに及んでは、最早一族一門、潔(いさぎよ)う死際(しにぎわ)を飾っていただかねばなるまいのう」

「はっ」

「後程(のちほど)、御三方に御目文字(おめもじ)して、最後の御挨拶(ごあいさつ)を申し上げねばならぬ」

「・・・」

「若殿の御様子は？」

「只今御父上充隆(みつたか)様の御部屋にあって、これから最後の戦をやるんじゃ、と奮い立っておわしまする」

「うむ、その意気じゃ。お若いながら、あっぱれな御心(おこころ)じゃ」

「義春様が最後のお別れをなされた折、よう云い置かれておられました。叔父(おじ)が傍(かたわ)らにおらずとも、力の限りこの大城を死守せよ、そして散り際(ちりぎわ)は潔(いさぎよ)う、と・・・若殿は、涙をこらえ、幾度も頷(うなず)いておられましたぞ」

「貴殿は最後まで若の傍らにあって、よろしゅうお助けしてくれよ」

「申すまでもなきこと、この本多勝三郎秀政、先先代大殿義充公に幼き頃より身に余る御愛顧を賜り、先代充隆様にも、それに劣らぬ御恩を受けたる身、その恩返しにも、息のある限りお尽くし申す覚悟でおりまする」

「最後の御奉公、よろしゅうな、勝三郎殿」

「むろんのこと、それがしも、御老体の御武運を祈っておりまするぞ！」

「何を、年はとっても、この良盛、心はまだ至って確かじゃ程に、安心さっしゃい。わしと似たような年の千代殿は、今も国境で大軍相手に奮戦してござる。我らより若いとは云え、はや六十を過ぎたる次郎好高殿も、千代殿共々国境に踏ん張っておる。わしも負けてはおれぬわ！」

「はっ」

「申し上げます」

「何じゃ？」

「只今神州より軍勢が到着、指揮の老武士が、御大将隆安様にお目にかかりたき旨申し出ておられまする」

「何と、神岐国の軍勢とな？おかしなことを申す、まことかそれは？」

「はーっ、三の丸大手門前に待たせておりまする。老武士は六島と名乗っておられまする」

「六島と？」

「薄ヶ原の六島三衛門勝武と申しておられまする。昔の御恩に報る為、当家の御助成に参ったと・・・」

「おお、薄ヶ原の六島殿か！本多殿、お分かりか、あの薄ヶ原の六島三衛門殿じゃ！」

「よう憶えておりまする。我らがかつて救うた六島三衛門勝武殿！」

「そうじゃ、よし、丁重に城内に迎え入れよ、わしが出迎えに参る！」

「ははーっ！」

「本多殿、見上げた御仁じゃ、三衛門という武士は・・・のう」

「如何にも、昔の薄ヶ原の恩義に報いんと、主家に背いて駆け付けられたものと見えまする」

「待たせてはならぬ、早速お会いしよう、貴殿も参られよ、さあ」

「参りましょう。感謝の言葉を申し述べねばなりませぬ」


「六島殿、御久し振りじゃのう、御貴殿も年を召されたのう」

「巨濃殿、お久しゅうござる。それがし、此度の一文字家の大難を耳に致し、微力ながら御助成仕らんものと、かく馳せ付けて参り申した。かつての薄ヶ原の御礼までにと」

「忝うござる。御貴殿の見上げた御心、この良盛、ただただ感服の極みにござる・・・」

「これは巨濃殿、涙など御流しなさるとは、もったいのうござる。我らはその昔、当家に命を救われたる身、その恩返しを致すは武士道の当然でござる」

「まことに忝うござる・・・」

「六島殿、拙者は当家の一臣本多勝三郎秀政でござる。拙者もご老体の御志、有難くお受け致しまするぞ」

「何の、我らはただ、当家の災難を見過ごせなんだまでのこと、一度恩を受けたる身として、当然のことでござる」

「三衛門殿、此度こそは、当一文字家の運もいよいよ尽きたるようでござる。当城の合戦が、最後の戦となりましょう。さりながら、貴殿の軍勢をお迎えし、この良盛、まことに心強う、城兵たちの士気も、ずんと高まりましょうぞ」

「我ら、軍勢と云うても、全軍僅かに五十騎の寡兵なれど、皆一騎当千の兵ばかり、御心おきのうお使い下され。皆この三衛門に命を預けた男どもばかりにござる。我ら、主家一条の命を受け、氷山の峠を立ち塞ぐべく出陣致しましたれど、味方の軍勢の目を掠めて、命惜しまぬ者ばかり、一団となり当国に駆け入り申した」

「目下、亡き充隆様の御弟君、義春様が采配の下、西の国境の山地にて西国、南国軍と激戦中でござる。南の羽州でも熾烈な合戦が続いてござる。これらが敗れれば、敵勢は一気に当国内に討ち入って参りましょう。無念ながら、それも今は時間の問題でござる。我らはこの大城に拠って、最後の籠城戦を試みる決意、これより早速、貴殿を総大将隆安様にお引き合わせ申す」

「我らをお助けいただいた御先代充隆様の御嫡男の君、お願い申す」

「さ、本多殿、御案内申そうぞ」

「ははっ、六島殿、どうぞこちらへ。殿は向こうの主館におわしまする」

「隠岐守様、ほれ、あの大湖の手前に、かすかに煙が上がっておりまする」

「うむ、伏の町が燃えておるんじゃな、用吉殿」

「はっ、敵先鋒の軍が、遂に伏に到達致しましたな」

「これで一文字家菩提寺本勝寺も、焼けてしまうのか。あの古い伏の町も到頭お仕舞じゃ」

「・・・」

「昔、この良盛が巨濃の山中で大怪我をしたところを亡き大殿に救われ、傷が癒えて後改めてお礼言上に上がったのは、伏のお城にであった。あの頃のことを、まるで昨日のことのように思い出すわ」

「そういうお話でございましたな」

「うむ、当時が懐かしい。わしもあれ以来、伏の町とは随分長い付き合いじゃった。伏に、そしてこの大城に仕えること、早や五十年、奉公一途の勤めの内に、妻を娶ることも忘れてしもうた程のこのわしよ、わっはっはっ」

「この分じゃと、敵勢は今日中には印前川西岸の線まで達しまするな」

「うむ、戦はいよいよ明日から始まるぞ。用吉殿も、よう覚悟して戦わさっしゃい。一文字最後の決戦ぞ！」

「はっ、この桂用吉、国境の戦で義春の殿と共に討死致す所存にございましたが、殿の御厳命にて、その御最期の御姿も見定めぬままに、ここまで立ち戻ってしまい申した。城に戻り、国境の戦の模様や敵勢の様子をつぶさに隠岐守様や本多様に伝えよ、との御厳命で・・・それがし最後に義春様を目に致しましたるは、御味方の前陣総てが崩れ去り、開戦以来三日目、いよいよ御自ら、旗本以下の本軍を率いて白虎山から西へと駆け降りらるる馬上の後姿にございました。緋縅の鎧を陽にきらめかし、それはお勇ましい武者振りにあられましたぞ」

「そのまま山下の戦場で、お果てなされたわけじゃのう」

「はっ・・・我が軍は山々に拠り、丸三日の間奮戦致しましたれど、雲霞の如き大軍に比して、何分寡兵、遂に総崩れとなり申した。殿を始めと致し、武田好高様御父子、神千代之助様御父子、関の殿郷式部様御父子、倉田惟共様以下の諸将方、激戦の中で皆々枕を並べて討死なされてしまいましたる次第・・・むろん、我が兄吉澄も・・・」

「皆々あっぱれな最後の戦い振りよ」

「我らも御討死の方々に後れを取ってはなりませぬなあ」

「如何にも。皆々心を一にして、力の限り戦うて見せようぞ。名家一文字家最後の大花を咲かせてから果てるのじゃ」

「仰せの通りで」

「それで、守備の配置は皆、異存はなかろうのう」

「今朝決しましたる通りで、誰も異議など申し立ててはおりませぬようで」

「結構じゃ。ええと、写しの書面がこれにある。三の丸大手の門口を守るがわしと岩井三左の兵一千五百、東の花の門口が倉田肥前の兵一千、西の鳥の門口を守備するが貴殿と楯九郎の兵一千二百じゃな。他三百余を遊軍として控え置き、危うきところに適宜に駆け付けさせる。また、巽櫓に籠もるは、武田明石以下百、大手左櫓に加茂盛高以下五十、同右櫓には六島殿の手勢五十、坤櫓には気田次郎以下凡そ百、鳥櫓に長尾広竜の兵五十、そして二の丸諸門諸櫓には、合わせて四百余りをまず配しておく、同じく二の丸御本陣の若殿の御傍にお付き申すが、本多勝三郎秀政以下七十名余、それと小姓組、山の東腹(ふく)に陣取るが福知太郎(ふくちのたろう)以下の二百五十、西腹(さいふく)に氷山惟元(ひやまのこれもと)の手勢二百余、そして山の背面を守るが、伏(ふす)四郎藤虎(のしろうふじとら)の指揮する四百余、山上本丸にはとりあえず五十名ばかり、この本丸のことは、本多勝三郎殿に任(まか)せるとして、総勢凡そ五千八百ということじゃったな。それで、三の丸諸門が敗れれば、それぞれ寄せ手を防ぎつつ、二の丸諸門へと引いて、それらに拠って戦うと、そういうことでな」

「仰せの通りにござりまする。皆々今宵(こよい)の内(うち)に、定めの守備位置に付き終えましょう」

「うむ、中には国境の戦に敗れた後逃(のが)れ返(かえ)った疲労困憊(ひろうこんぱい)せる兵共(へいども)も、かなりの数おる筈じゃが、兵共には、今宵一晩よう休んでおくように命じておいてくれよ。明日からはまた忙しい」

「この用吉、そのように取り計らいまする」

「敵勢は凡そ四万、それと羽州が敗れれば、佐伯の大軍が北進して来て、加わろう。えらい数になるわけじゃ」

「そうなれば、五、六万にはなりましょうか」

「うむ、ところで、城下の様子はどうじゃ？」

「はっ、町人(まちびと)たちは町を焼かるるを怖れ、はやそのほとんどは、家財をまとめて、方々に立ち退(の)いておりまするようで」

「中(なか)には城中に入っておる者たちもおるようじゃな」

「はっ、そのようで」

「村々の者たち同様に、なるべく遠方(えんぽう)の山々の方に落とした方がよい。ここにいても、どうにもならぬぞ。そのように云うてくれい。落ち延びるなら今日、今夕の内(うち)じゃからな」

「そのように申し聞かせまする」

「おお、伏方面の煙がいよいよ濃ゅう、高うなったようじゃ」

「如何にも。あの分では、町中が灰になりかねませぬ。口惜しいことで・・・」

「これも合戦の習いよのう。町人共はどうしたものやら」

「ここと同じゅう、既に立ち退いてはおりましょうが・・・」

「まこと酷いものよ、戦というは・・・」

「仰せの通りにござりまする」


義春の指揮する一文字軍は、印前、印中国境に熾烈な戦闘を続けた後、遂に崩壊した。何よりも兵数の多寡が決定的要因だった。乗前、馬立以下諸国の連合軍五万余騎に対して、一文字側は、印中合戦に敗退した八千と義春が率いて駆け付けた援軍凡そ一万、計一万八千に過ぎなかった。東軍は、連合軍の半数にも遠く及ばなかった。それでも、白虎山に本陣を据える義春の下、武田好高父子、神千代之助父子、桂吉澄、倉田惟共、芙蓉三郎是政、氷川小太郎、それに郷式部太夫明宗父子、その忠臣榊次郎三郎等々の諸将も、各麾下の兵たちも果敢な抵抗戦を行い、山々の陣地に拠って寄せ手を防ぐばかりでなく、何度も山下に出撃していった。そしてその出撃隊の多くは、結局雲霞の如き大軍の中に取り込められて、遂に帰って来なかった。兵数は次第に減じていったが、ここを先途と奮い立つ一文字方将兵は、味方の損害、犠牲をものともせず、実に丸三日間にもわたって敵軍を国境線に食い止めた。けれども西軍側は、数に物言わせて各国勢、各部隊入れ代り、立ち代り山々に攻めかかり、一つまた一つと、山麓、山腹の陣地を崩していった。武田、神以下名(な)のある諸将も次々に討たれ、郷式部太夫も戦死するに及んで、到頭総大将一文字義春とその旗本以下が一丸となり白虎山を駆け下って、正面の雷義種(らいよしたね)の馬立軍(まだちぐん)に突入していった。これがこの国境の合戦最後の戦闘となった。

三日間の戦を通じて、東軍将兵の多くは討死したが、それでもなお若干の数が敵の追撃を振り切って、夜陰に乗じ東方に落ち延び、大城(たいじょう)まで辿り着いたのだった。彼らはむろん敵勢の様子を報告し、籠城軍の一翼を担(にな)うことになった。他方、東走する間に、いずれともなく逃げ散った兵らも、かなりあった。

大体、この国境の戦に際しては、大城内に異論、反対もあった。国境の部隊を大城に呼び戻し、城内兵と一緒になって籠城戦を行うべし、というのだった。しかし印中からの使者に即座に出陣を告げた義春は、こうした異論や反対意見を取り上げなかった。印中合戦に葉氏(ようし)の裏切りで敗れた一文字軍は、恐らく国境の山地まで到達するのも容易ではなかったろう。敗残の軍が、それから更に十里余も東に位置する本城の大城まで帰り着くのは、難事(なんじ)だったに相違ない。西軍の急追撃を思えばである。多くの負傷者も抱(かか)えていた筈だった。何しろ、勇猛をもって鳴る武田の総大将由太郎好宗(ゆうたろうよしむね)が討ち取られる程の乱戦振りだったのである。敵勢の勢いの激しさ、凄まじさもよく分かる。また義春は、隠岐守良盛にも洩(も)らした通り、今度の戦の帰趨(きすう)を見通していた。もし国境の部隊が無事に大城まで到達出来たとしても、果たしてその後の籠城戦に十分な勝算が立ったろうか。恐らくどこで戦うも、全軍を一つにして籠城するも、二つに分けて別々に戦うも、帰結は同じと見たに違いない。であれば、敗残の国境の軍八千をみすみす無駄に見殺しにすることはない。援軍と合わせ使えば、効果も大きくなるだろう。一文字の伝統は、何と云っても野戦にある。何処(いずこ)からの援助も、後詰(ごずめ)も望めぬままに全軍籠城して、目に余る大軍に包囲され、時日を掛けてじりじりといびり殺されるよりは、むしろ乾坤一擲野戦を敢行した方がよかったとも云えるのだった。たとえ結果はどうあろうとも・・・ともかく義春は、ためらうことなく出撃し、良盛もこれを止めなかった。逆に主を激励したのである。良盛の思うところも、義春と同じだったに相違ない。

義春は、曾祖父義安にあやかり因んで造らせていた新調の緋縅の鎧に身を固め、出陣した。そして一文字軍最後の野戦の大華を咲かせたのだった。残るもう一つの死華は、印前国大城で咲く筈だった。

合戦の翌日、国境の山々を無数の屍を踏んで打ち越えた連合軍は凡そ四万余騎、無人の諸砦を抜きつつ、威風堂々征服者の貫禄を見せながら東進した。一万足らずの数が、義春軍との激戦中に果て或いは傷ついて、この進軍に加わってはいなかった。その先鋒の一部隊は、一文字家ゆかりの伏旧城下を焼き払った。

季節は今や秋の盛り、印前の平野には一面、黄金色の稲穂がゆったりと波打っていた。けれども、街道筋には、村々にも田畑にも、百姓たちの姿は見えなかった。急なこと故、収穫の暇もなかったのだ。

「隠岐守殿、そろそろ東の空が白んで参りましたな」

「如何にも、夜明けは近うござる」

「えろう静かでござるな、城の内も外も・・」

「これが嵐の前の静けさというものでござろうて。六島殿、見られよ、あの蜿蜒たる松明の火の列を。敵勢は、夜明けを待たずに印前川を打ち越えて、こちらへ移動し始めたようでござる」

「如何にも、夥しい数の松明でござる。印前川の彼岸にも、無数の篝火が赤々と燃えてござる。この大城壁から見下ろさば、敵勢の動きが総て、手に取るように分かりまするな」

「おかしなものでござる。あれが昨日までの我らの姿でござった。それが今日からは、寡兵にて守備する立場・・・」

「已むを得ますまい。家の浮沈、一門の興亡は、総て時の運、古の平家一門や源氏三代を見ましてもな、それに近うは足利将軍家の例もござる。人の心というは、分からぬもので、我らが主一条も、印中の葉も、水江の国人共も、情勢次第では手の平を返すように鞍替致す」

「それがしもそのように思うのじゃが、それにしてもこの転変のめまぐるしさ、何事もすべてが人智のまま、意のままにはならぬものよのう」

「如何にも」

「眼下のあの大軍の松明、篝火、何やら夢の中の出来事のような気も致すわ。なかなかに信じられぬような・・・」

「我らが主一条家も、明日の日はどうなるやも知れませぬ。佐伯に喰わるるか馬立に呑まるるか・・・」

「一条家と我らの一文字家は、思えば妙な間柄であった。昔から付いたり離れたり、仲よう轡を並べたり、互いに干戈を交えたり、愛憎こもごもに入り混じった不思議な因縁であったわ。同一の血というのは、所詮こうしたものかも知れぬ」

「左様、長い長い泥まみれの付き合いでござったわ」

「この陵北道筋も、これからいよいよ荒れることでござろう。ゆくゆくは大門、雷、佐伯等が鎬を削り合う醜い騒乱が、繰り広げられることでござろう。ともあれ、かかる動乱時には、無謀、強暴の大名、大将が、強引勝手に、一時の勝利を奪い取ってゆくものでござろうて・・・」

「如何にも。この街道筋ばかりではのうて、他の諸道、諸国も、似たようなものでござる。畿内(きない)始め、南海、東海、関東、北陸(ほくろく)の諸道は、もう随分と荒れておるような」

「将軍家はもう駄目になられてしもうたのう。管領家も、はや覚束(おぼつか)ないという・・・」

「足利将軍家や管領家の力では、最早その膝元(ひざもと)たる山城(やましろ)一国の差配(さはい)さえ出来はしませぬわ。下剋上(げこくじょう)の世の中なれば、何処(いずこ)の地にても、新と旧両勢力の交代が激しゅうござる。一家一門の内でも、一国一道の内でも・・・管領家の内部とて同じことでござる」

「まさしく下剋上とはよう云うたものよ。それに近頃では、武士ばかりではのうて、足軽、民(たみ)百姓まで乱を起こしておる。おお、見られよ、六島(ろくしま)殿、松明の帯が随分と近付いて参ったようじゃ」

「如何にもそのようで」

「明るうなれば、あの夥(おびただ)しい数の敵勢は、城下に入って参ろう。今日中には、この城山は、蟻(あり)の這い出る隙間もない程に、打ち囲まれてしまうことでござろう」

「諸門で最初の衝突も起こりましょうな」

「うむ、何とかあの大勢(たいぜい)を一挙に打ち破る妙手(みょうしゅ)があればよいものを、のう、六島殿」

「如何にも・・・そう、そう申さば・・・そう申さば、つい二月(ふたつき)ばかりも前のこと、それがしの薄ヶ原(すすきがはら)城(じょう)にやって参った上方堺(かみがたさかい)の一商人が、いや、これは武具を大量に扱うておるかねて馴染(なじ)みの商人でござるが、その商人が云うており申した、何でも近頃、『種子島(たねがしま)』とか申す物騒(ぶっそう)な武器が一つだけ、堺の港に初めて入って参ったと・・・商舟(あきないぶね)が持って参ったものらしゅうござるが、これは鉄で出来た細長い丸筒(まるづつ)で、中から轟音(ごうおん)、火炎と共に小さな鉄丸(てつがん)が飛び出して来て、あっという間に人馬(じんば)を打ち倒し、物を打ち砕くのじゃそうで・・・」

「ふーむ、『種子島』とな・・・」

「如何にも。その商人の話によれば、何でも南国大隅の南の海上にある種子島なる島に、一昨年の夏一艘の南蛮船が漂着しましたそうな。その船の船員から、種子島時尭公がこの奇妙な武器を買い取ったのが、始まりのようでござる。公はこれを基に家臣に命じて、見よう見まねで別のを作らせてみたそうな、それが『種子島』と呼ばれた、その一つが堺に入ったものと見えまする」

「ふーむ・・・」

「従来の刀槍、弓矢など、この轟音を発する鉄の筒に比べれば、物の数ではなさそうじゃという話でござった」

「ふーむ、それがまことなれば、そうした恐ろしい武器を使うて、この眼の前の大敵を一挙に滅ぼしたきものじゃわ・・・」

「だが、たったの一つではのう、うまくゆきまするものか・・・」

「それもそうじゃわ、六島殿、うわっはっはっはっ！」

「うわっはっはっはっ！」

「これい、蔵番、蔵番はいずれにおるぞ?」

「ははーっ、これにおりまする。只今そちらへ！」

「おお、蔵の奥の方におるか！」

「只今そちらへ！」

「・・・」

「おお、御奉行様！」

「うむ、またまた調べねばならぬで参った」

「残りの分量でござりまするな」

「左様、何度参っても、同じこととは思うがのう・・・」

「開戦以来はや今日で丸十九日目、籠城の人数も何様多ければ、既に蓄えおいたる兵糧米総量の三分が二を超ゆる量を食い終えてござりまする。既に日々、薄粥にして、使う量を抑えておりまするが、このままゆかば、あと十日と持ちますまい」

「ふぅーむ、既に三分が二を超ゆる量、食うたとな・・・」

「仰せの通りにござりまする」

「三の丸諸門では、今日も朝から激しい戦が続いておる。食うものも食わねば、兵らも体に力が入らぬ。難儀なことじゃ。こうとあらば、事前にもっと無理して運び入れておくんじゃったわ・・・だが、ああも急なことでは・・・」

「しかし、お奉行様、此度の合戦は、いつまで戦うても所詮は勝てぬ戦と・・・」

「云うな！よい、残りの分量がことは、本多様に申し上げておこう。とりあえず今夕からは、米の炊き量をもっと減らすのじゃ。うんと減らせ。あとは他のもので賄うのじゃ、何としてでもな」

「しかしお奉行様、他のものと申しましても、・・・」

「馬じゃ、馬を潰すのじゃ。既に本多様からも許しが出ておる。此度は軍馬の必要なき戦故な」

「ははっ、お奉行様のお許しがあれば、そのように手配致しまする」

「うむ、早速そのように取り計ろうてくれい」

「かしこまりましてござりまする」

「今日は、大手正面の方角に、格別激しい鬨の声が上がっておるようじゃ。雷勢の攻め来たる意気込みは、まっこと凄まじい。西側鳥の門口の乗州勢と攻め振りを張り合うておるようじゃわい。大手守備の方々もさぞや苦戦しておわそう」

「如何にもそのようで」

「この分じゃと、その内御味方から逃亡の輩が出始めるかも知れぬて・・・だが、こうもぐるりと十重二十重に取り囲まれてしもうてはのう、それもなかなかにかなわぬ相談じゃ、うわっはっはっはっ！」

「御意」

「わしはこれから詰所を見回らねばならぬ。あとの手配を頼んだぞ！」

「かしこまって候」


うゎーうゎーうゎーっ！、うぉーうぉーうぉーっ！うゎーうゎーうゎーっ！うぉーうぉーうぉーっ！者ども、うろたえるなあ！黒鉄門に拠れい！隠岐はここにおるぞお！黒鉄門に拠って、踏み止まるんじゃあ！うゎーうゎーうゎーっ！うぉーうぉーうぉーっ！雷の山猿、何するものぞお！黒鉄門に拠れい！黒鉄門に拠って防ぐんじゃあ！うゎーうゎーうゎーっ！うぉーうぉーうぉーっ！者ども、黒鉄門に拠ってこらえよー!うゎーうゎーうゎーうゎーっ!うぉーうぉーうぉーうぉーっ!者ども、防げやあぁ!うゎーうゎーうゎーっ!

うぉーうぉーうぉーっ!・・・

「若、いよいよ大手の門が打ち破られ申した、敵勢が彼の門口より城内三の丸になだれ込みつつあります由、そろそろ御支度下されい!この本多勝三郎、山頂本丸天守まで御伴仕る!」

「到頭破られたのか!」

「はっ、無念にも!」

「母上、伯母上たちや他の女子供らの用意は整うたのか?」

「はっ、お付きの侍女共、伴の若侍共に命じ、皆々間ものう奥館を出られ、上へ向かわるるよう取り計らい申した。殿もお早う!既に諸方に火もかけられておりまする!」

「勝三郎、わしもここで一戦するはならぬか?」

「め、めっそうもござりませぬ、若、二の丸諸門の内、いずれかが破らるれば、敵兵が大挙してこの主館にも押し寄せて参りまする、その時、我ら七十名余りと若の御小姓組二十名余りとでは、とても防ぎ切れるものではござりませぬ。由緒ある一文字の御嫡流、当大城の御大将たる若を名もなき雑兵の手に掛けさせることなど出来ませぬ。左様なことに相なれば、ただにこの本多勝三郎一人のみの面目ばかりか、一文字家の名に関わりまする。大手を守り必死に戦うておりまする隠岐守様も、大層嘆かれましょうぞ」

「相分かった、勝三郎がならぬと申すなら、強いて戦うとは云わぬわ。敵勢目の前にして無念なれど、上へ参る。案内せい！」

「ようお聞き入れ下さりました、若っ！」

「三の丸を守る者たちは、もう大勢討死致したのか？」

「何分乱戦の只中のこと故、まだしかとは分かりませぬが、桂用吉殿、岩井三左殿始め多くのものが、討死された由にござりまする！」

「うーむ！」

「さ、若、参りましょうぞ。あれ、敵勢の雄叫びがずんと高まり、近うなって参り申したぞ。中の坂道を通って上りましょうぞ！」

「相分かった。参ろうぞ！」

「ははっ、さ、皆の者、御大将はこれより本丸天守に移らるるぞ、心して守護し奉れい！さ、若、こちらへ！」

「うむ、良盛、さらばじゃ、あとを頼んだぞお！・・・」


うわーうわーうわーっ！うおーうおーうおーっ！うわーうわーうわーっ！うおーうおーうおーっ！ええい、退くな、退くなあ！退いてはならぬ！この門落ちなば、最早最後ぞ！腹据えて踏みこたえるんじゃ！退くな、退くなあ！退いてはならぬぞお！うわーうわーうわーっ！うおーうおーうおーっ！うわーうわーうわーっ！うおーうおーうおーっ！ええい、退くな、退くなあ！者ども、退くなあ！押し戻せーい！雷の山猿どもなど、何するものぞお！それーい、この隠岐守良盛に続けーい！者ども、退くなあ！うわーうわー

うゎーっ！うぉーうぉーうぉーっ！うゎーうゎーうゎーっ！うぉーうぉーうぉーっ！・・・

「おい、有登(ありとう)」

「ははっ、殿、何か？」

「うむ、あの上の方を見てみい、大城壁の上、右手の櫓(やぐら)の近くぞ」

「右手の櫓の近くでござりまするると？」

「そうじゃ、何やら妙な人影が見ゆるぞ。可笑(おか)しな人影よ」

「おお、そう申さば、何やら奇怪なる人影が一つ・・・髪振り乱しておるような・・・」

「うむ、ふらふらと城壁上を、よろめき歩いておるようじゃぞ」

「何者でござりましょうや？踊る時のような身振り、手真似もしておりまするな、ほんにおかしなやつで・・・」

「兵の身なりではないな」

「如何にも、ひょっとすると女(おなご)かも知れませぬな、左様、年老いたる女(おなご)・・・」

「ふーむ、この危(あや)うい乱戦の最中に、ようあのようなところにおられたものよな、一体どういう積もりなのじゃろうか」

「今に流れ矢に当たって、死ぬかも知れませぬなあ」

「城内の者か、それとも町の者じゃろうか・・・」

「殿、あれは、或いは気が狂(ふ)れた者かも知れませぬな。あのようなところに、老いたる女(おなご)の身で唯一人彷徨(さまよ)いおるとは、正気の沙汰とも思えませぬ」

「見てみい、あのぼろぼろにみすぼらしい恰好(かっこう)を」

「如何にも哀れななりにござりまする。してみると城内の者ではありますまいな・・・」

「奇妙なやつよのう、全く」

「殿、我が馬水(ばすい)連合の兵が間ものう二の丸正面の黒鉄門(くろがねもん)を打ち破らば、もう落城と決まったようなものでござりまするな」

「うむ、どうじゃ、目下の攻め振りは？」

「はっ、我らの向こうた大手黒鉄門を守備する巨濃(この)隠岐守良盛以下諸門の城兵、まことに手強(てづよ)う抵抗しておりまする模様、しかし、たかが知れたる数なれば、我が方、新手(あらて)を入れ替え差し替え、攻め続けさせておりまする。敵方には、控えの兵が皆無(かいむ)に近き故、そろそろ疲労の極みに達しておりましょう。二の丸内突入までに、もうそう時を要せぬかと存じまする」

「うむ、その方もまた、前陣に出向いて、兵どもをしかと督励(とくれい)せいよ。よいな、大門(だいもん)に後(おく)れを取ってはならぬぞ。先を越されるでない。最早、我らの敵は、一文字じゃあないぞ。分かっておるな」

「そのことなれば、この武蔵、よう心得ておりまする。この大城(たいじょう)、何としても我らが主役となって落としたことに致さねば・・・」

「うむ、その点、肝(きも)に銘じて戦うのじゃ」

「この陵北道(りょうほくどう)諸国に、我が雷家(らいけ)の鷹(たか)紋の旗を打ち靡(なび)かせるのじゃ」

「御意(ぎょい)！」

「陵北道随一と聞こえたるこの大城(たいじょう)も、諸国共々(ともども)我らが手中(しゅちゅう)に収(おさ)めようぞ。最も焼いた建物ばかりは、再建せねばなるまいがのう、何、大石垣さえ残りおれば・・・うっふっふっ」

「如何にも」

「よい、行ってもう一働きせい！」

「ははっ、心得て候！では、殿、しばし御免！今度我らがこの御本陣に立ち戻りまする時は、この大城は、既に殿のものと思召(おぼしめ)せ！」

「よう云うた、武蔵守、その大功(たいこう)を速(すみ)やかに立てよ、爾後(じご)の褒美(ほうび)は、その方の望みのままぞ。この大城が我がものになるのなれば、そちに国一つくれてやっても惜しゅうはないわ。うっふっふっふっ」

「ははーっ！」


うゎーうゎーうゎーっ！うぉーうぉーうぉーっ！うゎーうゎーうゎーっ！うぉーうぉーうぉーっ！・・・さらさらさらごぼっごぼっさらさらさらごぼっごぼっごぼっはて、何じゃろうか？・・・確かに何か光ったような・・・何やら眩(まぶ)しゅう光ったような気がしたが・・・さらさらさらごぼっごぼっごぼっうーっ冷たいのう何と冷たいだがよい気持じゃふーっ！冷たいさらさらさらごぼっごぼっごぼっうーっうまい何とうまい水じゃもう一掬(ひとすく)い呑んでみようぞ・・・うーむ、冷とうてうまい何やらこう生き返ったような気分になるわいさらさらさらごぼっごぼっごぼっおやっ？・・・いややっぱり気のせいかな・・・何か目に凍(し)みるような光りようやっぱり気のせいか知らん・・・冷たい足が切れそうじゃどれ上がるとしょうかさらさらさらごぼっごぼっごぼっ何やら小鳥の美しい囀(さえず)り声が聞こえるぞほんに静かな谷じゃなあ・・・ほんによい囀り声じゃ・・・うゎーうゎーうゎーっ!うぉーうぉーうぉーっ!うゎーうゎーうゎーっ!うぉーうぉーうぉーっ!おさらばにござりまする、若君、ではこれにておさらば・・・大殿鍵の字はこれより大殿の御傍に参りまする長うお待たせ申しました鍵の字こと隠岐守良盛はこれよりお詫びを申し上げに大殿のもとに参りまする・・・若君さらばご立派な御最期を何卒!うゎーうゎーうゎーっ!うぉーうぉーうぉーっ!うゎーうゎーうゎーっ!うぉーうぉーうぉーっ!これじゃこいつをこの石の蓋を皆で抜き出せい!その方どもこの首のところのこの石蓋じゃこの石蓋じゃ足場に両足踏ん張ってこの石蓋を皆で抱えて取り外せい!うゎーうゎーうゎーっ!うぉーうぉーうぉーっ!うゎーうゎーうゎーっ!うぉーうぉーうぉーっ!そうじゃよおーしそうじゃそこから中に降りてゆくんじゃあ!さあ降りるぞお!石段を下りてゆくぞお!下の突き当たりの大石部屋に着く筈じゃ!大石部屋じゃあ!着いたら周りの石壁の四つの石栓総てを突き崩せい!それぞれの石壁の石の栓を突き崩すんじゃ!みな突き崩せーい!・・・そうじゃその栓四つともみな突き崩せーい!そうじゃそうじゃそれ砂金が吹き出て来たぞ!昔大石垣の中に閉じ込めた大量の砂金が!この石部屋目掛けてどんどん吹き出して来るぞお!そうじゃみな崩せ!崩せーい!・・・そうじゃこれで崩せる大石垣を!これで崩せるぞお大石垣を!・・・おさらば若!・・・大殿!大殿!大・・・どどーん!どどーん!どどどーん!がらがらがら!がらがらがら!ががーん!ががーん!ががーん!どどーん!どどどどーん!がらがらがら!がらがらがら!ががーん!ががーん!ががががーん!・・・

『地図石』「末の巻」完

「あれから三十四年、赤宇(あこう)の兄上、それがし鏡之助は、遂にお約束申し上げた戦国乱世の物語を仕上げることが出来申した。世も変転し、去る五月(さつき)には、大坂城で豊臣秀頼公が御母淀君共々(おんははよどぎみともども)御自害なされ、羽柴秀吉公の後(あと)は、絶えて仕舞われ申した。それがし、物語の末(すえ)の巻(まき)一巻の写しを、只今かく兄上と父上、母上の墓前に捧(ささ)ぐべく、ようよう再興成ったこの龍戒寺(りゅうかいじ)に参上仕(さんじょうつかまつ)りました。今は安堵(あんど)の気持ちに満たされております る。勇壮、華麗で過酷、悲惨だった戦国の世もようよう終り、これからは一層落ち着いた世の中になり申そう。赤宇の兄上、包囲された多加鳥城に入って討死なされた兄上の御遺体代(ごいたいが)わりに、あの入城時それがしに残しゆかれた髻(もとどり)を、墓所に葬りましてござりまする。この我ら渡良祇家累代(わたらぎけるいだい)の墓所に、納めましてござりまする。兄上、どうぞ父上、母上共々、安らかにお眠り下されー・・・どうぞ安らかに！・・・」

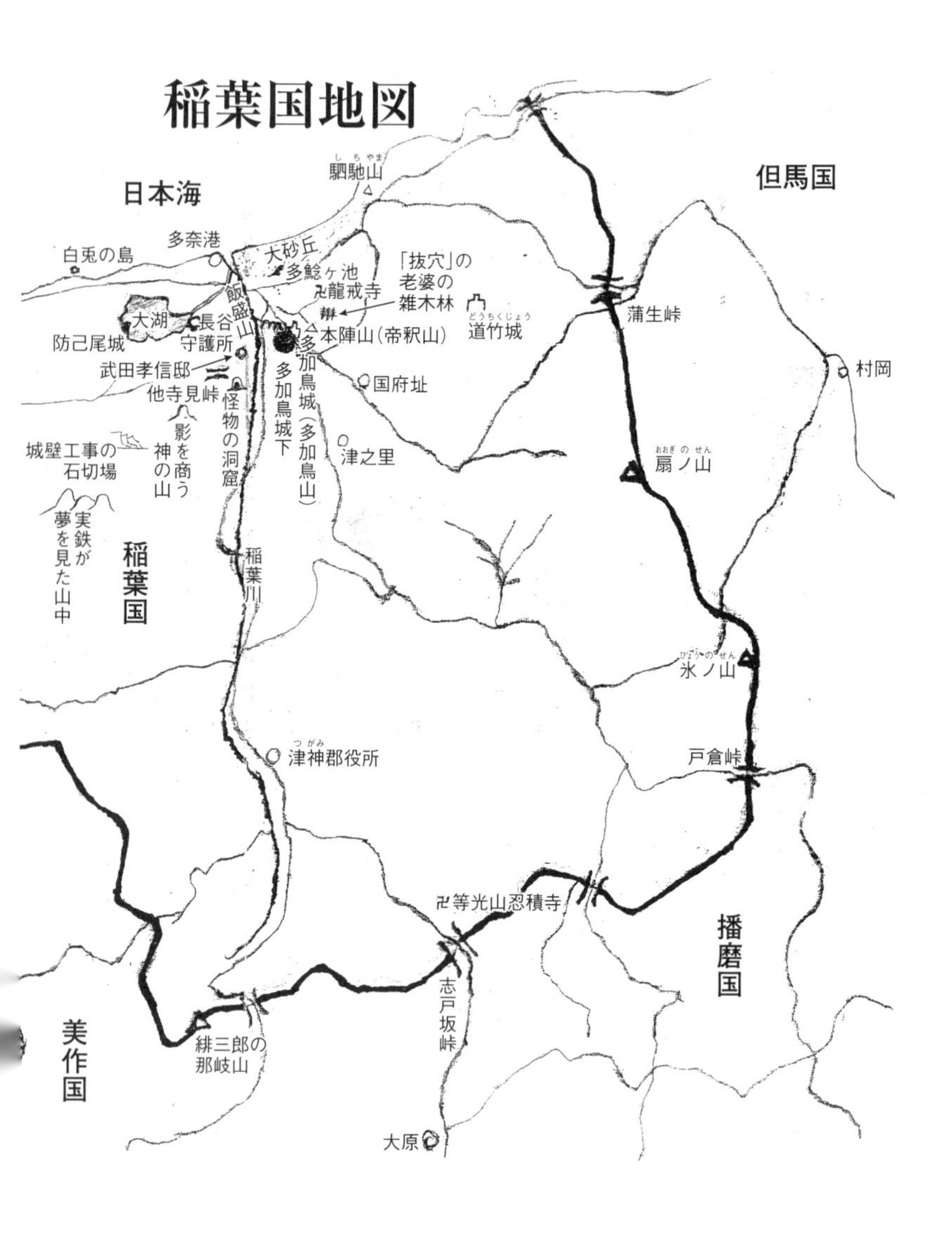

稲葉国地図
日本海
但馬国
駟馳山
多奈港
白兎の島
大砂丘
多鯰ヶ池
龍戒寺
「抜穴」の
老婆の
雑木林
道竹城
蒲生峠
飯盛山
大湖
長谷
防己尾城
守護所
本陣山（帝釈山）
多加鳥城（多加鳥山）
多加鳥城下
武田孝信邸
他寺見峠
国府址
村岡
怪物の洞窟
影を商う
神の山
城壁工事の
石切場
津之里
扇ノ山
実鉄が
夢を見た山中
稲葉国
稲葉川
氷ノ山
津神郡役所
戸倉峠
等光山忍積寺
播磨国
志戸坂峠
緋三郎の
那岐山
美作国
大原

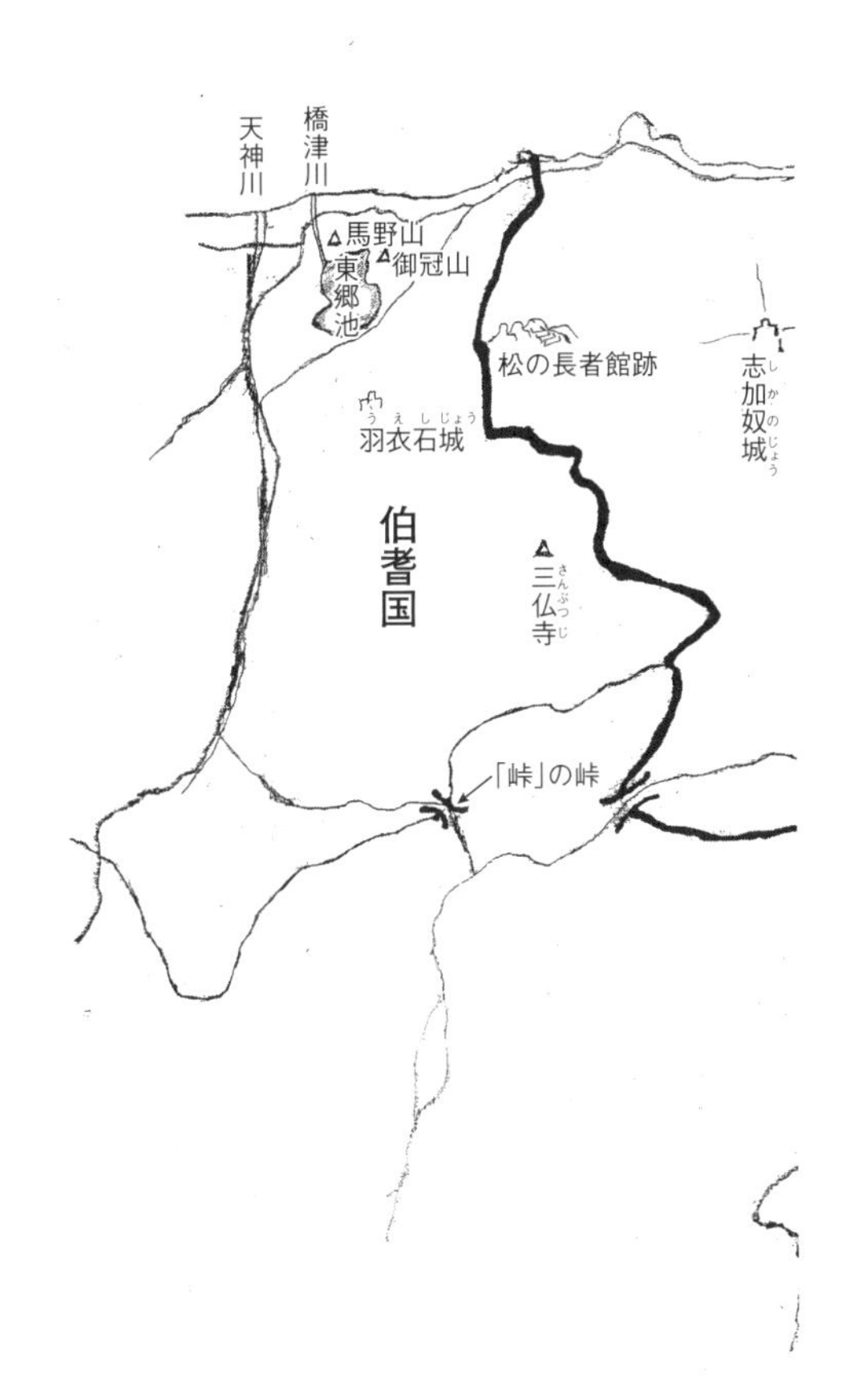

天神川
橋津川
馬野山
東郷池
御冠山
松の長者館跡
志加奴城
羽衣石城
伯耆国
三仏寺
「峠」の峠

多加鳥城及び城下地図

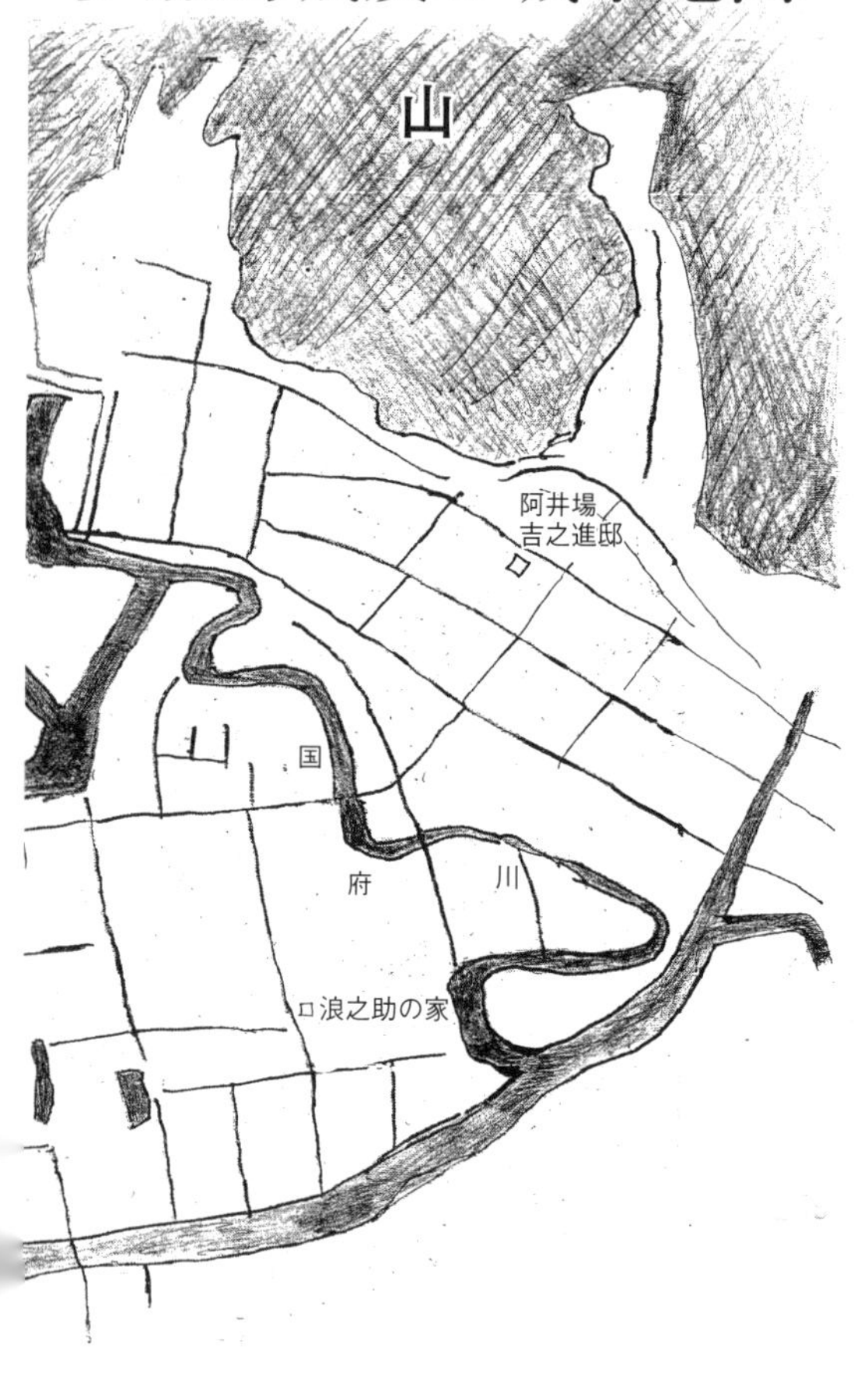

(室町時代末期～江戸時代最初期)

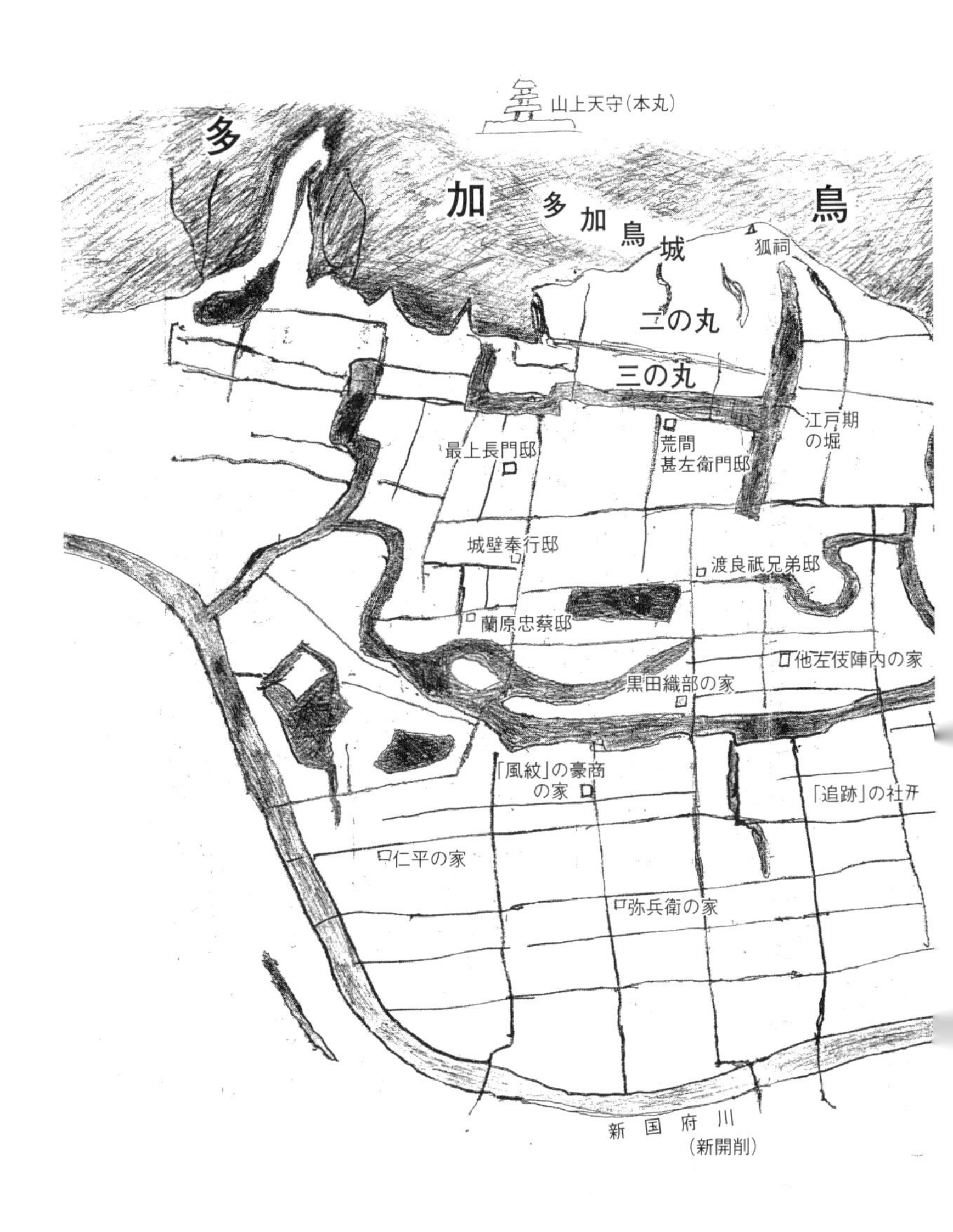

山上天守(本丸)
多
加
鳥
多
加
鳥
城
狐祠
二の丸
三の丸
江戸期
の堀
最上長門邸
荒間
甚左衛門邸
城壁奉行邸
渡良祇兄弟邸
蘭原忠蔡邸
他左伎陣内の家
黒田織部の家
「風紋」の豪商
の家
「追跡」の社
仁平の家
弥兵衛の家
新国府川
(新開削)

あとがき

本書は、前作『多加鳥城物語』（二〇一三年、文化書房博文社刊）の姉妹編（完結編）である。前作同様に、総体として、ある時代のある地域を描いた物語である。同時に、一つ一つの作品は、それぞれ単体としても自立している。背景となる時代と地域も、前作と連動してやはり室町時代後期～戦国時代～江戸時代初期の同一地域である。収録作品のほとんどは、古資料や伝承に基づくものも含めて、これまで四十数年、或いはそれ以上にわたって、温め直し続けて来たものである。

前作、本作双方にかかわる巻末の二枚の地図も、いささかなりとも役立てていただけたのであれば、幸いである。

フレッド・C・ロビンソン（Fred C. Robinson）イェール大学名誉教授及びヘレン（Helen）夫人、キャロル・ブーザー（Carol Boozer）夫人（元『フォークナー・ニューズレター&ヨクナパトーファ・レヴュー』編集長故ウィリアム・ブーザー［William Boozer］氏の御夫人）、金森誠也元広島・静岡両大学教授の変わらぬ励ましに深く感謝する。また、前作に引き続き、本書の編集、出版に御尽力下さった文化書房博文社編集長の天野義夫氏に厚く御礼申し上げる。斉藤昇立正大学文学部長、小倉いずみ大東文化大学教授の御交誼に感謝する。妻衛子を始めとする家族からのいつもながらの助力や兄弟たちからの後押しも有難かった。

ウィリアム・フォークナー氏の師フィル・ストーン（Phil Stone）氏の御夫人で、かつて親しく御教示いただき続けた故エミリー・W・ストーン（Emily W. Stone）夫人、その御息女アラミンタ・ストーン・ジョンストン（Araminta Stone Johnston）夫人、ハーバード大学の恩師故ジョエル・ポーティ（Joel Porte）教授、バージニア大学元学部長の故レイモンド・ネルソン（Raymond Nelson）教授との思い出を回想しつつ、更に、西南の役の年明治十年生まれの祖母の在りし日々を懐かしみつつ。

平成二十七年一月十五日

相模原にて著者しるす

【著者紹介】

依藤　道夫（よりふじ　みちお）

一九四一年鳥取市生まれ。東京教育大学大学院修了。英米文学専攻。都留文科大学名誉教授。日本ペンクラブ会員。ハーバード大学客員研究員。イェール大学客員研究員。国際文化会館会員。（他に、日本アメリカ文学会会員。日本英文学会会員。日本アメリカ学会会員。日本ウィリアム・フォークナー協会会員。国際異文化学会会員（理事）。三国史学会会員。ＳＡＢＲ（アメリカ野球学会）東京支部会員。子規記念博物館友の会会員）

著書『フォークナーの世界―そのルーツ』（成美堂、一九九六年）、『フォークナーの文学―その成り立ち』（成美堂、一九九七年）、*Studies in Henry David Thoreau* 共著（六甲出版、一九九九年）、『黄金の遺産―アメリカ一九二〇年代の「失われた世代」の文学』（成美堂、二〇〇一年）、『アメリカ文学と「アメリカ」』編著（鼎書房、二〇〇七年）、『イギリス小説の誕生』（南雲堂、二〇〇七年）、『アメリカ文学と戦争』編著（成美堂、二〇一〇年）、『多加鳥城物語』（文化書房博文社、二〇一三年）、『言語学、文学そしてその彼方へ（都留文科大学英文学科創設50周年記念研究論文集）共著（ひつじ書房、二〇一四年）等。

多加鳥城物語（完結編） *The Stories of Takatori Castle (The Second Volume)*

二〇一五年五月三〇日　初版発行

著者　依藤　道夫
発行者　鈴木　康一
発行所　株式会社　文化書房博文社
〒一一二―〇〇一五　東京都文京区目白台一―九―九
電話　〇三（三九四七）二〇三四　振替　〇〇一八〇―九―八六九五五
URL: http://user.net-web.ne.jp/bunka/
編集　天野企画　印刷　昭和情報プロセス株式会社
乱丁・落丁本は、お取り替えいたします。

ISBN978-4-8301-1272-0 C0093